谨以此书献给我的

童年、少年、青年岁月
并以此怀念伴我成长的故乡与亲人

本书系北京外国语大学中央高校基本科研业务费专项资金资助
项目名称：新时代山乡巨变与新乡土写作研究
项目批准号：2025ZZ001

中国当代文学地方材料的整理与阐释

以新时期宁夏文学为中心的考察

白 亮 著

黄河出版传媒集团
宁夏人民出版社

图书在版编目（CIP）数据

中国当代文学地方材料的整理与阐释：以新时期宁
夏文学为中心的考察/白亮著. —— 银川：宁夏人民出
版社，2025.5. —— ISBN 978-7-227-08162-3

Ⅰ. I209.943

中国国家版本馆CIP数据核字第2025LG9369号

中国当代文学地方材料的整理与阐释　　　　　白亮　著
　　——以新时期宁夏文学为中心的考察

责任编辑　陈　浪
责任校对　闫金萍
装帧设计　王敬忠
责任印制　侯　俊

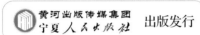 黄河出版传媒集团 宁夏人民出版社 出版发行

地　　址　宁夏银川市北京东路 139 号出版大厦（750001）
网　　址　http://www.yrpubm.com
网上书店　http://www.hh-book.com
电子信箱　nxrmcbs@126.com
邮购电话　0951-5052106
经　　销　全国新华书店
印刷装订　宁夏银报智能印刷科技有限公司
印刷委托书号　（宁）2500444

开本　720 mm×1000 mm　1/16
印张　19
字数　210 千字
版次　2025 年 5 月第 1 版
印次　2025 年 5 月第 1 次印刷
书号　ISBN 978-7-227-08162-3
定价　66.98 元

序一

程光炜

白亮先生的《中国当代文学地方材料的整理与阐释——以新时期宁夏文学为中心的考察》即将出版，他嘱咐我写点简单的感想，对此我是很乐意的。

白亮是我的学生，勤奋且踏实，谦逊有礼。依稀记得二十几年前指导他本科毕业论文，第一次讨论时，我见他手里拎着一个布袋，里面装着七八本书，都是和论题有关的，书中还夹着五颜六色的便条。他略显羞涩地告诉我，这是他读书时的批注，为论文写作而准备的材料。对一个本科生而言，已有材料搜集和探究问题的意识，难能可贵，这给我留下了深刻的印象。从2005年开始，我给博士研究生开了一门名曰"重返80年代文学"的讨论课，要求他们必须根据选题写出有质量的学术论文，然后在课上与大家一起研讨。在这个课堂上，白亮所写的文章，我印象最深的有三篇：一篇梳理和重评遇罗锦及其遭遇，一篇探究戴厚英及其历史叙述，一篇讨论"向内转"与20世纪80年代文学知识谱系的关联。这些文章后来都在重要期刊上发表了，是他到图书馆翻阅早已落灰泛黄的杂志，一篇一篇地查照、对读才撰写出来的，并成为他博士论文内容的主干。

博士毕业后，白亮到高校任教，仍然愿意再下"笨功夫"，耐得住寂寞，保持韧性与耐力，继续细致、扎实和深入地搜求文学史料，常用一种不动声色的笔触来描述人物遭遇、事件原委和时代境遇。这些都充分体现了他在治学方面的长处，即领悟能力强，材料做得扎实，作品研读有理有据。另外，据他同门师兄弟讲，白亮的课讲得出彩，热情洋溢，生动有趣，深受学生欢迎，行政管理工作也井井有条。这些是我在看到学生逐渐取得学术成绩时，深感欣慰的地方。

最近一二十年，随着中国当代文学学科意识的增强，对当代文学史料的整理和研究，已成一时风气，出版了一批十分可观且可喜的成果。与此同时，相关会议也日益频繁。然而相比之下，以"地方史料"为主旨的讨论还不够充分。尽管，已有2023年秋杭州师大的"中国当代文学'地方史料'整理与研究研讨会"和2024年12月初太原的"中国现当代文学地方史料研讨会"等会议相继召开，但毕竟还是一个开头，这一领域以材料为基础的更为具体和扎实的研究，仍然比较薄弱。在这种研究业态下，白亮率先推出这部著作，无疑开了一个好头。

就我有限的视野，地方文学史的研究，在20世纪八九十年代，以及最近一些年，已有不少同行投入了相当精力。作为对地方文学史研究的有力补充，以一个省区为个案的"地方史料"，显然具有极为重要的意义。拿这部以宁夏地方文联作协、期刊、编辑、作家、读者、评奖、会议等为研究对象的著作来说，由于作者曾在此度过了童年、少年，中小学教育也在这里完成，因此，由他来开展这方面的工作，显然有得天独厚的优势。就我摸过的材料来看，宁夏的《朔方》就是一个值得关注的典型。因为，这个期刊的创办，该区文学风气和小传统的形成，一方面是20世纪50年代因某些原因，从北京、上海来了一批得力的文艺干部，他们以"全国"的眼光来建设一个"省级"的文学期刊，这个例子虽不是独有的，但也是极为特殊的；另一方面，由此可以摸出该区著名作家张贤亮从"西部"走向"全国"的文学史线索。当然，也不仅是张贤亮一人，在20世纪五六十年代，以及新时期以来的文学舞台上，宁夏仍然有不可小觑的文学实力。

我在《再谈抢救当代文学史料》（《中国当代文学研究》2021年第3期）中，曾经谈道："当代文学史的体制与现代文学体制的一个区别，就是从1950年代初起，中国作家协会在各省设立省作家协会，以及地区、县级的文联组织，任命省作协主席、副主席，地区和县级文联领导。这就把全国文坛，从北京、上海的位置上拉下来，对文学资源和力量重新统筹整合，平均分配。于是，当代文学史'地方性'的文学组织、流派、杂志等活动，就这样浮现出来。这里所说当代文学的'地方性'，因此有了一定根据。我所说的'地方性'，还指各省一些虽没有全国知名度，但在本省市仍有一定影响的作家，以及本地杂志的编辑等。这种人群数量远远大于我们知道的那些著名作家，如果依托中国作协和各省作协会员名单，用作协相关部门的材料，建立一个数据库，想必对以后当代文学史的'地方研究'有一定帮助。"这篇文章发表后，引起了学术界同行的共鸣。原因即在，大家已意识到研究中国当代文学，不能仅仅从"上面"到"上面"，还应从"下面"到"上面"，即我强调的从"地方文学史料"视角，来反思和完成对于中国当代文学发展整体面貌的客观勾勒。

白亮这部著作的特色之一，是他从大量具体、细致和鲜活的地方史料中，发现和整理了宁夏地方文学史的鲜活面貌。例如，他发现，《朔方》的"活力"，不只是来自新时期文学界思想的活跃和全国性探索风气的推动，早在20世纪五六十年代，以《群众文艺》为前身的这家期刊，在各个方面做了大量细致的工作，从而为宁夏文学在新时期文学舞台上的崛起，奠定了坚实基础。

白亮著作的另一特色，是他注意史料结合、点面结合，既立足于宁夏地方文学期刊、文联作协组织，又以全国文学界这个视野为观照。他不满足于一般性的地方文学史料的发掘整理，而是以此为基础，进而阐释一个"地方文学"和"国家文学"之间的互动关系和相互作用。在这个意义上，作为个案的宁夏地方文学史料研究，就被作者极大地放大了，在保留它的地方性特色的同时，也提升了其普遍性的意义。

以我的眼光看，白亮这部著作，对于"中国当代文学地方史料的整理和阐释"这个总课题，具有开创性的价值。因为，文学史研究方法，永远都是在切实具体的研究个案的基础上才形成的。前瞻性、开创性的具体个案研究，不仅丰富，同时也激活了文学史研究方法的思考。希望以后，我们能多看到这方面的学术成果问世，分享这一领域的新观点、新方法，通过共同持久的努力，把中国当代文学史料的研究推进到一个新阶段。

2025年1月8日

序二

郎 伟

众所周知，任何时期或者地区文学史的编写通常都是在搜集整理大量的原始材料的基础上展开工作的。这原始材料当然包括特定年代和地区的社会历史文化背景材料、彼时的文学思潮及流向、作家身处的自然地理环境和社会人文环境、作家生平经历（包括作家出生和成长时的原生家庭、个人感情经历、作家的人际交往经历和所属的文化圈等）、文本生产的具体过程（包括发表的具体刊物）、文本发表后的社会反响（包括传播、评价、销售、获奖、被改编为视听作品的情况）等等。对文学史撰写者而言，原始材料掌握得愈丰富，对时代的社会文化气氛、作家的创作气质和风格、文本独特的思想艺术寻求及文本的价值就愈能把握得清晰、准确，分析阐释得恰到好处。

如果从宁夏回族自治区成立时的1958年算起，宁夏当代文学至今已经走过近七十年的峥嵘岁月。我个人一直想牵头写作一部《宁夏当代文学史》，但限于史料搜集整理的繁难和同道的缺乏，此事延宕至今未曾展开。欲写作《宁夏当代文学史》的初衷，来自近些年我在宁夏地方文学的具体研究中，痛感史料寻找的艰难和精确阐释优秀文学文本的不易——不仅宁夏回族自治区成立之后前二十年间（1958—1978年）的文学史料查找困难，即便是1978年以后新时期的宁夏文学史料，包括一些可以对宁夏文学史上优秀作品的有效解读提供支撑与说明的文学史材料，寻找起来也相当费神费力。仅举我在宁夏当代文学研究中碰到的一桩个案，就足以证明原始材料的寻觅和理想答案的获得是多么困难和耗费时间的事情。我始终以为《河的子孙》是张贤亮先生创作的最为杰出的小说之一，其价值和意义一点儿也不逊色于他获得国家级文学奖的三部小说（《灵与肉》《肖尔布拉克》《绿化树》）。这部中篇小说所塑造的大队书记魏天贵（绰号"半个鬼"）的形象，是新时期以来中国文学作品当中塑造得最为鲜活和最为复杂的农村基层干部形象。从几十年前初读《河的子孙》起，我头脑中就存在着一个疑问，不知道有过二十多年"阶下囚"经历的张贤亮何以能够力透纸背地刻画出魏天贵这一农村基层干部的形象？他塑造魏天贵时丰沛的创作底气到底从何而来？他把许灵均、章永璘的命运与心理描画得跌宕起伏、百转千回，自然源于他本人的知识者身份和曾经遭受过的难言的身心磨难；而魏天贵为人处世上的胸有大义和具体行动中的亦正亦邪、左右逢源，却实在不是一个未曾担任过农村基层干部的落难知识分子能够深刻体会到的。直到2023年，我在翻阅20世纪80年代《朔方》文学月刊时，偶然看到冯剑华、张贤亮合写的一篇悼念文章《第一次悼念——悼谢荣同志》（《朔方》1984年第4期），才找到了盘旋于我心中几十年之久的问题的答案。作为张贤亮、冯剑华夫妇不多的朋友之一的谢荣（1982年初，与张氏夫妇相识时，谢荣时任银川郊区人大常委会主任），应该是《河的子孙》成为杰作的有力推动者之一。一是张贤亮写作《河的子孙》时，谢荣曾经两次陪张贤亮一同下乡体验生活。谢荣出身于农家，在宁夏贺兰县习岗镇的黄河边上长大，又长期在农村基层工作，对西北农村的风土人情和农村基层干部的生存状态烂熟于心，《河的子孙》中的一些素材，就是谢荣提供的。二是张贤亮与谢荣一同下乡时，农民们见到谢荣并不躲避（在老百姓看来，谢荣已经是比较大的官员了），不仅对他不讨厌、不畏惧，反而显得很亲昵。这是一个过去在农村搞过多年运动的基层干部很难得的待遇。显然，谢荣身上所显现的朴实无华、率真善良的性格以及他对底层农民发自内心的爱意和情意深深地打动了张贤亮，而谢荣在曾经的复杂纷扰的政治风云中，从一个普通的农村基层干部成长为一个市级机关领导的人生历程，又成为张贤亮在创作《河的子孙》时求之不得的原创性、典型性人物性格的成长轨迹。于是，张贤亮以他的聪慧和他对西北乡村与农民身上"中国式智慧"的深度理解，为我们奉献了《河的子孙》这部杰作。

宁夏当代文学近七十年间的原始材料被搜集、整理、阐释者寥寥，原因可能是多方面的。最深层的原因，我以为应该是此项典型的"坐冷板凳"式的学术工作不仅要耗费研究者的大量时间和心力，而且回报率甚低。自从市场交换原则进入学术领域的这些年，似乎没有几个人愿意去埋头钻研故纸堆。然而，白亮的新作《中国当代文学地方材料的整理与阐释——以新时期宁夏文学为中心的考察》不仅矫正了我的某种偏见，而且颇给人眼前一亮的感觉。作为一个宁夏当代文学的资深研究者，我愿意谈谈对这本书的一些阅读感受。

首先，这是一部原始材料搜集扎实、言之有据的学术著作。全书共四章十九节，所涉及的主要论题是《朔方》与新时期宁夏文学的发展，"二张一戈"与新时期宁夏作家队伍的构建，宁夏文学批评的话语构建、经验生成与实践效应以及新时期宁夏诗歌生态的形成与构建四个方面。应该说，本书所选择的论述话题并不复杂。甚至，当你初次看到书的目录时，会感觉到论题的丰富度不够。然而，一旦进入细致的阅读，你就会深刻感受到此书在原始材料占有上与内容论述上的丰富性。比如，该书的第一章是论《朔方》与新时期宁夏文学之关系的。作者从《朔方》创刊说起，举凡复刊、更名与时代政治变化的关系，《朔方》五次改版的初心，广告与征文举措的加入，殚精竭虑地培养本地作家，刊物在高品位、高格调的文学向往与大众化、通俗性追求之间的徘徊与挣扎，作者依据丰富多样而翔实的史料，条分缕析，从容道来，不仅清晰地梳理了《朔方》四十多年的办刊历史，而且，以无可辩驳的丰富翔实数据，揭示了《朔方》作为宁夏最重要的文学阵地，在传播党和政府的声音、宣传党的文艺方针与政策、培养本地作家、创造和构建宁夏的"文学生活"、满足人民美好精神需求等方面所做出的杰出贡献。其他三章的写作风格亦是立足于作者手头所掌握的文学史材料，有一分事实说一分话，而决不做空泛的毫无史迹可寻的猜测和想象。

其次，这是一部在史料爬梳上细致而有学术耐心，其分析阐释也颇为精到的学术著作。文学史的研究，最基础的工作当然是史料的搜集与整理，翔实和准确是其基本路径，而心境的沉潜则是形成清明判断的根本。我读此书，从一些细微的地方，可以感受到作者的学术耐心。比如，第一章对《朔方》着力培养本地作者的详细论说；又比如，第三章中关于新时期文学批评如何塑造"张贤亮形象"的史料爬梳与分析等。难能可贵的是，作者在史料的爬梳上有耐心，在史料的阐释和研究上也颇为精到。张贤亮历尽沧桑和忧患之后，在新时期中国文坛重新归来并声誉日隆，当然源于他音色独特的慷慨悲歌，但并不意味着每一个曾经陷于泥沼当中的人都可以在很短的时期之内，就可以摆脱和冲出原有的历史羁绊而振翅高飞。假如没有1978年11月某日《朔方》编辑杨仁山从众多自然来稿中发现《四封信》并推荐给编辑部主任路福增，假如没有时任宁夏回族自治区党委副书记陈冰看到张贤亮小说后下达的指示，假如没有《朔方》编辑部几乎全体成员在《灵与肉》发表前后的"全员发动"，读者们后来熟知的"一飞冲天"的张贤亮也许要等到好多年之后我们才能在文坛见识到。还有一种可能：20世纪80年代的中国文坛也许根本就看不到张氏的身影。在新的历史时期，天赋异禀、才情卓著的张贤亮大概率不会再被埋没，但他可能去干别的行当了。白亮在这本著作当中，花费相当多的篇幅梳理张贤亮的文学人生以及宁夏文坛和中国文坛对"张贤亮形象"的塑造过程，他对发表于1979年《朔方》期刊上的潘自强的《像他们那样生活——读短篇小说〈霜重色愈浓〉》和刘佚的《文艺要敢于探索——读张贤亮小说想到的》的肯定——它们是地方文学刊物最早塑造"张贤亮形象"的重要评论；他对曾镇南的《深沉而广阔地反映时代风貌——张贤亮论》在"张贤亮形象"定型过程中的核心作用的挖掘，既是学术沉潜力的体现，也显示出独特而清明的文学史眼光。

最后，这是一部在地方文学史料的挖掘和整理中有鲜明的理论提升的学术著作。中国当代文学七十五年的历史发展表明，作为一种受当代中国社会的主流政治话语规约和影响的文学与高度组织化的文学，中国文学和地方文学事实上构成了中国当代文学版图中的两个最为核心的区域。中国文学和地方文学在各自的发展流变当中，在战略考量和发展的具体路径上有重叠的部分，也有并不完全相同的部分。如何认识中国文学与地方文学的关系？地方文学在中国当代文学的整体格局中究竟扮演着怎样的角色？作者通过对宁夏当代文学史料的认真挖掘和整理，通过对"二张一戈""三棵树"和"新三棵树"由宁夏走向全国的文学演变过程的精细考察，得出结论：地方文学与中国文学之间并非简单的对立、高下或者归属关系。地方文学可以作为中国文学整体结构中的一种补充，但它与中国文学更应该构成一种双向、融合、对话的动态关系。宁夏文学是中国当代文学当中富有地方文化特色的风格化存在，作为一种地方经验的审美呈现，"文学宁夏，其意义和价值不仅在于书写西北地域风貌、乡土历史叙事、日常生活表述和中华民族共同体意识的文学作品，更得益于地方文化性格滋养的作家，在文学创作、实践行动和艺术想象中构建出的意义空间，这些都与中国当代文学的整体脉络产生了血缘联系"（本书绪论）。诸如此类的立足于丰富的文学历史材料和创作实践而做出的理论提炼和归纳总结之论，在本书当中并非罕见，它是作者深潜新时期以来宁夏文学史料，积极思索、用心提炼的结果，更是作者追求的"文学研究历史化"的一次相当精彩的学术实践。

我与白亮相识已经二十多年了。初次见他，他还是一个英气勃发的青年学子，眼睛明澈且有光，他那一心向学问学的憨直神态一直长存于我的记忆当中。二十多年过去，他现在已经成为一名在京城高校中小有名气的"青年教学名师"，并且在学术研究上也屡有斩获。作为故友，我为白亮这些年来所取得的教学和科研成绩由衷地感到喜悦；也希望他能够继续保持向学问学的初心，通过更为艰辛不懈的奋斗与努力，取得更大的教学和科研成就。

2025年2月于银川

目　录

绪　论　"地方路径"视域内的
宁夏当代文学

一、宁夏当代文学的创生

1958年10月，宁夏回族自治区成立；同年12月，宁夏文学艺术工作者联合会筹备委员会成立会议在首府银川举行。1959年5月16日，由宁夏文联筹委会创办的油印小报《群众文艺》正式刊行。① 1960年1月，《群众文艺》将创刊时仅为四开八版半月一期的小报，改为十六开三十六页的月刊，栏目也重新整合，设置为《小说》《散文》《诗歌》《演唱材料》等具有文学性质的板块；同年7月，为凸显"地方特色"，刊物改名为《宁夏文艺》，定位是"综合性的文艺月刊"，继续以短篇小说、诗歌、散文、特写、革命回忆录为主。在这一系列的改刊中，《群众文艺》完成了对自身角色和文学追求的指认——这

---

① 文学刊物名称的重要性不言而喻，它既能鲜明地体现出编辑的办刊趣味，又是展现刊物特色和文学品格的一个主要标志。值得探究的是，宁夏文联为何会采用《群众文艺》这样一个既无地方色彩，也较少文学表达的名称？实际上，这与宁夏当时的政治形势和作家队伍构成有关。宁夏回族自治区成立之初，来自五湖四海的行政干部、技术人员、工人、农民和文艺工作者响应号召，齐聚宁夏，开发和建设大西北。据此，《群众文艺》的创办基于这样一种考量：以群众身份来淡化地方色彩，使宁夏回族自治区内形成一种共同体意识，以此促进多地域、各民族人民之间的团结。这也反映出宁夏当代文学的一种追求：坚持独立、开放、包容的文学品格，在国家认同、民族交融的基础上形成"文学宁夏"的"品牌"。参见张则哲《群众·工具·文学——〈群众文艺〉改刊的三个关键词（下）》，《朔方》2024年第2期。

1

也影响到了之后的《宁夏文艺》与《朔方》。1961年3月，宁夏召开了第一次文学艺术工作者代表会议，宁夏回族自治区文学艺术界联合会（简称"宁夏文联"）正式成立。因当时条件有限，没有成立各文艺家协会，只设立了文学、戏剧、音乐、美术等小组，全部工作人员仅有十五人，负责开展各文艺门类的日常工作。自此，宁夏当代文学随之兴起，走上了发展的探索之路。

宁夏回族自治区文学艺术界联合会的成立，成为推动宁夏当代文学发展的重要力量，而宁夏作家队伍的构成，则是文学发展的基石。宁夏回族自治区成立前后，从中央机关和各地抽选出的七万多人响应国家开发和建设大西北的号召来到宁夏。同时，从北京调派的五十八名文艺工作者也支援宁夏的文学事业，为宁夏文学的发展注入血液，增添了活力。这些作者的身份大致可以归为三类：（1）来宁夏前就开始创作的"老作家"，他们是宁夏当代文学的拓荒者和奠基者。如1958年调至《宁夏日报》任文艺编辑的程造之，他在抗战时期就进行写作，1960年创作出版的长篇小说《黄浦春潮》，是宁夏的第一部长篇小说。还有同年来宁的哈宽贵，他写作的短篇小说《夏桂》（1962年），开创了宁夏当代少数民族文学创作的先声。此外，支边宁夏的李震杰、朱红兵等诗人的创作，促进了宁夏新诗的发展。如朱红兵创作的长篇叙事诗《沙原牧歌》（1960年）填补了宁夏诗坛长篇叙事诗的空白，是融宁夏花儿、陕北信天游等民歌于一体的拓荒之作。（2）大学毕业后分配至宁夏工作的青年学生，他们是这一时期宁夏当代文学的中坚力量。比如毕业后分配至宁夏工业学校担任语文教员的吴淮生

（1958年毕业于北京师范大学中文系），1959—1966年间共发表诗歌、散文和文艺评论六十多篇。此外，作为文学新人，戈悟觉（1959年毕业于中国人民大学新闻系）和虞期湘（1959年毕业于兰州大学中文系），分别在《宁夏文艺》上发表了处女作——小说《喜事》（1961年第1期）和报告文学《在平凡的劳动中》（1963年第3期），其中《喜事》还被中央人民广播电台作为文学节目配乐演出，并被全国十七个省台转播。（3）工作劳动之余从事创作的文学新人，他们是宁夏当代文学的新鲜血液。如当时正在宁夏中卫县从事畜牧兽医工作的张武，1961—1965年间写作并发表了十多篇反映农村生活的短篇小说。因《两个羊把式》《转》《红梅和山虎》等佳作，1965年底，张武代表宁夏参加了在北京举行的全国青年业余文学创作积极分子大会。另外，宁夏盐池县农民王有和、海原县农民翟辰恩的"习作"散发出新鲜的"乡土化"气息，《宁夏文艺》编辑部开始着力"培育"，不仅付出较多精力反复修改文学脚本，而且多次以"个人特辑"的形式推介他们的短篇小说、小戏曲演唱和诗歌等。需要指出的是，即使支宁文人、来宁大学生和本地作家在各自的审美体验和文学书写中呈现出不同的特色、风格和力量，但群体经验和个体多样性裹挟在以政治和革命为主题的主流话语中，因而很难开展独立的审美批评，相关的创作讨论或文学批评活动是通过讲座、报告会或座谈会来进行的，目的是解决文学创作的常识性问题，以促进基层文学爱好者写作水平的提高。1966年后，宁夏作家们的创作被迫停止，宁夏当代文学也因此处于停滞阶段。

作家队伍的初建与宁夏当代文学的创生相辅相成。就宁夏小说创作来说，宁夏人民出版社编选的小说集《炼钢的人们》（1958年）、《鲜花朵朵》（1959年）、《朝阳初升起》（1959年）、《在前进的道路上》（1973年），宁夏文联编选的小说集《塞上新人》（1960年）等，对宁夏当代文学初期的小说进行了汇编和呈现，其中的作品时代特色鲜明，多为简短的纪实故事，内容浅显，人物形象脸谱化。关于诗歌创作，最初在朱红兵、王世兴、李震杰、姚以壮、秦中吟等诗人的带动下，形成了浓郁的乡土气息与真诚的政治抒情相结合的诗风，诗人们专注于信天游、花儿、民歌体的创作，推动了宁夏新诗的发展。1968年和1978年，在宁夏回族自治区成立十周年和二十周年之际，宁夏人民出版社分别出版了《飘香的沙枣花》和《光辉永照宁夏川》，收录了这个时期歌颂社会主义和宁夏人民新生活的诗歌作品，对宁夏当代诗人及诗作进行了集中"检阅"。[①]总体而言，20世纪50—70年代的小说和诗歌起步比较薄弱，留下了比较鲜明的时代印痕，而散文的创作成就不及小说和诗歌，在宁夏文坛不占主流。

综上所述，宁夏文联的成立和作家队伍的构成，奠定了宁夏当代文学发展的基础。但因地处西北边陲，"宁夏文学"的面貌在20世纪50—70年代的中国文坛一直是模糊而缺乏特色的，作家尚缺乏广泛的知名度，而其作为一种地方文学的命名，真正被人所识、所评和所誉，始于改革开放和社会主义现

---

① 《飘香的沙枣花》为宁夏当代第一本诗歌集。《光辉永照宁夏川》是1958—1978年宁夏地区的诗歌总集，共计选录了传唱的民歌和诗人作品一百八十余首。两本诗集中的作品具有比较鲜明的地方色彩，呈现出政治抒情的明朗情调。作者包括雷抒雁、吴淮生、乔良、邓海南、杨少青、韩长征等七十多人，都是宁夏当代诗歌的拓荒者和耕耘者。

代化建设新时期。彼时，在宁夏文学再出发的进程中，上述由不同身份和经历构成的作家队伍仍然积极发挥着作用，宁夏文学和全国文学主潮呈同步发展的态势。新时期初期，作家的个人经历、生活经验与作品的关系密不可分，具有无法剥离的"互文性"，所以作家们在新的历史起点和语境中急需"重建社会身份"，一种相当强烈的个体命运的沉浮和历史责任的承担使得"有关'历史'清算和（群体的和个人的）'历史记忆'的书写，几乎是80年代作家或有意，或无意的选择。这不仅是'题材'意义上的，而且是创作视域、精神意向上的"①。因而，这一时期的文学往往被看成创作主体在历史转折后重新认知和界定自我的手段，也是一种慰藉和安顿个人的方式。同时，特定地域的山川风貌、生活习俗、历史记忆与民间文化为宁夏作家的文学创作增添了丰富多元的色彩。

二、新时期文学研究的"地方路径"问题

经历了艰难时世的当代文学在新时期迎来了久违的春天，在这个文坛回春的季节，文学作为这一时代的表意形式，最为有效和准确地表述了这一时段中华民族精神和主流意识形态的意图。对文学而言，"新时期"这一词语本身就生动地表明这一阶段文学性质、任务和审美选择的一个最根本的特征。如果把新时期文学还原到历史语境中，它首先被视为一种对"十七年文学"和"文革"文学进行反思、矫正和超越的文学形态，具有显而易见的"历史进步性"，充分表明当代文学对"文学

---

① 洪子诚：《中国当代文学史》，北京大学出版社，1999，第250页。

性"的恢复与坚持的态度。在此意义上，新时期文学是一种转型期文学，它试图构建一种新的文学格局和文学景观，是从处于政治—文学二元模式中的文学样态转为政治体制影响逐渐式微、经济体制的影响更为显著的20世纪90年代文学间的过渡。由此而言，作为承上启下的关键转折点，"新时期"是一个"结束或开始"的年代，而新时期文学其实是一个面向未来的文学，它们都具有自己的深层动因和文化语境，其混杂的文学形态牵扯到不同的文学规划与历史博弈，蕴含着丰富的可能性。因此，本书以当代文学地方材料的整理与阐释为路径，进入文学史更为动态的深层结构中，尝试为宁夏当代文学做翔实客观的基础研究，进而能更多元化地呈现出中国当代文学的形塑样貌。

　　"宁夏"抑或"西北""地方""边地"等称谓，不只是一个表示地理方位的名词，更内嵌着一种包含群体历史经验和个体多样性的中国经验。文学是流动的历史景观，其发展是各种关系综合互动的结果。因此，宁夏当代文学不仅是新中国文学的重要组成部分，也是地方经验的审美呈现。文学宁夏，其意义和价值不仅在于书写西北地域风貌、乡土历史叙事、日常生活表述和中华民族共同体意识的文学作品，更得益于地方文化性格滋养的作家，在文学创作、实践行动和艺术想象中建构出的意义空间，这些都与中国当代文学的整体脉络产生了血脉联系。其中最为坚实可靠的核心与基础，是个人，即作家们对于地方所再现的个体性，并与他们各自具有异质性的地方性书写深刻互文，充分展现多样性的特征。概而言之，地方多义形态的具体和独特，是文学中国总体的抽象和实有，以此观照宁夏的作家作品，以及文艺期刊、作协组织机构等地方材料，就会有许多别样且新鲜的地方经验和文本内涵之发微。

每一个"地方"都是中华民族共同体不可或缺的一部分。从文学层面而言，它是"包括作家生活创作、内容风格、思潮流派、社团组织、新闻检查、报刊出版、传播接受所关联的故乡与异地、国内与国外等的地域空间"①，蕴含着现实社会中的制度、秩序和个人对社会关系的心理感受、生活经验和情感体验。基于此，所有的写作都可指向"地方"，地方与文学有着千丝万缕的关系，它塑造了写作者的生活经验，成为文艺创作的源泉；它直接影响文学的生产，以其细节丰富、充满张力的动态变化过程对文学性质和风貌起到形塑作用。同时，文学通过创造地方话语、故事、形象和风格，又实现了对"地方"的生产。需要明确的是，"地方"不同于政治色彩鲜明的"区域"或文化地理学的"地域"，它有自己的独立性和创造性。在过往关乎中央或者国家、全国的宏大叙事框架下，"地方"往往被视为整体文学史架构下的一部分，在这种潜藏着上、下的科层结构和权力等级中，"地方"的独特性与创造性也因此被遮蔽或消解。笔者以为，地方文学与中国文学之间并非简单的对立、高下或归属关系，不应仅仅被视为完善中国文学整体景观的一种补充，而更应该是双向、融合、对话、动态的复杂关系。"路径"则意味着一种历史过程的动态意义，具有一种方法论的自觉。正如李怡关于"地方路径"的研究，他以内陆腹地的成都为例考察了李劼人、郭沫若等知识分子的个人趣

①李永东：《中国现代文学研究的地方路径》，《当代文坛》2020年第3期。

味、思维特点，作家们切实的地方体验及文学表达是当时当地社会文化的有机组成部分，这样的地方品格的积累与突破，不断充实作为共同体的中国品格，从而形成现当代文学、文化的另一种内涵。① 结合这样的研究思路，以"地方"为研究路径带给我们的纵深思考是，作家在写作中展现的个人趣味具有地方特有的文化属性和审美特质，而与之密切关联的"地方"，在新的多元空间的要素与视域下，同样以自身的姿态参与了中国现当代文学的发生与构建。反观新时期宁夏文学，从"地方路径"切入，可以进一步发掘和梳理宁夏社会、文化、文学自我演变的内部事实。

当然，谈论"地方"需要在具体的个案中来呈现其过程及其复杂性，以期这种关联确实能够成为观察中国当代文学的有效方法和视角。对此，本书将着重从以下四个方面展开论述：

首先，作为文化生产传播的重要载体，以及批评制度重要的组成部分，文学报刊是研究此种关联的重要媒介。如果把文学期刊视作一个个鲜活的文学生产的中心，其发声和主张就在某种程度上构成了新时期风格各异、牵引力十足的文学话语。作为当代文学中最有可能成为材料富矿的"地方"，地方文艺期刊有着特殊的史料价值。一方面，它是推动文学发展的土壤和根基，是培养文学人才的平台和摇篮，地方性刊物的作者群绝大多数来自基层，可反映出当代文学大多数的创作情况与生存状态；另一方面，它可以把政治、经济、社会、文化的力量传导到文学创作环节，既能及时展现本地文学创作动态，又能

① 李怡：《成都与中国现代文学发生的地方路径问题》，《文学评论》2020年第4期。

及时发布文艺政策、推介优秀作品、总结文学创作成就、关注文艺思潮和前沿热点，步调一致地联袂上演紧跟潮流的时代合唱。此外，它还是文学价值观的传播载体，其评论栏目、批评专辑和争鸣文章等形式可以促进地方文学批评的理论建设，进一步拓展批评的话语空间。因而，一系列地方文学期刊在文学的政策引导、现实基础、实际问题和发展路径等方面，开展了大量有效的工作①，促进了宁夏文学的生成、发展和繁荣，为宁夏当代文学史的构建提供了独特且丰富的经验和内容。《朔方》作为宁夏唯一的省级文学期刊，从《群众文艺》到《宁夏文艺》再到《朔方》，这本刊物的定位、运营和特色都牵涉到相关的文学力量、政治力量，这不仅在它的命名、定价、发行、作家培养等一系列问题上显示出它们相互缠绕、相互交错的状态，也显示出它们在推动宁夏文学发展、构造宁夏本土文学这一过程中留下的鲜明印痕。概而言之，探究地方文学期刊在政治、经济、文化以及传媒结构变革等形成的整体结构中向前发展的原因与过程，就会在多元视野中进行交叉互动的立体

①如《朔方》（由宁夏文联主办，创刊于1959年5月16日，刊行时名为《群众文艺》，为四开油印小报，半月一期，1960年1月改为十六开三十六页的综合性文艺月刊，1960年7月更名为《宁夏文艺》，1964年停刊，1974年复刊，从1980年第4期开始正式更名为《朔方》，出版至今，是宁夏唯一的省级文学期刊）；《六盘山文艺》（由宁夏固原市文联主办，创刊于1982年，1985年更名为《六盘山》，双月刊，出版至今）；《银川文艺》（由宁夏银川市文联主办，创刊于1981年，1982年更名为《新月》，季刊，1987年停刊，1992年复刊，更名为《黄河文学》，双月刊，2007年改为月刊）；《贺兰山》（由宁夏石嘴山市文联主办，前身为1982年创办的《石嘴山文苑》，双月刊出版至今）；《吴忠文学》（由宁夏吴忠市文联主办，前身为1982年创办的《文苑》，季刊，出版至今）；《宁夏群众文艺》（由宁夏群众艺术馆主办，创刊于1981年，双月刊，1987年更名为《通俗文艺家》，1995年停刊）；《女作家》（由宁夏人民出版社主办，创刊于1985年，季刊，1987年停刊）。

透视，看到作为第一手文学史料的原创文学期刊，与地方文学的审美观念、文体规范的深层互动。

其次，新时期以来，在评论界高呼"宁夏出了个张贤亮"的同时，戈悟觉和张武也以活跃的创作和显著的成绩，引起了文坛的关注。"二张一戈"的命名被广泛认可，成为宁夏对外交流的"文化名片"，提振了宁夏作家的创作信心和作品的传播力。细部梳理与深入探赜"二张一戈"命名中的特征描述方式、成员界定标准，考察驱动命名的背景、内在动机和推介方式，梳理命名的使用范畴及应用效果，并注意他们在形成自己独特艺术风格过程中，与文艺政策、文学领导和组织机构、文学期刊、文学会议、文学批评、社会读者、文学奖励和扶持之间的掺杂、交集和创造性超越，有助于我们认识到新时期宁夏文学发生的"原点"所包含的复杂的排斥和认同机制的运作过程，以及密切相关的地方路径研究。

再次，地方文学批评对文学发展的影响不仅体现在对优秀作品的大力推介，也体现在对热点文学理论的研究与争鸣，以及期刊媒介对文学批评制度建设的影响，它构建了以报刊媒介为主体的文学批评的公共空间，具有权威性和影响力。鉴于此，笔者首先将文学批评对张贤亮形象的塑造、改写和修复等现象，重新置放于新时期以来的政治/社会、思想/文化发展的具体进程中来考量，去探究"张贤亮形象"被定义和描画过程中的历史信息和微妙用意，以期对二者错综复杂的关系及其背后的意识形态、思想动向、社会转型等因素进行更深入的发现和了解。另外，依托《朔方》的《评论》栏目，新时期初宁夏文学批评主要从"歌颂与暴露"的争论、"二张一戈"的评介和地域性的彰显与中华民族共同体意识的呈现等方面展开实践，其话语构建、经验生成和实践效应的内核是宁夏文学与新时期国家政策、文学思潮、文艺争鸣、文坛风尚的双向互动。因此，追寻新时期以来宁夏文学批评的踪迹，不仅仅为了展示地方的独特性，更是为了动态地理解新时期以来中国文学的发生与发展，思考中心与边缘的位置，进而重新审视当代文学的中国经验。

最后，小说与诗歌是新时期宁夏文学重要的两翼。进入新时期，宁夏诗坛经历了从凋敝到繁荣的发生及构建，具体表现为诗人队伍的成长壮大、西部地域特色的凸显以及融入全国诗潮的尝试与努力。然而，宁夏诗歌处于发展期，在全国范围内的影响尚且有限，诗歌成绩又往往被以张贤亮为代表的小说光芒所掩盖，因此学术界对这一时期诗歌生态的总体研究并不充分，对新时期宁夏诗歌的发生及构建的细节考察，或将新时期宁夏诗坛置于全国诗坛的视域内进行探究者寥寥无几。实际上，对新时期宁夏文学发生、发展及流变的考察，诗歌是重要组成部分，而有关诗歌创作、批评的地方材料需要更深层面的挖掘、整理与阐释。鉴于此，本书以《朔方》为路径，细致爬梳其诗歌发表及诗歌栏目设置的基本情况，从而以点带面地呈现新时期宁夏诗歌的总体面貌。

综上所述，新时期宁夏文学的发生、发展与流变并非孤立、封闭、单向的，它是一个有着自身逻辑起点和内在发展脉络的文学史整体，作家的写作及发表、文学期刊的编辑与发行、专著和选集的出版与传播、文艺争鸣的组织与影响、文学会议及评奖的筹划和效应等构成了宁夏文学的整体面貌。与此同时，它还在中国文学的视野中来想象、定义自身，它们相互依存、互为镜像。在此基础上，以地方路径为方法，可以为中国当代文学研究提供一种普遍性的中国经验：一方面，中国文学是宁夏文学的重要资源，参与了宁夏文学形态的生成；另一方面，对中国文学的态度和处理方式，也影响、牵引着宁夏文学的发展方向。据此，以地方路径作为一种视角和方法，自然会再现宁夏当代文学的现场，从而使过去存而未论的文本和思想再次浮出历史地表，并获得"重释"，进而重塑文学中国的地貌。

基于以上意义，本书的研究思路分为两个方面：一是"再解读"，一是"地方史料的整理与阐释"。

将"再解读"作为一种研究策略，是试图将作家、文本、批评、期刊、会议、现象、评奖、广告等重新放置到产生这些要素的历史语境、文化生产机制和话语运作过程之中，通过呈现文学史中"不可见"的因素，把"在场/缺席"并置，探寻新时期各种文学力量和文学形态之间的关系，显示这一时期宁夏文学的多层次内容，以及这些新鲜的、有差异的文学内容或冲突或融合的编码过程。在笔者看来，这无疑是一种更为有效地深入历史情境的研究方法。

此外，史料在中国当代文学史研究中占据重要地位，对史料的系统梳理是重新阐释文学史的前提。作为当代文学中最有可能成为"材料富矿"的"地方"，地方文艺有着特殊的史料价值。如果说地方路径是从研究新角度、新线索为现当代文学研究带来了新的启示，那么与之相比，"当代文学地方材料的整理与阐释"的提出，实际上是以实践的方式逐步落实了上述话题，可以视为文学研究"历史化"的具体体现。以此为基础，返回到新时期宁夏文学现场进行历史、具体的考察，爬梳与阐释文学"周边"的档案、会议、事件、阅读、来信等，尝试把外层重构①和对文本内在张力的阅读连接起来，把批评与史料之间的互融、互证、互读、互释、互促的脉络源流及其可能性与限度展现出来，进一步探索新时期宁夏文学的发展与性质界定，它如何在国家文学的参照中来定位自身，以及遭遇诸种问题时的不同情感反应和采取的不同行动方式。这并不仅仅是关注地方性、局部性的话题与现象，而是进一步推进"史料与思想"或曰"事实与意识"之间的互渗互融，呈现宁夏文学与中心、周边地域或国家文艺环境、文艺政策的互动，更为深入地描绘地方文学构建的复杂与微妙。

不可否认，宁夏有属于自己的独特经验与故事，有自身某种难以取代的地方特质，它以自身的姿态参与了中国当代文学发展的进程。"'地方'不仅仅是'中国'的局部，它其实就是一个又一个不可替代的'中国'，是'中国'本身。从'地方路径'出发，我们不是走向地域性的自夸自恋，而是通达形色各异又交流融通的'现代中国'。"②也就是说，文学表达的中国经验是作为个体的作家对中国社会现实的独特经验，它所包含的本土性与世界性、现代性与传统性等关系要素，自然也是地方文学题中应有之义。进一步而言，将"地方"视为不

---

① 其内涵是指将文本放置在更为复杂的历史语境和文化构建过程之中，探讨它在社会文化中的位置，以及它如何与历史话语建立起联系。

② 李怡：《"地方路径"如何通达"现代中国"——代主持人语》，《当代文坛》2020年第1期。

同区域和群体之间的文学活动、文化互动，以及多地经验的交错与叠加，强调的是不同区域、不同群体的交流与对话，许许多多的"地方路径"，又不断构建、充实并调整着具有普遍性的中国经验。这样一个动态的历史过程，有助于我们重新理解诸种文学事件和创作活动，考察文学文化"在地"的碰撞、融合等实践和生成过程，由文学的地方性出发，可以让我们更真切地感知生成于时代变革、历史转型、价值延续和文化传承中的中国经验。

第一章 《朔方》与新时期
宁夏文学的发展

　　宁夏地处西北边陲，经济发展和文学创作的基础相对薄弱，因而宁夏文学在20世纪50—70年代的中国文坛一直是一个"隐形"的存在，而作为一种地域文学的命名，它始于新时期。作为宁夏唯一的省级文学期刊，《朔方》"一直在为宁夏文学的百花园种植花木、培土施肥"，并担当着"看园护园、再植新绿的重任"①，其办刊方针与文学观念体现了宁夏文学从稚嫩走向成熟、由弱小变为强大的发展态势。依托《朔方》，张贤亮的亮相和扬名、"三棵树"（陈继明、石舒清、金瓯）与"新三棵树"（季栋梁、漠月、张学东）的起步和惊艳，以及"宁夏青年作家群"的崛起，都令宁夏文学成就出一道令人瞩目的景观。随之兴盛的则是有关宁夏文学的研究，它们大多关注作家个体的创作、群体的风格，抑或是从地方文化、地域特点等层面丰富了宁夏文学的内涵和文学史价值，遗憾的是，在笔者所能查找到的资料中，对《朔方》及其背后各种文学话语、文学力量的多元交汇与复杂互动的"故事"，学术界尚未给予必要的关注。作为基础性的文学史料，《朔方》参与构建且见证了新时期宁夏文学的行踪，文学创作格局的形

---

①郎伟：《新世纪前后中国文学版图中的"宁夏板块"》，《宁夏社会科学》
　2012年第5期。

成、地域文化特色的张扬，以及作家个体风格或群体意识的养成均与其有着不可分割的勾连关系。综合以上因素，本书以1976—2000年为时间域，通过考察《朔方》演变的社会历史背景和内部机制的运作方式，尝试还原新时期宁夏文学如何发生，以及探究它的编辑出版在新时期宁夏文学展开过程中所起的推动、引导与形塑作用，希冀在宁夏文学研究的格局中得到更多的细节上的丰富，并有利于从一些新的角度和立场上拓宽地域文化的阐述空间。

第一节　创刊、复刊与更名

1959年5月16日，在宁夏回族自治区成立半年后，由宁夏回族自治区文学艺术工作者联合会筹备委员会创办的油印小报《群众文艺》在首府银川正式刊行。编委在发刊词中如是说明创办宗旨：这本"群众性的、综合性的"文艺刊物所担负的任务，是"动员和组织全区所有创作力量，创作更多更好的反映全区各项建设的新成就、新面貌的作品，鼓舞广大群众更加热情充沛地参加社会主义建设"。为完成这项任务，则主张"创作题材、形式和风格"的多样化，并建设一支由"现有作者、群众、老干部和工农作者"组成的"具有一定的马克思列宁主义修养的、工人阶级的文艺理论和创作队伍"。出于这一编辑理念，刊物常设的栏目主要有《革命回忆录》《工厂史》《工农习作》《创作漫谈》《小小说》《诗歌》《文艺通讯》等，刊发的文章大多反映新时代工农业生产的新面貌，或是热情赞颂宁夏各族群众的生活，以达到讴歌革命、颂赞新人与新社会的功能，这一初创时奠定的办刊方针也在后来《群众文艺》复刊时得到延续。出版了十五期之后，1960年1月，《群众文艺》将创刊时仅为四开八版半月一期的小报，改为十六开三十六页的月刊，并将原来的栏目调整为《小说、散文》《诗歌》《习作园地》《问题讨论》等四大版块。同年7月，为凸显"地方特色"，刊物改名为《宁夏文艺》，仍然定位为"综合性的文艺月刊"，继续以短篇小说、诗歌、散文、特写、革命回忆录为主。1962年下半年，刊物改为季刊。1963年起又改为双月刊，持续出版发行了两年。1964年底，《宁夏文艺》被迫停刊。20世纪70年代初，文艺政策出现非常有限的缓和松动，一些地方省市的文学期刊陆续恢复。1974年1月，在"复刊潮"的影响下，《宁夏文艺》复刊，和其他同期复刊或创刊的中央级、省市级文学刊物相似，这一时期《宁夏文艺》的组稿和编排与社会波动、政治话语密切联系，传达的几乎都是那个时代特定的政治意识形态，故而主要是"赶任务"或配合政策。

作为《朔方》的前身，《群众文艺》是近代以来，在宁夏境内创办的第一本省级的、以刊发纯文艺作品为主要内容，且具有地域特点和民族团结的综合性文艺杂志，它见证了宁夏文学尚处于筚路蓝缕、以启山林的阶段。从创刊到停刊五年多，它发表的大量新民歌、曲艺、革命回忆录以及小说、散文和报告文学等作品，在思想和艺术上留有某些稚嫩或粗糙的痕迹，但其文艺观点和倾向代表了宁夏文艺界的办刊水平和文艺方向，也为宁夏文学在新时期的发生和构建奠定了一定的基础。在笔者看来，其最重要的意义就是促进宁夏作家队伍构成模式的基本形成。在此阶段，《宁夏文艺》极少向外约稿，发表的作品多为生活和工作于宁夏的作者所创作的。这些作者的身份大致可以归为四类：（1）新中国成立前就开始写作的老作家，如发表长篇叙事诗《沙原牧歌》（1960年2—4期）的朱红兵，他在延安鲁艺时期就写诗，既是编者也是作者。（2）"支边宁夏"的知识分子，其中较为突出的是哈宽贵（上海人），他创作发表了短篇小说《夏桂》（《宁夏文艺》1962年第7期）。（3）毕业后分配至宁夏工作的大学生，比如戈悟觉（1958年毕业于中国人民大学新闻系）和李克微（即虞期湘，1959年毕业于兰州大学中文系）分别发表了处女作——短篇小说《喜事》（《宁夏文艺》1961年第1期）和报告文学《在平凡的劳动中》（《宁夏文艺》1963年第3期）。（4）业余作者。在来稿中，当宁夏盐池县农民王有和、海原县农民翟辰恩的"习作"被发现具有新鲜的"乡土化"气息时，编辑部开始着力"培育"，不仅付出较多精力反复修改这些作品，而且此后还多次以"个人特辑"的形式推介他们的短篇小说、小戏曲演唱和诗歌等。此外，1963年接连发表小说《两个羊把式》《转》的作者张武，其时正在宁夏中卫县从事畜牧兽医工作。特别需要指出的是，在新时期宁夏文学发生、发展与流变的过程中，上述由不同身份和经历组成的作家队伍仍然发挥着积极作用。

新时期宁夏文学的发展是与当代文学体制的修复同步展开的。1977年7月19日，宁夏回族自治区文教局召开全区文艺创作会议，这是自20世纪60年代以来宁夏首次召开的全区性的文艺创作会议。出席会议的专业和业余创作人员，以及文化部门的负责同志多达一百三十人，会议专门制定了宁夏"今后四年的创作规划"。另一个会议是宁夏文联正式恢复工作后举行的第一次全委会扩大会议，这次会议规格极高，从1979年3月6日开始，整整持续了五天，参会人员大多在宁夏文艺界具有一定资历、身份、声望和影响力，会议的主题是讨论宁夏"今后如何更好地发展文学艺术事业"，并着重强调目前"最重要的任务"就是"要满腔热情地为四个现代化谱写颂歌，唱出时代的最强音"[①]。作为宁夏文学史上的重要事件，这两次会议被视为新时期宁夏文学起源的标志性事件，其现实作用是通过讨论磋商历史问题、交流创作经验的方式凝聚新的文学共识，重新聚合文学新力量，组建起文学创作队伍，进一步而言，这其实也创立了一种新的文学规范和文学话语，规划了此后一段时期宁夏文学的基本叙述和展开方向。当然，《宁夏文艺》办刊思路的明确与调整，也主要源于此。

作为省级文学刊物，《宁夏文艺》的作用之一是对宁夏文联和作协的组织活动、文艺政策、重要会议等，予以及时准确地通报。对于这两次会议，《宁夏文艺》都在显要位置刊登相关内容，这也间接表明了编辑群体观念的转变。不过，需要指出的是，这些"转型"迹象也体现着"前三年"（1977—1979年）"半旧半新"的过渡性特点：一是由于当时乍暖还寒的政治氛围，歌颂领袖和表现工农兵生活的作品几乎成为无可替代的主旋律；二是在文学政策的调整与文学风尚的变化的促动下，《宁夏文艺》有意摆脱颂歌与主题先行的拘囿。这些"信号"迅捷地呈现在刊物上：作品内容方面，多选择符合政治宣

---

① 闻廉：《解放思想、加强团结，为实现四个现代化做出新贡献》，《宁夏文艺》1979年第3期。

传的先进典型，注重纪实性，而作者的构成，则主要以工人、社员、知识青年、战士等业余作者为主，这些在期刊目录中被注明的作者"身份"从1977年第4期开始被取消。最为明显的变化是栏目设置。1977年1月，新辟的散文专栏《火热的第一线》被隆重推介，此后一年共六期连续从煤矿、炼焦、汽车运输、生产队、铁路、石油钻井等不同方面来表现在火热的生活中涌现出来的新人新事。3月，又专设《小说》栏目，并将其放置在刊首，首期的四篇小说前三篇（《黄河东流》《深山沟里机声隆》《稻苗青青》）为农村题材，最后一篇（《沙川师傅》）为工业题材，主要为配合当时"农业学大寨""工业学大庆"的政治任务和社会动员。现在看来，这一时期的小说内容单一，大都有主题先行的倾向，在形式和语言上也难以避免急就章的粗糙和草率。不过，其文学史意义在于小说这一体裁真正成为作者的首选，并在此后宁夏文学发展的过程中，扮演了极为重要的角色。真正令读者耳目一新的是1978年第4期，从这一期开始，《宁夏文艺》的栏目设置趋于统一，固定为短篇小说、散文、诗歌、曲艺、评论、歌曲、美术等版块。其中短篇小说开始占据很大的分量，并且在作品内容及主题上与当时文坛最为流行的"伤痕文学"极为相近，尽管它们大多还相当粗糙，但其价值真正体现在为新时期提供合法性的阐释。这一"信号"可以从宁夏回族自治区第一届文艺评奖中明显看出，1980年1月8日，获奖作品公示，在文学类获奖的三十三篇小说作品中，诸如首发于《宁夏文艺》的程造之的《潘问渔》（一等奖）、张贤亮的《霜重色愈浓》（一等奖）、张武的《三叔》（二等奖）等，大多通过表述主人公九死一生的理想、激情或怀念来揭露"伤痕"或反思历史。①

从1980年第4期开始，《宁夏文艺》正式更名为《朔方》。在《文艺作品要美——代改刊词》中，编辑们着重探讨文学创作的价值追求，认为文艺作品应该敢于鞭挞、揭露"生活中的丑恶现象"，运用美的"情境、形式、语言、风格"，去描写"美的事，美的人，美的性格，美的灵魂，展现出生活的美好前景"（《朔方》1980年第4期）。非常明显，就这篇富有感情色彩的改刊词而言，其立意一方面体现了时代思潮的价值诉求，即面对历史除旧布新的问题，通过更名达到去政治化的目的，呼应着思想启蒙、政策解放；另一方面，以"新生"来体现期刊在办刊主张、特色、选稿标准上对角色定位的渴求，也有意在读者群众中培养起"纯正"的文学趣味，也推动了宁夏文学与20世纪50—70年代文学的历史性决裂，"纯文学"逐渐成为评价所有创作的重要尺度。此外，相较于其他文艺期刊的更名，《朔方》为了彰显个性，还将构建西北地域特色作为革新刊物面貌的方向。由此我们意识到，《朔方》的复刊和更名就像一面历史的镜子，映射出宁夏文学在新时期发生时的地域特点、文学环境和存在的问题。当然，仅通过《朔方》的复刊与更名来探讨新时期之初宁夏文学的"实绩"，确实有些捉襟见肘，除了刊物在这一阶段重点不够突出、特色不够鲜明的局限性外，更重要的是缺乏享誉文坛的实力派作家和作品。实际上，在历史转型期，《朔方》借势而上、顺势而为的改版，通过对作品的选择、文学资源的取舍、帮助确立作家的身份和

----

① 以上史实资料参见宁夏文联编纂的《宁夏文联40年》第215页，印行于2001年12月。

地位、组织文化讨论等，使其通往繁花似锦的春天的道路开始铺就。

第二节　五次改版及其有效性

角色定位的明确，也使《朔方》确立了今后的发展方向——坚持走综合性文学期刊的路线。1976—1985年的十年间，《朔方》共出版九十二期，每期大约十万字，共刊发小说四百九十八篇，散文三百零四篇，诗歌一千七百首（含组诗），评论四百二十四篇，报告文学三十七篇等。[①]

表1-1　《朔方》栏目设置及作品发表数量（1976—1985年）

栏目	1976年	1977年	1978年	1979年	1980年	1981年	1982年	1983年	1984年	1985年	合计
小说	4	16	26	34	65	65	77	75	85	51	498
诗歌	37	156	134	116	177	211	251	224	223	171	1700
散文	6	18	19	20	35	50	49	38	42	27	304
评论	6	26	29	41	65	57	62	64	45	29	424
文艺消息	0	2	2	4	6	3	4	8	3	1	33
曲艺	3	16	12	5	0	0	0	0	0	0	36
报告文学	0	0	1	3	1	0	5	11	12	4	37

[①]《宁夏文艺》在1976年出版时为双月刊，由于当年10月重大政治历史事件的发生，笔者只将该年份的第5期和第6期纳入考量范围。在栏目设置及相关篇目数量的统计中，将某些体裁类型进行综合分类，具体为：散文含随笔、特写，文艺消息包含简讯、通讯，曲艺含小演唱、戏曲、歌曲、对口词、快板书、宁夏花儿、小歌剧、相声等，民间故事含民间叙事诗，美术含图画、篆刻、书法、木刻、摄影、剪纸。

栏目	1976年	1977年	1978年	1979年	1980年	1981年	1982年	1983年	1984年	1985年	合计
儿童文学	1	3	0	0	0	3	6	4	0	0	17
寓言	0	0	0	8	7	4	3	5	0	0	27
童话	0	0	1	0	1	3	1	5	0	1	12
民间故事	0	0	0	3	2	0	0	0	0	0	5
电影文学剧本	0	0	0	1	0	0	0	0	0	0	1
传记文学	0	0	0	0	0	0	0	0	0	12	12
武侠小说	0	0	0	0	0	0	0	0	0	1	1
美术	2	8	21	31	50	58	63	55	48	54	390

由表1-1可知，进入新时期，《朔方》（原《宁夏文艺》）开始改变复刊三年来的单一风格，依循综合性文学期刊的路线，容量增大，发表题材逐渐多样化，每期刊发的作品以精悍的短篇小说、诗歌、散文随笔、评论为主，其中小说篇目逐年增加，所占篇幅也最多。除此直观印象外，细致翻阅这九十二期刊物，可以清晰地感受到《朔方》在栏目编排、版面设置和装帧设计等方面进行的三次重要改版行为。

首次"变革"发生于1977年3月的第2期，最为显著的特点是开始弱化与此前政治相关联的元素。我们看到，期刊封一不再出现加黑字体标注的"毛主席语录"，封面和封底也彻底取消政治色彩极浓的宣传画，取而代之的则是由水彩、绘画、摄影等多元素构成的艺术化设计。此外，栏目也依序被重新设置为小说、诗歌、散文、小演唱、评论，而且将小说放置在头题位置。此后一段时期内，编辑部又在几处细节上进行调整，首次采取"读者反馈和有奖征文"两项措施，以此来提高刊物质量和订阅数量。1977年第6期的《宁夏文艺》中随附一张"读者意见表"，表格正反两面，需要读者反馈的信息主要涉及刊物中"作品的内容和形式"，以及"封面、标题、编排、栏目、插图以及印刷、出版发行工作"等。而同期发布的"庆祝宁夏回族自治区成立二十周年征文启事"则反响更大。这则启事发布不久，《宁夏文艺》便陆续收到稿件，编辑们也迅速在1978年第1期发表了三篇征文来稿（小说、诗歌、散文各一篇），这不仅扩大了刊物的影响力，而且直接提高了宁夏本地习作者的积极性。随后"大量应征作品"纷至沓来，一定程度上丰富了稿源，仅1978年全年就刊发了"征文作品九十四件"（《宁夏文艺》1979年第1期）。

新时期伊始，《朔方》一直在努力争取办成一份全国性的文学刊物，不过面临两个难题：一个是宁夏多年来没有在全国知名的作家和有影响的作品，另一个棘手问题就是稿源荒。当时，《朔方》的稿源主要分为两种，一种是重点来稿，即邀请著名作家为刊物撰稿，另一种是业余来稿，以期从中发现并培养新作者，但因为来稿质量参差不齐，有时甚至到了"等米下锅"的地步。对于此时还名不见经传的省级期刊《宁夏文艺》，只能先通过扩大宣传来解决迫在眉睫的问题。1979年底，《宁夏文艺》（1979年第5期）首次发布刊物"征订启事"，其中既重申了发展定位——以发表文学作品为主的综合性文艺刊物，又明确了办刊宗旨——刊登真实反映生活的作品，力求具有地方特色。"启事"的公布宣告了第二次改版的发生，而此次行为的最大亮点，一是将双月刊改为月刊，每期约八十页；二是将刊物正式更名为《朔方》。这些焕然一新的景象也延伸到内容和栏目的构思，首先，继续保留小说、散文随笔、诗歌和评论四大版块的格局，然后不定期以"特辑"形式重点推介本地作家作品，继而将其推荐到全国性文学期刊，乃至荣获全国性奖项，为作者提供了在国内国外文坛充分展示自己的机会。如在《小说》专栏下，推出了"本区新人新作小说特辑"（1981年第3期）、"农村小说特辑"（1981年第6期、1982年第1期）、"本区业余作者小说专辑"（1984年第10期）。而"银北诗会"（1981年第1期）、"新人诗页"（1982年第2期）、"女作者诗页"（1983年第9期）等诗歌专辑，则表明了有潜力的"诗人群"被有计划成规模地推出。1980年第4期开始专设的《朔方谈》，以杂文形式或介绍宁夏名胜古迹和地方风土人情，或评点社会及文艺问题，充实了《散文》栏目的内容。此外，在笔者看来，这次改版最大的惊喜是《争鸣》专栏的开辟，其中不仅有对当时各种文艺理论问题展开的自由讨论（1980年第1期），而且连续三年（1981—1983年）设置《本区作家作品评介》专栏，通过作品选读、新作推介、创作谈、作家访谈、文学批评等形式共推出十二名作家、十八篇作品和一本诗歌集。① 除了在栏目上的推陈出新，从1981年第6期至1983年第12期，编辑部还别出心裁地在每一期的扉页上撰写了约五百字的"卷前丝语"，类似于其他一些

①这一栏目大多以一名作家或一部作品的专题形式呈现，一次推出两至三篇，文章多是邀约作家、评论家的原创专稿，无疑提升了本地作家和作品的传播力与影响力。按照刊发顺序，包含的作家有路展、戈悟觉、高嵩、伊布拉英、马知遥、杨少青、金万忠、张武、那守箴、阿耀、张贤亮、娄天木。

刊物的"编者按"或"编者的话"，主要以"导读"的形式对本期刊物所发表的作品进行简明介绍与精彩评价，也有编辑的愿景和期待。这些举措不仅扩大了刊物的影响力，而且直接提高了宁夏本地习作者的积极性，为宁夏本地优秀作家、作品的培育提供了沃土。

对于《朔方》来说，1985年是一个特殊的年份。1983—1984年间，宁夏回族自治区党委宣传部联合宁夏文联，对《朔方》进行人员岗位调整，展露写作才华并获奖的编辑升任副主编，又加入了几名年轻人。[①]这次调岗为《朔方》带来了全新气象，"他们锐意革新，奋发图强，无论是办刊的方法和组织、经营管理，还是在刊物本身的内容和形式上，都有了一些新的探索和开拓"[②]。不同思路的碰撞给期刊带来了活力。《朔方》在1985年第1期进行了第三次改版，而且力度很大。良田万顷鸟瞰式的封面设计、竖版排列的彩色目录、舒展大方的小说题图、疏密有致的诗歌版面，以及彩色的封底广告，都给读者带来了不同寻常的新鲜感。读者们不只是看到了焕然一新的装帧设计和版式印刷，而且感受到了编辑们在内容设置上的衡虑困心，既有名家名作来吸引更广泛的读者，也有宁夏

①经调整，由高深（诗人、小说家。其诗歌《致诗人》获1980年第一届全国少数民族文学创作奖二等奖，中篇小说《军人魂》获1985年第二届全国少数民族文学创作奖一等奖）主持《朔方》工作，副主编除了虞期湘（1959年兰州大学中文系毕业后分配至编辑部，发表多篇报告文学与散文），又提拔了擅长文学批评的潘自强（1980年获宁夏第一届文艺奖评论类二等奖）、已发表多首诗歌的肖川（获宁夏第一届文艺奖诗歌类一等奖和二等奖）、从事小说和剧本创作的李唯（获宁夏第一届文艺奖二等奖、第四届文艺奖）。以上史料文献参见于宁夏文联编纂的资料《宁夏文联40年》第60页，印行于2001年12月。
②《宁夏文艺期刊编辑部负责人座谈会纪要》，《朔方》1986年第12期。

本地作家和文学新人拓展宁夏文学的传播及影响。较之以往，《朔方》更加有意突出浓郁和鲜明的地方特色。这一特色除了封面设计加以呈现外，主要依靠编选具有地域特色的文学作品，比如在栏目上增加了《春风第一枝》，其中专门设置了《宁夏作家论》和《塞上新诗》的专页，用于刊载宁夏新人新作，并配发编者或名家的专业点评。其中推出的青年作家马治中，"年轻的塞上诗群"中的沙新、杨云，以及使宁夏诗歌蜚声文坛的王世兴和杨少青等人，都成长为宁夏文学发展中不可忽视的力量。[①] 为了此次力度最大的改版，编辑部从1984年下半年就开始进行筹划和调整。特别需要指出的是，不同于前两次改版的"默默独行"，这次改版后，《朔方》主动"敞怀迎客"——第1期刊发后仅一个月，编辑部就借在北京参加1984年短篇和中篇小说评奖选拔会议的机会，举行小规模座谈会，专门邀请十余家文艺期刊和出版社的编辑们对《朔方》的"新貌"和提高刊物质量建言献策。通过由"内"（期刊编排）及"外"（广泛宣传、扩大影响）一系列的措施，我们发现，自1974年复刊，历经近十年的发展，《朔方》在尽量保持刊物的稳定性与连续性的前提下，办刊宗旨和角色定位也更加明朗。

---

① 在新时期宁夏文学史上，青年作家马治中的《三代人》（《朔方》1982年第9期）是第一篇提出发展地方教育的小说。作品生动地刻画了苏万才老人宽容温和又守旧迂腐的多样性格，通过展现这一家三代人之间在生活观念、思想意识上的对立与冲突，揭示出新时期宁夏人民生活的变化。在考察《朔方》和新时期宁夏文学的具体关联时，我们会发现诗歌创作取得的成就仅次于小说，而王世兴和杨少青创作的"花儿诗"则使宁夏诗歌声名远扬。他们在《"花儿"四首》（王世兴，《朔方》1980年第7期）、叙事诗《龙口里吐一条白练》（杨少青，《朔方》1982年第11期）中创造性地将传统的艺术表现形式花儿与叙事诗结合在一起，新颖地表现了丰富复杂的现代生活，弥漫和渗透着地域文化的精神情韵，使文人花儿成为宁夏文学百花园中又一朵奇葩。

20世纪90年代前后中国市场经济的整体推进，文学的边缘化和纸质媒体的边缘化相互缠绕，对新中国成立后长期依赖财政拨款维持运转的文学期刊带来了强烈冲击，由此造成的订阅数和发行量的普遍下降，凸显了期刊的生存困境。对省级文学期刊而言，面对市场，如何使办刊的理念从编刊转变到经营刊物上来，从而改变多家省级文学期刊大同小异的面目，使期刊突出个性与特色，成为编辑部最迫切、最需要解决的问题。对此，我们可以从《朔方》的"广告"中窥得一二。1988年6月，《朔方》第6期首次刊登了"欢迎订阅《朔方》文学月刊"的广告，在这则仅三百二十八个字的广告中，清晰地阐明了刊物特色（突出地方色彩和西部风韵等）、定位（反映时代精神，开拓文学题材，提倡风格多样）和宗旨（团结各族作家，扶植文学新人）。此后《朔方》一直沿用此广告做宣传，除定价与地址外其余内容均未改变过，更值得注意的是，订阅广告中的关键词，如地方特性、中华民族、西部风韵、时代镜像、新人培育等，既是对此前办刊经验的总结，也是今后刊物运营的基本遵循。基于这样的办刊理念，出刊二百期之际（1990年），《朔方》再次大改版，首先更新了"形象"，即在封二选用一些带有宁夏地域或人物风情的摄影作品来凸显地方色彩，如《百岁老人》（1990年第1期）、《羊皮筏子飞渡黄河》（1990年第2期）、《贺兰山印记》（1990年第6期）、《沙漠驼铃》（1990年第10期）等，又在封底选用宁夏艺术名家的国画、油画或版画作品来提升刊物的审美品位。紧接着，在1991年对刊物进行大调整，最明显的是将此前一直延续的《小说》《诗歌》《散文》《评论》四大栏目更名为《小说世界》《散文天地》《诗歌园圃》《文学评论》。除了栏目变更，版式上也进行了调整，如从目录到标题再到正文，都加大了字号，并根据作品内容添加了相应插图，同时增加了纸张厚度以避免文字透页。正如《朔方》在当年最后一期所做的总结，此次改版"从组织、筛选、编发稿件到版面装帧设计，总想让刊物的内容和形式显得丰富些、多彩些、新颖些、活泼些"（《朔方》1991年第12期"卷前语"）。不可否认，调换后的栏目标题更加活泼，提高了读者的阅读兴趣，并且开阔的版面与丰富的图文增强了文学刊物的观赏性，促使读者去订阅或购买。相较于1985年，1991年的改版主要是在形式上进行较大调整，但在选用作品的标准、类型和编发样式上，实际上并未发生太多改变。由此可见，在20世纪90年代初的社会语境下，《朔方》更加注重外部包装和对外宣传，这已流露出浓厚的商业味道。

和1988年一直沿用的订阅广告有所不同，《朔方》在1996年的一则订阅广告中悄然做了些许改变。这则广告的指向不再是期刊自身的宣介，实为稿约，即"欢迎社会各界，尤其是文学青年及尝试创作的文学爱好者投稿（小说、诗歌、散文、杂文、评论等各类体裁均可）"，为此，力推两项举措：一是未来两年内"增大发稿幅度（如增刊形式）"，广发文学新人的稿件；另一是"加大编辑力量"，对来稿"必修改并回信答复用否"。①值得注意的是，这则广告是一次富有尝试的运作，显现了编辑理念在市场经济语境下的转变，即更加贴近读者和

① 《文学投稿？请投〈朔方〉》，《朔方》1996年第12期。

生活，也就是面向以读者（消费者）为中心的广阔市场，迫切地希望得到来自外部的肯定以及市场的效益。由此可以看出，编辑们意识到文学期刊是文学传播、思想表达的工具，也是一种独特的接受读者选择的商品。这是编辑方针的变化，更是一种经营策略的变化，必然影响到《朔方》此后的办刊理念。和不少省级文学期刊一样，《朔方》此后几年间也遭遇到办刊经费不足、发行量下降、高质量的稿件匮乏、作者创作热情减弱、青年作家流失、读者群减少等困境，于是在1999年再一次"革新"：一是重新归类沿用多年的按照文学体裁划分的栏目模式，"版块式"地推出"重头栏目"：《西部作家》（"正在和曾经在西部工作生活过的作家们"）、《今日作家》（"全国各地的作家们"）、《未来作家》（"扶持跨世纪的文学青年和文学新人"）、《名家新作》（封二的《名家写真》图文并茂，与内文《名家新作》相得益彰），以及《佳作赏析》《批评与思考》等若干新栏目，文学体裁则以括号备注的方式置于作品名称之后。二是改革编辑制度，将"分组发稿"改为"责编人人组稿，然后集中审阅，层层把关，严格筛选"。总体来看，这次改版从封面到内容，比较大气，带有浓郁的西部色彩。①尽管这次改版产生了一定的效果，读者反响不错，但从刊载作品的数量来看，各栏目的稿源并不均衡，不仅《今日作家》《名家新作》和《批评与思考》等栏目多次缺稿断更，而且力推的《未来作家》栏目一整年没有刊发一篇作品。如此看来，即使《朔方》为作家赋予标签而创造营销亮

---

① 参见《开年的话》，《朔方》1999年第1期；《九九春华话〈朔方〉：〈朔方〉1999年1—3期评刊座谈会纪要》，《朔方》1999年第5期。

点，也难以掩盖当时名家约稿难、作者队伍不健全、本土青年作者水平待提升、稿酬低等问题，这些原因使得此次大幅度的调整只能偃旗息鼓，2000年又再次恢复成此前按照文学体裁分类的栏目模式。①

以文学史视野观照《朔方》在新时期五次（1977年、1979年、1985年、1991年、1999年）重要"改版"行为——改版缘起、改革中的具体状态和效果，有助于我们更深地体察期刊审美趣味、办刊宗旨、组稿能力等与文学思潮的深层关联。进一步而言，作为和新时期宁夏文学同步发展的见证者，《朔方》显然有效地参与了针对新时期宁夏文学发生与发展的规划。在笔者看来，其有效性着重体现在呈现出鲜明的地方意识、民族团结，促进形成氤氲于宁夏文学之中的特殊的地域文化和中华民族共同体意识。

从1979年到1984年，在来稿内容和题材的择取上，《朔方》既希望作品能够细致描绘地方的风土人情，又能够深入挖掘民众的新生活，将精神内涵审美性加以呈现。土生土长的宁夏青年作家马治中在《朔方》"亮相"时，就以其笔下鲜明的艺术风格获得关注。他的《三代人》（《朔方》1982年第9期）是第一篇提出发展地方教育的小说。他熟悉和了解本地生活、人物和心理，所以能运用富于地方特色的语言来刻画人

---

① 据宁夏"三棵树"之一的作家金瓯曾回忆，20世纪90年代，有些地方性文学期刊舍得砸钱，通过优厚稿酬和超前版式设计吸引眼球。《朔方》因为"穷"，没有挤进流行的文学潮流里，但为了"生存"，编辑部一方面革新栏目和内容，另一方面有意策划全国性文学活动以推介本地作家和《朔方》。于是，当时的期刊主编冯剑华带领编辑四处奔波筹钱，精打细算，勉强维持着。参见金瓯：《从〈朔方〉出发》，《朔方》2018年第8期。

物的形貌、神情和心理，也善于把握生活前进中的新现象、新矛盾，给人以真实、可信之感——这无疑是对当时宁夏文学创作的推进。此外，真正让宁夏诗歌蜚声文坛的是王世兴和杨少青创作的"花儿诗"，他们不仅拓展了诗歌的表现空间，而且更为新颖地表现了丰富复杂的现代生活，弥漫和渗透着中华优秀传统文化的精神情韵。作为突出鲜明地方特色的辅助，《朔方》还采取当时"时尚"的策略：一个是"广告"宣传。1981年第5期的《朔方》在封底刊登了一整页的广告，以征求订户，扩大发行。这在《朔方》办刊史上还是第一次。更为特别的是，这则广告是九省区的文学期刊在同一时期联合发布的，其"广而告之"的意义既表明刊物对地方文学的重视，突出西部和地域特色在《朔方》中的重要地位，又通过逐步扩大的传播效果，更新着社会对文学存在状态的认知。另一个方法是"画页"渲染，即在刊物的封面或封底上刊登与黄河地域文化、地区色彩相关的美术作品，不仅追求视觉审美上的冲击力，而且讲究与刊物宗旨、内容的契合。

基于在作品风格上对乡土地方色彩的极力彰显，《朔方》从1986年第3期开始，先后编发银川、同心、中卫、盐池、海原、青铜峡、固原、西吉、惠农、石嘴山、灵武、陶乐、彭阳等地的作品专辑。在这些专号或特辑中，除了文学作品，还有作者本人的创作谈和编者的点评，它融创作、批评、研究、传播于一体，以编者为纽带，以期刊为阵地，将作家、评论家、研究者和普通读者连接在一起。

第三节　启事、广告与征文

　　作为宁夏文学的鼎力支持者和现场参与者，《朔方》既是面向作家和文学爱好者的一扇窗口，也是传达文艺政策、指导文学活动、组织动员作家创作、培养文学新人、展示优秀成果的重要平台。与那些在新时期文坛声名显赫的国家级纯文学期刊和颇有特色的省级文学期刊相比较，《朔方》因"边地"而显得存在感比较微弱，但结合上文所述，1976—2000年间，五次重要改版（1977年、1979年、1985年、1991年、1999年），不断对自身的定位、栏目以及封面设计进行调整、重估以及构造，都生动地反映了新时期的《朔方》依靠微弱的个体力量探寻生存之路和凝练特色的艰辛历程，我们更能从中感受到语境、市场、读者、地域等因素带给文学期刊的紧迫感，以及由此生发的普遍性焦虑反应，这些都不应该被漠视。在这一复杂的动态过程中，打破与延续、重铸与新生、矛盾与困惑并存，其中一个个"编辑部的故事"显现出时代转换之际的文学变迁轨迹，也凸显了一些相关联的问题，譬如在商品经济运作全面深入文学生产方式之时，面临经费拮据、读者流失和特色不鲜明等困境，《朔方》通过广告植入、征文评奖、报告文学刊发、微型小说倡导、本地作家培育等措施，在文化功能、内在结构、刊载内容与出版形式等方面进行了调整与蜕变。通过探究它的复杂结构、动态进程和运作机制，地方文学最鲜活、最丰富、最具特征性的时代元素及其精神气质就可能真实地呈现出来。

　　《朔方》在1986年第9期刊发了一条启事：

鉴于邮电部门的有关规定和节约资金的原则，本刊对来稿特作如下声明：

一、凡来稿均请作者贴邮票；

二、来稿请作者自留底稿，本刊一般不退稿；

三、来稿请勿一稿两投，三个月内未接到采用通知可自行处理。

十年后，《朔方》1995年第1期另发的一条启事与这条有异曲同工之处：

由于加强经济核算，1995年《朔方》刊物不再向个人和社会各界赠送，敬请谅解。《朔方》每册定价2.00元（邮购每册另加邮挂费0.20元），需购者请与本刊发行组联系。

这两则启事简短但十分重要，如若放置在一起进行对读，我们会在"节约资金""经济核算""贴邮票""不退稿""不赠送"等只言片语中发现一些值得探寻的言外之意。在市场化改革的浪潮中，大多数期刊的财政补贴被取消，并且要"独立核算，自负盈亏"①，这些政策使得文学期刊面临最

---

① 1984年底，国务院发布《关于对期刊出版实行自负盈亏的通知》，文件规定："各省、自治区、直辖市可有一两个作为文艺创作园地的期刊，这些期刊也应做到保本经营，在未做到之前，可仍由主办单位给予定额补贴。""省、自治区、直辖市以下的行署、市、县办的文艺期刊，一律不准用行政事业费给予补贴。"参见《国务院关于对期刊出版实行自负盈亏的通知（一九八四年十二月二十九日）》，《中华人民共和国国务院公报》1985年第1期。

为严峻的考验，不仅对其发行数量、角色定位、读者消费、稿酬等产生重要影响，而且随着邮局发行费、纸价以及人工成本的不断提高，期刊经费不足的问题愈发严重。1986年8月，宁夏回族自治区党委宣传部召开全区文艺期刊编辑部负责人座谈会，参会者表达了期刊运营左支右绌的艰难情状："一是经费大多不足。特别是今年以来，由于邮局发行费提高、纸张提价及其他一些原因，刊物的经费更加拮据，有的已濒于停刊。二是编辑人手少。有的刊物甚至只有一二个编辑，难以保证质量，编辑青黄不接，后继乏人。三是编辑人员的工作、生活条件较差，影响了积极性的发挥。"①四年后，宁夏回族自治区党委宣传部再次召开全区文艺刊物负责人座谈会，专门强调全区文艺刊物当前总体的办刊方针为："立足本区、面向全国，把重点放在培养本区作者，促进繁荣我区文艺创作，活跃我区基层群众文化生活。"不过，与会者们最为关切的还是因"经费严重短缺"、人手不足而导致的"生存危机"，并且担心"连起码的生存条件也谈不上，办好刊物只能是一句空话"。因此，编辑们呼吁有关部门尽快解决办刊尚缺的"经费十万元"，并且大胆地提出应该"开展正当合法的'有偿服务活动'"，从而"取得一定的经济收入，做到以文补文，增强刊物活力，部分缓解经费不足的困难"②。

　　文学期刊举办的编者专题会议往往是期刊领会精神、商讨应对措施、团结统一认识的主要途径。相比于作家作品研讨

---

①闻艺：《宁夏文艺期刊编辑部负责人座谈会纪要》，《朔方》1986年第11期。
②秦发生：《端正方向、明确职责：把文艺期刊办成社会主义的文艺园地——全区文艺期刊编辑部负责人座谈会纪要》，《朔方》1990年第3期。

会，对文坛现状的交流会可以更加彰显时效性和现场感，将自身的办刊理念、刊物传统与当下文学形势相结合，及时地传递给评论家和作者，使得这三者形成一种交互性极强的文学场域。在此意义上，从《朔方》应对生存困境而召开的文学会议中可以看出，1985—2000年，面对办刊经费紧张、发行量下滑[①]、编辑人员经济窘困等问题，期刊在保持文学性的前提下，从刊物自身入手解决经济问题已经失去可能性，为此而采取的"自救"（如启事中的条款）自然地带有应急性和功利性的印记。当然，无论何种"自救"，获得直接的必要的资金扶持是最紧要的，而快捷通道便是与企业联姻，采取的措施是广告植入和征文比赛。

《朔方》刊登的广告大致可以分为两类：一是文学广告，主要宣传办刊方针、刊物特色，并推介本地作家作品。二是商业广告，用于各种产品、工厂或企业的宣传。关于文学广告，已在前文中有所论述，此处不再赘言，以下专门分析商业广告。1985年第1期的《朔方》在封底处刊登了第一则商业广告——"寒痛乐热敷袋"，详细介绍了宁夏银川卫生材料厂生产制作的热敷袋的功用、种类、效果。这则广告开启了《朔方》广告植入及与本地企业的联姻，通过此路，文学刊物获得

---

① 20世纪80年代中后期以来，曾突破百万的著名期刊的订数也滑落到10万左右或以下，绝大部分文学期刊的单期发行量下滑至万份以下，有的甚至只剩几千册。根据《中国当代期刊总览》的发行量数据，《朔方》1981年为一万八千二百三十七册，1986年就已跌落至七千册。到了20世纪90年代，发行数约为三千册，其中有三百册左右是读者自己付费订阅的，还有一部分固定订阅用户，如各级单位图书馆和各大高校图书馆，其他剩余的册数主要用于赠阅，主要面向与《朔方》业务相关的单位及个人，以及部分高校图书馆、文学社团和国家级、省级作协等。

了资金帮扶，而本地企业则依赖于文学传播提升了知名度与文化含量。文学广告虽然散布于文学期刊的边边角角，但作为一种信息传递手段，向读者传递的是有关文学作品作为精神产品的信息，其目的也像一般商品广告一样以促销为目的。1985—1986年，《朔方》文学广告的数量明显多于商业广告，原因在于这一时期，文学界在艺术上力争突破旧的话语模式和写作范式，"回到文学自身"和"文学自觉"成为新的历史诉求，背后隐含的是告别文学与政治之间紧张关系的历史情境。于是，探索、突破、求新求变是这一时期文学的主要特征，这不仅对于文学创作艺术层面的探索有了高度飞跃，一大批作家创作出极具个人风格的代表作，而且各种文学期刊纷纷介入文学批评方法的引进与批评场域的构建中来，相互间的文学交往与广告合作也十分密切。1987—1989年，广告数量明显下降，数量骤减的背后，有着文学边缘化的态势，也反映了刊物和编辑们面临生存危机时的犹疑与迷茫。笔者注意到，这几年在为数不多的广告中，《朔方》着力推介"有偿服务"，操作方式是开辟专栏，专门发表企业家（包括个体经营者）的诗作、照片和传略，或是提供版面，为各地厂矿企业及文学社团和个人编发作品小辑，而这些服务都是付费的。如1989年第1期的一则广告中申明要同时开展三项有偿服务：一是招收首届诗歌函授学员，重点班学费六十元，普通班学费三十元。二是开辟自选诗版面，每十行收费十五元。三是为企事业单位与诗歌社团服务，开辟《企业家的风采》专栏（面向区内外），发表企业家（包括个体经营者）的诗作、照片和传略；为各地厂矿企业及诗歌社团提供版面编发作品小辑（收费另行协商）。这则广告面世后，来电咨询和来稿数量有所攀升，《朔方》也兑现承诺，推出两期诗歌专号（1989年第5、10期），刊发了付费者的作品。这项有偿服务的举措并未偃旗息鼓，在20世纪90年代中期也实施过。譬如，1995年第12期，《朔方》专门推出"诗歌与企业文化专辑"，刊发企业家、企业职工、文学社团等作品四十五篇，虽名为"弘扬中华民族精神，繁荣诗歌创作，为改革大潮擂鼓助威，宣传企业形象，展示当代企业家风采"，实则还是为创收而采取的举措。

进入20世纪90年代，商品经济的深入发展广泛影响着人们的生活方式和价值理念，《朔方》两类广告数量皆有增多，尤其是商业广告的数量一度遥遥领先。1992年第1期的《朔方》再次刊登商业广告"近视眼的克星——小孔眼镜问世"，这条医疗广告来自河北省里（蠡）县004信箱保健经营科，全文三百字左右，与《朔方》一则"征文启事"并置于正文最后一页，颇有象征意味。然而，商业广告带来的收入毕竟有限，而且不固定。为了获得更多和相对持久的资助，《朔方》尝试与企业合作。1994年第9期，《朔方》扉页除了原有的"名誉主编张贤亮"外，赫然出现了另一个陌生的称号与名字："名誉社长白亚南"。此人并非文艺界人士，而是成立于1983年的北京同力制冷设备公司的总经理。与此同时，同期封二整个版面详细介绍了该家公司的规模、特色、主要产品、销售业绩、销售量等，图文并茂，并且配有专门的英文介绍。从1994年第9期到1997年第12期，三年多的时间里，不仅名誉主编与名誉社长共同并置于《朔方》扉页最显眼处，而且在封底刊登同力制冷厂和同力空调的宣传广告次数达到二十七次。不过，无论是企业广告，还是企业家照片和各类宣传性文字，都与《朔方》提倡的"纯文学"风格不太协调，使得文学期刊变得面目不清，甚至这种"联姻"似乎也成了一种变相的利益交换关系。于是，1998年后，关于北京同力制冷设备公司的广告再不见踪迹，《朔方》也悄然结束了这段刊企合作。广告植入为《朔方》走向市场做出了初步尝试和探索，尽管与商业"联姻"并没有为刊物带来可观的收益，但意味着地方文学期刊的改革大幕已徐徐拉开。

得益于企业一定的经济支持，《朔方》筹划通过不同形式的文学活动介入文学现场，以期引导文学发展的方向，体现文学期刊在宁夏当代文学构建中的独特力量。其中最重要的形式是与企业联合举办"征文评奖"。1985年8月，《朔方》联合中国作家协会宁夏分会共同举办"宁夏四地区（市）文学大奖赛"。此次征文评奖活动历时一年，评委会成员由宁夏著名作家、评论家及编辑组成，地域范围涵盖宁夏银川市、石嘴山市、银南地区及固原地区。活动开始后，《朔方》在1986年第3、6、8、9期的特辑上共计发表了宁夏六十八名作者的八十三篇征文作品。经过评审，三篇小说、两首诗歌、一篇散文和一篇报告文学最终获奖。这次活动广受关注，一方面发现和培育了文学新人，如获奖作者屈文焜、马中骥等此后成为宁夏作家队伍的中坚力量，同时石嘴山、固原等地区的作家群体性和地域性特点也初步显露；另一方面，在宁夏文学发展中构建了一种典范式的目的单纯的文学评奖制度，即保持刊物严肃的文学格调，繁荣宁夏文学事业。此后《朔方》联合宁夏回族自治区党委宣传部或宁夏文联、作协举办的不同形式的征文评奖，如

1987年的"报告文学征文比赛"，1989年的"宁夏首届少数民族文学创作评奖"等，都参照此模式而开展。

面对日益严峻的生存形势，《朔方》不得不积极面向市场，征文评奖自然随之调整。1989年9月，《朔方》联合宁夏十一家新闻、出版、文化单位举办"宁夏一日"征文评奖。征稿题材体裁不限，内容需展示"作者最难忘的一日和感人至深的事迹"，要用质朴的语言描绘"自新中国成立以来宁夏的巨大变化"，真实记录"时代前进的足迹"。活动历时四个月，截稿时共收到参赛稿件三百三十一篇，最终有三十篇作品获奖。如果仅从征稿方式和评审程序等层面看，这次活动与之前并无不同，然而，在1990年2月举行的颁奖大会上，时任宁夏文联主席张贤亮在肯定征文活动的同时，特别强调这是"我区企业与文学结缘的一次成功尝试，充分说明了企业与文学相互促进的可能性和可行性"。张贤亮赞许中的"企业"就是此次征文评奖的商业赞助商——吴忠配件厂，这是《朔方》首次联合企业举办的文学赛事，在宁夏文艺界也是首次。期刊需要企业经费资助开展文学活动，而企业之所以愿意资助，除了商业推广之外，还希望借助文学的文化属性而提升企业的文化内涵。正如该厂厂长在颁奖大会上所说，发展社会主义企业需要精神文明建设，这次活动，宣传了企业，增强了企业文化意识。①基于成功的经验，1992年，为纪念毛泽东《在延安文艺座谈会上的讲话》发表五十周年，《朔方》仅在半年时间内，就联合区内企业宁夏电力局、宁夏烟草公司、中房银川公司，分别筹办了三项征文评奖活

---

① 以上关于此次征文评奖活动的材料，皆参阅李春俊《"宁夏一日"征文评奖揭晓——三十篇作品荣获优秀作品奖》，《朔方》1990年第4期。

动："宁夏诗歌有奖征文""'金驼杯'文学理论评奖征文"和"'中房杯'微型报告文学奖"。这些征文评奖赛事是《朔方》增加办刊经费的举措之一，在20世纪90年代文学期刊的运营中司空见惯。然而，需要特别说明的是，《朔方》与企业的合作方式有其自身的独特性，主要在于宁夏财政对《朔方》的行政拨款只是减少而非完全取消，因此，虽然办刊经费捉襟见肘，但编辑部与企业合作的前提始终是坚持纯文学品位、保持相对较高的文学艺术水准，这与其他一些文学刊物在市场中的"随波逐流"或"改头换面"十分不同。[①]由此看来，很多文学期刊为解决生存危机寻求企业的经济资助，这种刊企"联姻"有助于缓解办刊经费紧张问题，同时广泛开展文学活动，但也存在着不稳定和潜在的制约因素。因而，国家资助仍具有不可替代的作用，通过相应的政策支持和直接的财政倾斜，引导刊企联合成为一种长效机制，是必要之举。

第四节 报告文学的"中国潮"
与微型小说的"读者路"

随着多重文化消费方式和多元文艺样式的冲击，《朔方》还面临"读者锐减"的难题。在1991年第1期《朔方》的"卷首语"中，编辑部敬告读者："改革大潮使人们的精神世界发

[①]为支持宁夏文学艺术事业的发展，1998年4月25日，宁夏回族自治区人民政府一次性划拨给宁夏文学艺术基金会四十万元，并将逐年增拨至一百万元。同1982年下拨的十万加在一起，这一年宁夏文艺基金已达五十万元。参见宁夏文联编纂的资料《宁夏文联40年》第163页，印行于2001年12月。

生了巨大变化。作为地方文学刊物怎样适应这种变化以满足广大读者的精神需求，是我们苦苦追求而不懈的愿望。"那么，如何不脱离读者，且适应读者多样化的阅读需求呢？《朔方》的思路是："坚持现实主义的办刊传统，强化刊物的地域特色，进一步紧紧拥抱火热的社会生活，追求时代性、现实性和可读性的和谐统一。"如前文所述，继1985年大改版后，《朔方》在1991年又一次进行大规模改版，这显然是他们意识到"封面设计和内容编排上的求新求美"，可以"给纯文学刊物以新美的装饰，使读者开卷而感到悦目"（《朔方》1991年第1期"卷前语"）。由此看来，面对读者的分流和对文学愈益苛刻的选择，重新考虑市场效应和读者的阅读需要，成为《朔方》调整办刊思路与制定举措的又一重要指向。

有没有读者，绝不仅仅是经济效益问题，更是一个价值尺度。1991年4月10日，《朔方》召开读者座谈会，与此前编辑部常举办的作家笔会、小说和诗歌创作研讨会、青年作家改稿会、中青年作家及其作品的专题研讨会等有所区别，此次会议专门面向社会读者，邀请了读者、业余作者、报刊社的编辑和记者以及作家共五十多人参加，会议除了对刊物的纯文学办刊方向、栏目设置、版式设计等方面有所涉及外，讨论最多的话题是"通俗文学的冲击和广大读者阅读兴趣"。与会者认为当下"人们文化生活"多样化发展，这对纯文学刊物提出了挑战。面对挑战，《朔方》几次改版，装帧设计图文并茂，"使读者对刊物产生一种整体性的美感"，同时也在内容上有所调整，刊载的"报告文学、小说、散文颇有意味，是有一定质量的"，不过，读者期待的"有质量的高品位的作品还不多"①。这次会议后，每隔几个月，《朔方》就专门召开读者座谈会听取读者建议。通过和读者面对面的接触交流，编辑部明确意识到，既然要彻底走向市场，将办刊方向"瞄准"读者，除了在刊物封面、装帧设计、稿件选择等方面精心打造，还需要将单一的编刊角色转换到经营刊物的角色上。也就是说，办刊者首先是刊物的经营者，其次才是编刊者。既然是经营者，就要考虑刊物的市场效应和读者的阅读需要，并花气力培育文学市场，引导文学阅读的广度，扩大读者的文学视野；而作为编刊者，要在内容的可读性和体裁的丰富性上下功夫。

新时期以来，《朔方》一直致力于发表宁夏作家创作的小说，还组织评论家对这些作品进行评介，同时，也对诗歌和散文创作倾注了不少心血，这都促进了新时期宁夏文学的发展和繁荣。对此状况，笔者细致梳理了《朔方》1985—2000年间刊载的作品数量及种类（见表1-2），与其1976—1984年间的数据（见表1-1）比较，可以发现，除了小说、散文随笔、诗歌评论四大版块保持稳定外，出现了两个显著变化：一是报告文学发表的数量呈上升趋势（1976—1984年间的数量一共为三十三篇，1985—2000年间的数量攀升至二百四十三篇）。二是小说分类更加细化，特别是微型小说一度成为热点。这两个栏目的革新正是基于读者在文化消费方面的多样化选择而展开的。

---

①达奇：《〈朔方〉召开读者座谈会》，《朔方》1991年第6期。

表1-2　《朔方》栏目设置及作品发表数量（1985—2000年）

年份	短篇小说	微型小说	中篇小说	散文	诗歌	报告文学	评论	传记文学	纪实文学	美术摄影	通讯消息
1985	39	0	10	24	170	5	19	12	0	55	11
1986	59	6	5	27	189	10	33	3	0	25	9
1987	65	0	7	33	196	5	28	0	0	55	0
1988	73	0	0	37	164	9	17	0	0	44	0
1989	58	6	0	26	245	18	16	0	2	27	2
1990	69	0	1	88	126	11	17	0	0	38	4
1991	55	33	0	114	127	17	25	0	0	39	5
1992	59	38	0	66	132	30	27	0	0	62	7
1993	51	18	0	93	124	30	23	0	0	53	5
1994	37	64	1	78	129	26	24	0	0	40	0
1995	37	15	0	109	112	27	22	1	3	34	0
1996	50	10	0	111	89	24	16	0	0	12	0
1997	63	7	0	140	80	10	12	0	0	12	5
1998	75	31	0	131	132	8	17	0	0	12	8
1999	78	0	0	95	61	10	21	0	0	24	3
2000	69	0	0	77	63	3	19	0	0	12	6
总计	937	228	25	1164	2139	243	336	16	5	544	65

　　根据表1-2所列数据，自1985年开始，报告文学作品的数量逐年增加，1990年前后几年间增长速度最快。其实，《朔方》在1982年就明确提出"报告文学反映生活及时，与时代声

息相通，是文学创作的轻骑兵，应予提倡"，而且此后还"继续发表这类作品"（《朔方》1982年第9期"卷前丝语"）。因而，对于报告文学先天所具有的新闻特性，以及对现实的参与和对生活的干预，《朔方》一直保持关注，并且伴随着速度增长，还不断更新报告文学的表现对象与范围，从最初为老干部平反、重塑知识分子形象、书写改革开放，再到礼赞社会主义新人的奋斗精神，审视社会问题等，都与社会热点和时代热潮大致同步。

20世纪80年代后期，改革大潮中风云变幻的社会使读者需要快速接受各种信息，而无意沉醉在虚构性的文学世界，也不愿纠结于纯艺术的实验和形式探索设置的太多的阅读障碍，作家需要快速地切入生活，再现作品内容的社会性，才能勾起读者的阅读兴趣，产生明显的社会反响。因此，对于读者来说，文学期刊栏目只是期刊内容分类的标签，关键是要从具有时效性的题材中看到改革时代和经济社会中的各色问题。面对读者的阅读兴趣和热情自然转向内容反映社会现实又通俗易懂的报告文学的事实，编辑们清楚地意识到："要开扩题材范围，更多更快地反映现实中的积极事物，使人民通过具体的事实看到希望。……但是要坐等这样的小说来稿是很困难的。因为小说的取材和生产的时间不是能由编辑室主观努力来决定的，只有组织报告文学的写作才能达到这个目的。"[1] 其中也反映出报告文学创作和接受热潮的两方面原因，一是报告文学自身有很强的现实性和世俗性，有更具体实在的社会场景与人生画面，

---

[1]刘剑青、秦兆阳、梅朵：《报告文学的现状与展望——〈人民文学〉〈当代〉〈文汇月刊〉编者答本刊记者问》，《文艺报》1982年第2期。

这种优势使得它直面当代社会中的政治、经济、文化、伦理等各个领域，紧紧抓住时代的脉搏，揭示社会改革转型期的综合征，从而征服和满足了读者。二是从报告文学的生产来看，它具有很强的操作性，领导出方向→编辑组织→主人公讲故事→作家执笔，这种自上而下、环环相扣的配合联动，才可能产生出一篇出色的报告文学作品。[①]基于以上分析，我们便能进一步讨论《朔方》对报告文学提倡的意图。

依托1985年的大改版，《朔方》自1986年起特别设置报告文学专栏《在西部土地上》，"希望把这个栏目办成有西部特色，成为西部面貌、西部地区变化的缩影"，既表现"在变革时代，英雄们在想什么、做什么"，也反映"千千万万的普通人又是如何生活的"（《朔方》1986年第1期"编者寄语"）。这一栏目在1986年一整年中共刊发了八篇作品，内容上既有现实中普通个体真实的生活故事，也有改革浪潮中企业家、创业者的奋斗经历。不过，由于创作队伍不固定、采访或深入生活条件有限，以及来稿内容单薄、艺术粗糙、底蕴不足、信息量少等因素，这一栏目经常出现稿源荒，甚至在第8、9、10、12期连续断更，最终只勉强维持一年便中断了。但这并未阻碍《朔方》"迎接报告文学浪潮的挑战"的"热情"，

---

① 以徐迟的《哥德巴赫猜想》为先导，报告文学在新时期文坛掀起了一次规模空前的热潮，多篇作品在读者中引起轰动效应。不仅各级文学期刊都发表报告文学作品，各级各类的日报、晚报，各级文化或生活刊物，甚至一些哲学社会科学刊物、科技类刊物也都发表。据不完全统计，从数量看，"在1979年至1980年间，全国65种报纸，90余家文学刊物上，平均每天有一篇报告文学发表"；"全国省市中央三级文学刊物中，刊登报告文学作品的达125家"。参见佘树森、陈旭光：《中国当代散文报告文学发展史》，北京大学出版社，1996，第185页。

正如时任《朔方》副主编潘自强所言，"读者对文学的真实性可能更加看重，比过去要求更高"，而报告文学"恰恰切入了我们的生活，切入了人们的心灵，有一种严峻的真实感"，因此，既然读者喜欢，作为宁夏文联的机关刊物，《朔方》就需要做好题材规划和作者扶持，在已经开设的《在西部土地上》的栏目上，尝试"能多开一些专栏或增开一个《凡人小事》专栏"，义不容辞地担负起"繁荣宁夏的报告文学创作"的责任。① 不久，全国百家期刊共同推出"中国潮"报告文学征文活动，《朔方》借此契机，着力推动宁夏报告文学的发展。

　　1987年第12期的《人民文学》刊登了《"中国潮"报告文学征文百家期刊联名启事》，《文艺报》也在同年11月14日头版发表《壮改革之潮声，奏时代主旋律，全国百家期刊发起"中国潮"报告文学征文》的文章，轰轰烈烈的"中国潮"报告文学征文拉开序幕。这次报告文学征文活动由人民文学杂志社和解放军文艺社联名倡议，全国一百零一家文学期刊共同发起，主题是"改革"，采取"共同发起、联名征稿、分头刊载"的方式进行。倡议发出后，短短十天左右，就接到全国百家文艺期刊的来电来函及长途电话。此后一年的征文时间里，"刊出反映各条战线改革新貌的报告文学近1000篇，获奖作品100篇。其中不少佳作，在国内外引起热烈反响。这次'中国潮'征文，吸引了成千上万的文学作者，数以百万计或千万计的广大读者"②。《朔方》在1988年第1期发布了"'中国潮'报告文学征文百家期刊联名启事"，并分别在1988年第4、5、

---

① 《迎接报告文学的新潮——宁夏报告文学创作八人谈》，《朔方》1988年第8期。
② 张光年：《报告文学的节日》，《文艺报》1988年12月24日。

6、7期和1989年第1、6期上专设《"中国潮"征文》专栏，每期刊发一篇征文作品。尽管此次活动具有浩大声势与震撼力，但对《朔方》来说过于"沉寂"，不仅刊发的作品数量少，而且在征文活动结束后的全国评奖中，也无作家作品上榜。笔者以为，"中国潮"报告文学征文活动凸显的创作热与评奖热，实际是一种具有"订购"性质、高度组织化的文学生产模式，很大程度上是官方话语和读者趣味主动靠拢并加以倡导的结果。因此，在文学和期刊双重边缘化的处境中，《朔方》对报告文学的倡导和高扬，与其说是呼应主流文学的组织规划，不如说是地处边缘的地方性文学期刊对于时代改革主潮的主动参与，从而拓宽自身的生存空间。

"中国潮"报告文学征文活动带来的"热效应"充分鼓舞了《朔方》编辑部的士气。首先，以《朔方》为平台，一方面开辟版面发表报告文学作品，另一方面从外地请报告文学代表作家来宁夏讲座，并组织专题讨论和创作活动等。这些做法带来的明显效果是，创作队伍不断扩大，着手创作报告文学的作者数量增多，甚至很多创作小说、诗歌的作家都参与进来，如张武、戈悟觉、吴淮生、程造之、虞期湘等。其次，积极组织征文活动。1987年末，《朔方》联合宁夏文联、中国作家协会宁夏分会举办"歌颂三中全会以来宁夏改革、开放、搞活的成就"报告文学征文比赛，应征作品要"满腔热情地歌颂三中全会以来的路线，真实地从宏观或微观上反映改革、开放、搞活以来宁夏各条战线所取得的巨大变化，歌颂宁夏各族人民在建设四个现代化的奋斗中所作出的贡献"（《朔方》1987年第11期"本刊讯"）。这次征文来稿数量明显多于"中国潮"，最

48

终有十六篇作品获奖，《朔方》也选载了其中部分作品。为进一步扩大影响，宁夏人民出版社在获奖作品之外又从来稿中选出十六篇，合为三十二篇作品，结集出版了四十二万字的报告文学集《黄土地的绿太阳》。1992年，《朔方》联合党政机关和企事业单位举办了"中房杯"微型报告文学大奖赛，以纪念毛泽东《在延安文艺座谈会上的讲话》发表五十周年，并在第10期集中刊发了三篇获奖作品。最后，优化《在西部土地上》专栏的作品数量和质量，同时从1989年第3期开始，增设《文学与社会改革》报告文学专栏。围绕这两个专栏，不定期推出"改革潮"报告文学专辑，如在1988年第10期，就刊载了三篇报告文学作品，持续发挥着影响。① 综合以上文学现象，我们看到，报告文学这一文学体裁所反映的社会历史、现实的客观性和写实性，获得了广大读者群众的支持和接受。同时，文学期刊自觉地通过策划来介入、干预、引导文学实践与文学进程，自20世纪90年代以后成为一种普遍现象。

如果说，报告文学像一面社会透视镜，在真实性、新闻

①这些专栏刊发了多篇记录企业发展历程和各行各业精英人物事迹的报告文学作品，宣传了一些企业和机构。更重要的是，达到了创收的目的，一定程度缓解了刊物运营经费不足的压力。不过此举招致了一些批评，如《朔方》在1992年第3期刊登了《为报告文学正名》的文章，作者刘赇清指出，坚决反对以报告之名行广告之实的"广告文学"，认为这是极少数人趁改革开放之机，见利忘义、出卖灵魂、捞取钱财的一大发明。"文学与企业联姻"无可非议，只要实事求是，不虚假，不浮夸，真实可信，自有其存在的价值；但类似把企业家描写成"救世主"，把群众描写为"阿斗"的"广告文学"是瞒哄群众、欺骗舆论的。显然，《朔方》对这篇带有严厉批评意味的文章的指向是清楚的，但还是"勇敢"地将其刊登出来，意在"澄清"，即《朔方》一直持守着严肃文学立场，努力营造高雅的文学格调，不过刊物先得生存下去，不得不刊发一些"宣传"作品，请读者们多包容。这一无奈和复杂的情形生动地反映出，面对市场，文学期刊角色的混沌与暧昧。

性、文学性上表现出强大魅力，从而顺应读者的阅读心态，那么在20世纪80年代中期迅速进入繁荣期，并在1985年前后掀起热潮的通俗文学，因其自身的"商品性"，以及内容关涉的情节性、猎奇性和趣味性等，包括一些社会秘闻、野史逸事等，使读者进一步分流。确实，伴随着出版业的改革，权威文学期刊销量下降，一些地方文学刊物陷入经济上入不敷出的困窘境地，而通俗文学自身带有产生心理快感的愉悦性，迎合了大众消遣、娱乐的审美心理，在市场上最为畅销。因此，许多地方文学期刊被迫转型，开始用"以文养文"形式发表通俗文学。

在宁夏当代文学发展的历史上，宁夏群众艺术馆在1980年1月就筹办了通俗文学期刊《宁夏群众文艺》，最初属于内部刊物①，随后在1981年以双月刊形式公开发行，常设有七个类型的栏目：《评书·小说·故事》、《小舞台》（戏剧、曲艺等）、《民间故事·寓言·童话》、《诗歌》、《群众论坛》（读者来信来稿等）、《游艺室》（魔术、笑话、谜语、棋局、智力测验等）、《美术》，1987年这本刊物更名为《通俗文艺家》。因其所刊文章贴近生活，趣味性、故事性强，迎合大众口味，在本地读者中积累了口碑，也占据了一定的市场份额。在《宁夏群众文艺》的影响带动下，从20世纪80年代中期开始，宁夏全区十二个文艺期刊（包括一些综合性刊物）逐步开始发表武侠小说、言情小说、历史传奇、民俗故事、纪实与名人逸事、法制故事等通俗文学作品，以解决生存与运营

---

① 该期刊主要发表短小精悍、生动有趣的小戏、曲艺、表演唱、故事、童话、寓言、花儿、民歌、美术、摄影作品，以及知识讲座、评论文章、群众文化艺术活动动态等。参见《宁夏群众文艺》1980年第1期"编者的话"。

的难题。为总结宁夏十年来通俗文学的创作与发展，宁夏文艺界在1989年4月下旬举办了首届宁夏通俗文学讨论会，会议由《通俗文艺家》《朔方》《六盘山》和宁夏人民出版社文艺编辑室、宁夏文学学会、宁夏文联文艺理论研究室联合召开，与会者表示通俗文学在"繁荣宁夏文艺事业方面，发挥了积极作用"，而且在"讲求社会效益的前提下，注意经济效益，部分解决了经费不足的困难"，不过，大家又强调通俗文学是"一种浅层次的文学"，必须"走'雅俗共赏'之路"，"应体现出浓厚的地区特色和西部特色"。① 由此可见，通俗文学在市场消费和读者需求方面的良好态势，对宁夏这一偏远地区文学的发展，提供了经济上的支持，同时也暴露出文学刊物坚守纯文学立场时的犹疑心态。

1985年第6期的《朔方》首次刊发通俗文学作品《南北大侠杜心五》。这篇"特约稿"来自天津作家冯育楠，他刚出版了《津门大侠霍元甲》，声名大噪。为此，《朔方》还专门开辟了《中篇武侠小说》的新专栏。令人诧异的是，仅此一期，之后再未刊载武侠小说。现在看来，这一"昙花一现"式的稿件编发，也许是《朔方》裹挟进市场浪潮中的大胆尝试。随之，《朔方》也时断时续地在《小说》栏目中发表其他类型的通俗文学作品，如《老刘四出游》（1985年第8期）、《出俏师傅与整脚徒弟》（1988年第11期）等，这些作品既带有通俗趣味，也具有乡土文学的质朴与简易，更贴合宁夏本地读者的西北生活，也不失纯文学的气度。但更令《朔方》关注和长期

---

① 秦发生：《宁夏通俗文学讨论会纪要》，《朔方》1989年第7期。

坚持的文类则是"微型小说"（又称"小小说"）。[①]微型小说紧贴大众日常生活，或讽刺，或歌颂，或戏谑，或批判，大都叙事明了，通俗易懂，情节也多有出人意料的转折或落差，并且这类文体篇幅短小，所占版面少，原本刊载一篇小说的篇幅可以容纳三篇左右的微型小说，这对读者和期刊而言，都是"实惠"之选。1986年开始，《朔方》一直在《小说》栏目中持续刊载该文体，平均每期三篇，一直延续了十年。

表1-3　《朔方》刊载微型小说数量（1986—1998年）

年　份	1986	1989	1991	1992	1993	1994	1995	1996	1997	1998
微型小说（篇）	6	6	33	38	18	64	15	10	7	31
其他小说（篇）	64	58	55	59	51	37	37	50	63	75
小说总量（篇）	70	64	88	97	69	101	52	60	70	106
微型小说占总量百分率（%）	8.6	9.4	37.5	39.1	26.1	63.4	28.8	16.7	10	29.2

根据表1-3统计的情况，我们发现，进入20世纪90年代，微型小说的刊载量明显呈上升趋势，1994年达到顶峰，此后呈递减趋势。通过数据，我们对《朔方》微型小说的"读者路"做进一步分析。

---

①新时期初期，欧美及日本的新作品、小小说创作三原则（1983年，美国评论家罗伯特·奥佛法斯特提出微型小说的三原则，即立意新颖、情节完整、结尾惊奇）等理论相继进入中国。随后，中国不少作者参与到微型小说创作中，微型小说的创作与阅读达到了空前的新高潮。据统计，20世纪80年代末，中国有近千家报刊刊载微型小说，不少文学刊物专门提供版面登载小小说作品及相关评论，每年发表作品达几万篇。如《小小说选刊》从1995年起改为半月刊，发行量每月有五十多万份；《微型小说选刊》从1996年起改月刊为半月刊，月发行量达五十二万份之多。

首先，因寻求稿源和储备稿件，《朔方》在1987、1988和1990年并未刊载该类小说。经过酝酿，1990年第3期的《朔方》在封底刊出了"宁夏微型小说征文"的启事，这也是新时期以来首次设立的专门针对微型小说的有奖征文。来稿要求中有两点非常鲜明：一是内容要"努力切近现实，热情反映改革中的社会风貌和人民的意愿"，艺术要打破常规，"有所探索和追求"。二是字数必须在千字之内。需要指出的是，这一期是"朔方出刊200期纪念专号"，编辑部对封面、卷前语、目录、内容和字体，都做了精心设计和编排。因此，与之前通知或启事相比，此次微型小说的征文在字体上更大更醒目，占据了一整页的篇幅。在重要时间节点和具有纪念意义的一期中发布征文通知，可见《朔方》对微型小说这种体裁的期待。经过半年多的征稿和评审，《朔方》最终在获奖作品中精选出九篇，将其刊载于1991年的1—3期。为了满足读者对微型小说的阅读需求，从第4期到年末，每期又平均发表三篇，1991年全年共计发表了三十三篇。

其次，1994年是《朔方》刊发微型小说数量最多的一年，主要原因在于《朔方》开辟了新专栏。这一年，在张贤亮的引荐和建议下，北京同力制冷设备公司的总经理白亚南被聘任为《朔方》名誉社长，同时在第9、10、11期设置新专栏《同力文学窗》，专门用于刊载同力制冷设备公司员工的小小说、诗歌和散文。这三期共发表作品十六篇，其中小小说六篇。紧接着在第12期，《朔方》又推出了《微型小说三十四家》的新专栏，颇具新意的是，编辑部在目录中只罗列了三十四名作家姓名，并未出现小说题目，三十四篇作品被归置于"人物春

秋""情感波澜""世态写真""带刺玫瑰"四个主题。这一
做法既让读者感到形式活泼，又对小说主题一目了然。由此看
来，微型小说"从多方面调动了受众对文学的参与、理解和认
同，为陶冶读者的审美性格和各民族的审美鉴赏能力提供了一
种行之有效的方式"，依托微型小说的阅读与创作，"普通阶
层的读者可以成为精神文化价值建构的积极参与者，并以其普
及性、广泛性而获得前所未有的巨大社会影响力"①。

最后，从1995年起，组稿的艰难与优质稿件的匮乏使《朔
方》发表微型小说的力度逐步减弱，1998年后彻底取消了这
类文体的征稿。十年间，《朔方》尝试通过微型小说的通俗性
和亲和力，抑或采取刊企合作方式贴近读者、拓宽读者市场，
但通观整个过程，《朔方》对微型小说的关注和挖掘总有一种
"急就章"的意味。在商品经济大潮冲击下，纯文学刊物的现
状和出路一直是《朔方》最为关切的问题，在始终"坚持高品
位、高格调和严肃文学的办刊方向"②与文学期刊通俗化带来的
"可读性"之间，《朔方》出现过摇摆和犹豫。1986年，在微
型小说"读者路"的探索刚起步时，宁夏回族自治区党委宣传
部召集全区文艺期刊编辑部负责人开会，强调"社会主义文艺
报刊是精神产品的生产部门，必须以社会效益为一切活动的唯
一准则"，"不能盲目追求发行量而背离正确的办刊方向"，
并且"当经济效益与社会效益发生矛盾时，经济效益要服从社
会效益"。鉴于此，即使经过十多年的摸索，有的编辑仍然

① 李娟：《文学期刊的通俗化与通俗化的文学期刊——以"小小说现象"为
  例》，《中州学刊》2009年第6期。
② 《'95全国部分文学期刊主编研讨会在兰州举行》，《朔方》1995年第12期。

"过于谨小慎微，在一定程度上限制了自己的艺术视野和胆识，助长了某些平庸之作"①。

综上所述，报告文学的"中国潮"与微型小说的"读者路"，是《朔方》拓展生存空间的策略之一，也是当时"文学场"中意识形态、创作观念、文学批评、读者需求、市场效益等多种力量合力生成的结果。从中我们深切地感知到，地方性文学期刊在坚守纯文学路线的前提下，试图突破封闭的办刊视野另寻出路，这条路走得异常艰辛，但也与中心地区的文学刊物形成了一种良性的竞争、互动与对话关系，从而逐步构建起独特的刊物形象。

第五节　着力培养本地作者

《宁夏文艺》自1980年第4期起正式更名为《朔方》。"朔方"字面义为"北方"，但对这本宁夏唯一的省级文学刊物而言，"新生"的《朔方》内嵌着两重含义：一方面，在改刊词中，编辑部明确提出要"增加地方色彩"，在此意义上，构建西北地域特色，彰显北方个性，是刊物革新面貌的方向；另一方面，着力培养本地作者，以使他们把"自己的作品写得更美"②，这体现了期刊在使命、方针、选稿标准上对角色定位的渴求，也有意传递出"纯正"的文学趣味。为了更鲜明地宣传期刊更名后的特色、定位和形象，除了栏目、内容等"内核"外，《朔方》精心设计了这一期的封面。首先，封面结构分为

---

① 《宁夏文艺期刊编辑部负责人座谈会纪要》，《朔方》1986年第11期。
② 本刊编辑部：《文艺作品要美——代改刊词》，《朔方》1980年第4期。

上、下两部分。上部左边是一簇盛开的鲜花，右上部分为竖版的刊名，几乎撑满整个右部。字体采用楷体，由宁夏著名书法家邢士元手书。下部分则用阿拉伯数字标注了年代"1980"和期号"4"；图案的下部约占总面积的三分之一，上下两排分别用汉语拼音标注出"SHUO"和"FANG"。其次，封面色彩的运用主要以黑色、红色和黄色为主。封面底色采用黑色，渲染庄重有力；楷体及汉语拼音的刊名、数字期号，则采用淡黄色，彰显明朗活泼；而花卉的图案最为清晰夺目，虽用简单线条勾勒，但灰色的茎秆和红色的花朵鲜艳夺目、视觉效果强烈。总体而言，色相上的冷与暖，彩度上的艳与灰，明度上的黑与黄，面积上的大与小、宽与窄，方向上的左与右、上与下等诸多因素，使得整个封面构图显得稳重大方、简洁明快，与之前封面只有一幅国画和红色字样的"宁夏文艺"相比较，更名后的《朔方》确实产生了亮眼的视觉效果。1980年第4期的封面样式一直沿用了四期（4—7期），在第8期的时候，《朔方》的封面又为之一变，图案、字体、汉语拼音、阿拉伯数字等元素依然存在，但在结构和颜色上做了较大调整。结构采用了"图含文式"，即一束硕大的鲜花图案涵盖封面的三分之二，黑色楷体的刊名"朔方"位于图像中心偏上，封面的下部由汉语拼音刊名和阿拉伯数字的年代期号组成，而封面底色则用粉色替换了黑色。这次封面调整扩大了"朔方"字样，更凸显了花卉图案，图文相融，集中紧凑，同样也沿用了四期（1980年第8、9期和1981年第1、2期）。八年后，《朔方》在1988年第1期封面的右上角新添加了一幅图含文式的图案——艺术字体的"朔方"置于黄色线条勾勒的一束鲜花中。与更名时的封面图案做对比，有两处明显变动，一是鲜花中包孕着破土而出的"新苗"；一是托起新苗和鲜花的"手"——"朔方"两字汉语拼音的简写S和F。这一图案也作为《朔方》的"刊徽"，从第2期开始置于封底或目录页，一直沿用了六年。

封面是文学期刊作为物品与受众产生视觉接触的第一眼"渠道"，最终目标是要"尽意"和"得意"。也就是说，封面中的色、线、字、图的组合不仅要具有形式美，还应关联期刊的办刊宗旨、品牌形象和审美趣味，同样关联着读者的阅读思维和欣赏方式，因而更指向画外之意。从《朔方》封面设计的变化来看，唯一不变且着重突出的是花卉图案，其隐喻义可指对新时期文艺百花齐放方针的贯彻。《朔方》和新时期宁夏文学同步发展，在"朔方出刊200期纪念专号"的"卷前语"中，《朔方》将自身喻为"塞上大地的文学园圃"（《朔方》1990年第3期），并且重申了两次。因而，花卉图案的隐喻义就是在宁夏这片沃壤上培育新苗，生长出艳丽的鲜花。

沃壤、新苗和鲜花，生动形象地诠释了新时期以来《朔方》的办刊取向。在1980年5月举行的宁夏第二次文代会上，宁夏文联寄语刚更名的《朔方》，要发现、培养新生力量，特别要精心培育中、青年作者，要加强对本区作者作品的评介和扶植。① 1989年12月1日，宁夏回族自治区党委宣传部召开了全区文艺刊物负责人座谈会。这次会议规格高、范围广，重申了《朔方》的办刊宗旨，"应主要面对我区的专业和业余作者，发表有省一级水平的各类体裁、题材的文学作品，使之在我区

①石天：《为繁荣社会主义文艺而努力奋斗——在宁夏回族自治区第二次文代会上的报告》，《朔方》1980年第7期。

文学创作中起到示范引导作用；对外，则能够代表或反映出我区文学创作的整体水平和基本风貌"。此外，"今后判断一个刊物质量高不高，有没有成绩，社会效益大不大，不只是看这个刊物发表了多少好作品，也要看这个刊物培养了多少作者。只有培养出大批优秀的文艺工作者，并依靠他们，文艺刊物才能越办越好"①。进入20世纪90年代，坚守严肃文学阵地，保持高雅文学格调，以及"多出人才、多出精品"的方针始终没有改变。1999年是《朔方》创刊四十周年，编辑部重申了办刊宗旨："培养本地作者，扶持文学新人，是《朔方》最基本的任务，我们将一以贯之。在此基础上，《朔方》将立足宁夏，面向全国，浓墨重彩，突出西部特色。"② 2009年，创刊五十周年时，《朔方》满怀深情地强调了办刊宗旨："必须坚持刊物的纯文学品位，必须坚持培养本地作家"，要"不遗余力地发现、扶持和培养文学新人，发现势头好、潜力大的作者，就不惜版面一而再、再而三地不断推出"③。

1980年→1986年→1989年→1999年→2009年，从封面设计、刊徽印发，再到方针制定，《朔方》"立足宁夏、面向全国、培养新人、多出精品"（《朔方》2013年第1期"发刊词"）的宗旨贯穿其中。即使在广告订阅中，编辑部也不失时机地广泛宣传，要通过"增刊"等形式"增加文学新人发稿比例"，力塑"扶持文学新人，倾向无名作者"的期刊

①秦发生：《端正方向、明确职责：把文艺期刊办成社会主义的文艺园地——全区文艺期刊编辑部负责人座谈会纪要》，《朔方》1990年第3期。
②本刊编辑部：《开年的话》，《朔方》1999年第1期。
③本刊编辑部：《北中国的文学沃壤——写在〈朔方〉创刊五十周年之际》，《朔方》1999年第1期。

形象。^① 由此看来，伴随着新时期文学的发生、发展与流变，《朔方》采取了多种举措。

其一，新时期之初，《朔方》通过"浇灌新花"（1977年第2期）和"新苗"（1977年第4期）的栏目专门刊发新人新作，并且在1981年第3期第一次推出"本区新人新作小说特辑"。在此基础上，《朔方》持续增设新栏目，更具针对性地培育青年习作者。1984年底，《朔方》刊载了一则启事，决定在新的一年为"热心读者和长期订阅本刊的文学爱好者"设置《创作辅导专栏——春风第一枝》，这个栏目不仅优先"发表习作者的小说、散文、诗歌等作品"，更引人注目的是配有针对性的修改建议，便于"具体指导"（《朔方》1984年第11期"启事"）。1985年第2期，《朔方》如约推出专为文学新人提供的无门槛写作栏目——《春风第一枝》，宁夏本地的新人新作在此集中亮相，每期刊发三篇左右的作品，全年刊发了三十五篇习作（诗歌十九首，小说八篇，散文八篇）。这一栏目的新颖之处是"原汁原味"的习作与"切中肯綮"的专业点评相结合，也就是说，栏目发表的小说、诗歌和散文都未经编者修改，并且每篇作品后都附有几百字的专评，栏目主持人兼点评者如肖川、高嵩、吴淮生、潘自强、何克俭等，都是宁夏文艺界知名且经验丰富的编辑、作家、批评家和诗人。这些点评文章紧贴习作，既涉及字词运用和细节描写，又讨论写作的结构安排，引导并影响了一大批文学爱好者，对初学写作者富有启发性。正如首期栏目主持者、著名诗人肖川所言，对本区

第一章 《朔方》与新时期宁夏文学的发展

---

① 《文学投稿？请投〈朔方〉》，《朔方》1996年第12期。

新人处女作的点评，"并非点铁成金，并非评判裁定，不过就来稿中存在的问题和我学诗的浅显体会简要地谈谈而已"[①]。栏目推出后，引起热烈反响，《朔方》借势先后开设了《宁夏作家论》《本区作品评介》《读者评刊》《青年诗人作品与评介》《习作与点评》《新作短评》等栏目，大都延续着"新人新作+专家评点"的模式。凭借这一扶持文学新人的重要举措，期刊发挥了服务社会的功能，满足了一大批文学爱好者提高文学素养和创作能力的需求，无形中拉近了与读者的距离，淡化了专家"高高在上"的"评判者"形象，而读者从点评中提高了写作水平，激发了创作热情，能力突出者也借此脱颖而出，走上专业创作道路。

其二，与宁夏回族自治区党委宣传部和宁夏文联联合创办文学讲习所（简称"文讲所"）。经过前期实践，《朔方》在"新苗"培育上积累了经验，随后，《朔方》受邀与宁夏文联共同制订"青年文艺工作者队伍建设计划"。1985年11月22—25日，宁夏回族自治区党委宣传部与宁夏文联联合召开"全区青年文艺创作座谈会"，以总结新时期以来宁夏青年文学艺术创作的经验，并讨论今后如何开创新局面。这次会议是宁夏回族自治区成立以来第一次为青年文艺工作者专门举办的，规模大，参会人员多，时任宁夏回族自治区人民政府主席黑伯理出席会议并发表了讲话。会议达成了多项共识，主要是"形成一个阵容强大、生气勃勃、在全国产生影响的宁夏青年作家群"，分步实施的举措有六个方面：一是有计划地举办青

---

①肖川：《前面的话》，《朔方》1985年第2期。

年作家读书会、学习班，积极邀请外地和本区有经验的作家、艺术家和编辑讲授课程。二是选送有创作潜力的青年作者到鲁迅文学院和其他高等院校进修学习。三是筹建文学讲习班。四是依托《朔方》，每年推出一期青年作者专号，为青年作者发表作品提供更多的版面。五是筹划组织多场青年作者作品研讨会，加强评介工作。六是设立"青年文艺创作开拓奖"，重在奖励有成绩的青年作者和新作者。[①]这些措施是培育青年创作者的重要决策，也是一次面向宁夏文学未来的号召。举措发布后不久，"文讲所"成立，它以文学讲座、理论学习为主，以习作辅导为补充，著名作家、评论家、编辑现场面授。专家在讲授中围绕文学创作问题展开多角度的、立体性的思考，描述了新时期文学的艺术成就和最新进展，分析了宁夏文学存在的不足，同时鼓励学员们在思想碰撞中自由探索，充分发挥想象力。1986年8月，文讲所在宁夏招收了第一期二十六名学员。这些学员都是从事各种行业的青年业余作者，此前不同程度地有一些创作实践并发表过作品。经过一段时间的学习，学员们"对自己过去的创作进行了一些有益的回顾和总结，提高了创作水平和文学素养"，并在学习期间都创作完成了作品（《朔方》1987年1、2期合刊"编者的话"）。随后，《朔方》开辟"文讲所"学员创作选辑专栏，将1987年第1期和第2期合刊，集中发表了首期讲习所学员的习作，每篇作品后还附有五十字左右的作者简介。文讲所的创作培训环节成为沟通编者、作

---

① 本刊记者：《培养文艺人才、繁荣宁夏文艺——全区青年文艺创作座谈会纪要》，《朔方》1986年第1期。

者、读者的"立交桥",《朔方》从中发掘了一批具有发展潜力的年轻作者。一年后,《朔方》在1988年第1期再次推出"文讲所"第二期学员作品选辑,发表学员习作十五篇(诗歌九首、小说四篇、散文两篇)。①

其三,不定期举行改稿会。新时期初期,《朔方》面临一个棘手的问题,就是稿源荒。为此,刊物"负责人专程到北京、天津等大城市","托关系,找熟人,大作家见了不少,但最终也没有约到一篇稿子",编辑部意识到"办刊物的一项重要任务就是培养作家,因为不提高本地作家的创作水平,刊物的质量也上不去",所以只有"死下心来依靠本地作家","重点建立起自己的骨干队伍",才能将刊物办下去。于是,编辑部开始有意识地印制一些学习的小册子,发给来稿的业余作者;同时,长期跟踪扶持那些势头好、处于上升状态,尚未走红的作者,"从主编、副主编到编辑,一而再再而三地帮助其修改作品",有时甚至将远在山区的作者请到家里,一同吃住修改作品。②作品完成后,还会以"作者小辑"的形式集中推出,诸如"本区新人新作小说特辑"(1981年第3期)、"本

---

① 在该选辑中,学员陈继明发表了处女作《那边》。此前他给《朔方》投稿,未被采用,但取材和语言等引起了编辑李春俊的注意。在其推荐下,陈继明参加了第二期文学讲习所,创作了短篇小说《那边》。此后,《朔方》在头题刊发了他的《村子》(1991年第3期)、《列车》(1992年第2期),引起关注。1993年,因出色的小说创作实绩,陈继明被调入《朔方》做编辑。1996年第2期的《朔方》又在头题发表了他的短篇小说《月光下的几十个白瓶子》。该小说在1997年被评为《中华文学选刊》创刊以来的十佳短篇小说之一,并荣获首届《中华文学选刊》奖、宁夏第五届文艺评奖小说一等奖,这不仅成为宁夏小说界的重要收获,而且为陈继明赢得了最初的声誉,也是继张贤亮之后宁夏作家取得的最好成绩。

② 《〈朔方〉培养本地作家四十年不改初衷》,《文艺报》2001年9月18日。

区作品评介"（1981年第11期—1983年第11期）、"女作者专号"（1984年第3期）、"本区业余作者小说专辑"（1984年第10期），等等。这些专辑既配有作者的创作谈，也含评论家的文章，通过这样的搭配，一位作者的代表作品、写作风格以及评价影响等最基本的轮廓，就被清晰有序地展现了出来。例如马治中、高深、杨继国、汪宗元等人正是从特辑中亮相、起步，并成长为新时期宁夏文学的中坚力量的。1988年6月1日，《朔方》联合文讲所举办改稿会，十四名青年作者携初稿参加。会议持续了十七天，修改出一篇中篇小说、十三篇短篇小说、两篇散文，以及近三十首诗，其中部分作品发表在《朔方》。《朔方》联合文讲所开展的创作培训，推动青年作者们介入前沿的文学创作实践之中。这不仅培育了一大批后备作者，储备了庞大的作者资源，而且成为塑造期刊形象的一种重要手段，实现了文学期刊编、创、读三边互动的良性循环。20世纪90年代，《朔方》继续不定期举办改稿会或作品研讨会，多渠道辅导青年作者。1994年11月28日，《朔方》召开青年小说家座谈会，会议主题是宁夏青年作者的小说创作现状与问题，编辑部全体编辑与各市县的部分青年小说家、评论家进行了交流探讨。1997年12月中旬，《朔方》召开青年作家改稿会，近三十名宁夏青年作家参会。会议为期四天，与会者相互交流，传阅初稿，并进行了细致修改。会议中，《朔方》编辑陈继明、杨梓，以及实力"新秀"石舒清、郎伟、梦也等青年作者还结合个人的创作实践，对宁夏文学的现状、问题和未来发展展开了深入讨论。四个月后，《朔方》推出"宁夏青年作家"专号（1998年第4期），刊载了此次改稿会所征集的三十六篇作品（小说十三篇，散文七篇，诗歌十五首，评论一篇）。这些举措有力地激发了青年作家和文学新人的创作热情，使他们在创作上有了明显的进步，因此，《朔方》不遗余力地通过"作者作品小辑"的形式推介势头好、潜力大的青年作者。根据笔者统计，1985—2000年间，《朔方》坚持培养宁夏作者尤其是青年作者，筹划推出了十八期"青年作家作品辑"，让读者感受到编辑部对宁夏青年作家的大力扶持和倾心推介，对青年作者也产生了积极的影响。

从表1-4中可以明显看出，作家作品辑或作家专号都成为《朔方》的一个品牌而长期坚持。1989年开辟宁夏青年作家张冀雪和李唯小说辑时，《朔方》在形式上也构建了一种固定模式，即作家作品在目录中被列为头题予以推介，进入正文后，两篇新作（一部中篇小说和一部短篇小说）和一篇"作家独白"放置于最前面，占据整本刊物三分之一以上的篇幅。当《朔方》1993年第4期、1994年第4期刊出"石舒清小说辑"①和"陈继明小说辑"时，除了沿用之前专辑的刊发模式，还分

①1990年第7期的《朔方》首次刊发了石舒清的小说，同年第10期，还发表了一篇《朔方》编辑李春俊对该篇小说的专论文章。当时的石舒清才二十岁，是宁夏海原县高台中学的一名教师。不久之后，《朔方》召开座谈会对该篇小说进行讨论，与会者认为石舒清在小说创作上有巨大潜力，要重点培养。对此，石舒清感慨说："对一个刚刚开始写作的乡村中学教师来说，这样的提携和鼓励，有着怎样的效用，当是不言而喻的。"此后，即使当时的通信手段贫乏而单一，但《朔方》编辑一直坚持频繁地与石舒清互通信件商讨文稿，提出修改意见；副主编虞期湘甚至每隔十天就给他写一封饱含勉励与期待的催稿信。在编辑部的精心培育下，"石舒清小说辑"在1993年第4期面世，作品共有三十六页，而当年《朔方》每期容量总共只有六十四页。作品小辑刊出后，虞期湘还积极联系《小说选刊》《小说月报》《民族文学》等期刊，希望多转载他的作品。《朔方》如此力度推介一名新作家，在张贤亮之后尚属首次。参见石舒清《我和〈朔方〉的第一次》，《朔方》2009年第5期。

表1-4 《朔方》推出的青年作家作品辑情况（1985—2000年）

年份	期刊号	专栏	作品数量及其他
1989	第2期	宁夏青年作家小说辑（张冀雪）	短篇小说1篇、中篇小说1篇、创作谈
1989	第3期	宁夏青年作家小说辑（李唯）	短篇小说1篇、中篇小说1篇、创作谈
1991	第10期	吴淮生散文辑	散文2篇、创作谈
1991	第10期	王庆同散文辑	散文3篇、创作谈
1993	第4期	石舒清小说辑	短篇小说2篇、中篇小说1篇、创作谈、他人评论1篇
1994	第4期	陈继明小说辑	短篇小说1篇、中篇小说1篇、创作谈、他人评论1篇
1997	第11期	杨森君作品小辑	随笔5篇、短诗1组、创作谈
1997	第12期	葛林作品小辑	中篇小说1篇、组诗1篇、创作谈
1998	第1期	漠月作品小辑	短篇小说1篇、散文1篇、创作谈
1998	第2期	荆竹作品小辑	批评2篇、创作谈
1998	第2期	巴可成小说小辑	短篇小说2篇、创作谈
1998	第2期	刘建芳小说小辑	短篇小说2篇、创作谈
1998	第3期	莫叹作品小辑	短篇小说1篇、中篇小说1篇、创作谈
1998	第7期	导夫诗歌小辑	诗歌1篇、创作谈
1998	第7期	白军胜评论小辑	批评3篇、创作谈
1998	第10期	杨建虎作品小辑	散文1篇、诗歌1篇、创作谈
1998	第12期	贾羽诗歌小辑	花环体十四行诗1篇、组诗1篇、创作谈
2000	第11期	"三棵树"作品特辑（陈继明、石舒清、金瓯）	三位作家各有短篇小说2篇、散文1篇、创作谈1篇

别配发了编辑吴善珍的一篇评论文章，使读者对作品内容主题、艺术风格，以及作者的创作姿态等有了更深入的了解。从表1-4中我们还注意到，1998年的《朔方》，几乎每期的头题都会刊出作家作品小辑，包含散文、诗歌、文学批评等各类文体。综上所述，《朔方》以"小辑"和"专号"的形式集中刊发宁夏青年作家新作，对外展示了作家良好的创作势头和创作实力，同时吸引了全国各种文学选刊和文学选本的注意，使他们的作品有机会"被看见"，并得到更多的转载。正如石舒清所言，"当时能在《朔方》发一个作品小辑，对作者来说，是不低的规格和相当的荣誉。此前也只是发过李唯、张冀雪等极少几个作者的小辑"，《朔方》能把这样一个平台慷慨地提供给他，他觉得太幸运了。"正是经由这个小辑，我引起了宁夏文学界的关注。我也正是遵循着这个小辑中的小说路数，一直就这样写了下来"。① 同时，《朔方》也通过这块"园地"形成和壮大了青年作家队伍，为期刊的发展提供了有力的支撑和保障。进一步而言，作为青年作家成长的见证者，《朔方》征稿、改稿、编发的行为，其实也有效地参与了针对新时期宁夏文学展开方向的规划。

文讲所和改稿会成为《朔方》联系作者与读者的特殊纽带。文学新人通过与文学界领导、作家、编辑、文学史家、文学评论家的接触，拓宽了视野，提升了自信心，也强化了与刊物之间的精神联系，对刊物产生了一种归属感，期刊也借此展示了风采，提高了美誉度，促进了宣传发行。1982年第3期，

《朔方》发表启事称，"为提高刊物质量，繁荣小说创作，积极培养文学创作新人"，决定举办"一九八二年《朔方》优秀小说评奖"，奖项没有设置具体等级，只评选出优秀作品。一年后（1983年6月），编辑部公布了获奖名单，五篇优秀小说从1982年度七十七篇小说中脱颖而出。①这次评奖是《朔方》创刊后首次以刊物名义进行的作品评选，它以制度化的形式推进了宁夏文学的构建和文学体制的确立，而且其中不少获奖作家都经历过文讲所或改稿班的学习。

其四，以行政区划为依据，推出了宁夏"市县作品专辑"，既希望在更大范围内，"将部分作家（作者）的新作集中介绍给广大读者"，为宁夏文坛"育几朵新花，添一抹春光"（《朔方》1986年第3期"卷首语"），又希望显示各地、市文学发展的势头和潜在的力量，从而促进形成氤氲于宁夏文学之中的特殊的地域文化和中华民族精神。为此，1985年8月，《朔方》联合中国作协宁夏分会举办了"宁夏四地区（市）文学大奖赛"，作品征集对象为银川市、石嘴山市、银南、固原地区的青年作者。赛事受到这四个地区（市）文联的高度重视。经过一年的筹备、举办、征稿及评奖，《朔方》于1986年第3、6、8、9期推出了银川市、石嘴山市、银南地区、固原地区文学作品专辑，共发表了六十八位作者的八十三篇作品。此后，还陆续编发了中卫、盐池、海原、青铜峡、固原、西吉、石嘴山、灵武等市县作品专辑（见表1-5）。

这些专辑不仅展示文学作品，还囊括创作谈、编者点评

---

① 获奖作家为：那守箴、阿耀、马知遥、马治中、高深。

等，它们不仅是对地方经验和故事的独特呈现，而且是作家、批评家、编者多音齐鸣的共同参与，有效地增加了宁夏文学的辨识度。可以说，在《朔方》的组织和引导下，宁夏作家开始有意识地积累自己的地域性写作经验，宁夏独特的山川大地、河流湖泊、历史文化、风物人情和民俗心理等，得到了深层次、多方位的展示和挖掘。

着力培养本地作者，是《朔方》对期刊形象的重新塑造。它把一个个初起的写作者扶持上路，使其成长壮大为"家"，并且对一篇作品的写作、发表及争鸣的规划与组织，既反映出当时文学的时代征候，也参与筹划了新时期宁夏文学发展的格局和具体操作。以这个"制度"为宗旨实施的一系列举措，如创作辅导专栏、文学讲习所、作家改稿会、青年作家作品辑、市县作品专辑等，使得期刊与宁夏青年作家的创作之间形成了良好的互动关系，既直接引发了世纪末宁夏"三棵树"的横空出世，也为新世纪崛起的"新三棵树"和"宁夏青年作家群"奠定了深厚基础。因此，在某种意义上，这一系列举措为宁夏文学的未来奠定了基础。

第六节　"向全国进军"与"三棵树"效应

《朔方》在1985年进行了复刊后力度最大的改版。对于此次改版，时任《朔方》编辑部副主任的李唯说："宁夏是小省区，《朔方》是小省区的小刊物"，但"我们目的是想把刊物办好，并利用刊物这块阵地，培养出一批宁夏的作家来，打向全国去；张贤亮同志从《朔方》起步，走向了全国。我们希望

表1-5 《朔方》推出的宁夏"市县作品专辑"情况（1986—2000年）

年份	期刊号	专辑名	作品数量及其他
1986	第3期	银川市文学作品专辑	共14篇，含小说5篇、报告文学1篇、散文1篇、诗歌7首
1986	第6期	石嘴山市文学作品专辑	共19篇，含小说6篇、散文2篇、诗歌11首
1986	第8期	银南地区文学作品专辑	共27篇，含小说5篇、报告文学1篇、散文1篇、诗歌20首
1986	第9期	固原地区文学作品专辑	共23篇，含小说5篇、散文2篇、诗歌16首
1987	第12期	中卫文学作品专辑	共11篇，含小说5篇、诗歌6首
1996	第11期	盐池县作品小辑	共11篇，含散文5篇、诗歌6首
1997	第4期	海原作家作品特辑	共27篇，含小说3篇、散文4篇、随笔4篇、诗歌13首
1997	第6期	青铜峡市作者作品小辑	共7篇，含小说2篇、散文4篇、诗歌1首
1997	第7期	固原作家作品特辑	共18篇，含小说3篇、散文1篇、随笔2篇、诗歌12首
1998	第10期	西吉县作者作品特辑	共20篇，含小说4篇、散文8篇、随笔1篇、诗歌7首
1999	第6期	石嘴山市作者作品特辑	共10篇，含小说2篇、散文4篇、诗歌3首
1999	第8期	灵武市作者作品特辑	共12篇，含小说2篇、散文7篇、诗歌3首
2000	第10期	庆祝石嘴山建市四十周年专辑	共8篇，含小说3篇、散文2篇、诗歌3首
2000	第12期	固原地区特辑	共17篇，含小说4篇、散文4篇、评论1篇、诗歌8首

宁夏这块土地出现更多的张贤亮"①。1999年4月，《朔方》邀请宁夏其他文艺刊物的编辑、作者、评论家等举行评刊座谈会，主要对这一年刊物的大改版"评头论足"。会议中，与会人员大都感到这次变化"清风扑面，新鲜灵动"，但也直言不讳地提出了问题，例如作品"老气横秋，一个模式"；文内不配插图和题图，显得呆板；字号太小，内页纸张质量太差，透页现象比较严重；稿酬太低；短篇小说质量应加强；纪实性和史实性的作品过多挤压了文学的分量；等等。这些意见既是为《朔方》今后的发展支招，也是对纯文学期刊在市场经济面前举步维艰的体察。会议最后，时任《朔方》常务副主编的冯剑华说明了当下办刊物的三重困境：一是经费不足；二是高质量的稿件匮乏；三是作家队伍建设存在短板，即知名的中老年作家写得不多且很难约到稿子，而宁夏的青年作家"创作热情也不如以往，且有'流失'现象"②。这次评刊会与1985年春在北京举行的座谈会竟有颇多相似之处，都是改版后诚邀编辑、读者建言献策促进期刊发展，同样呈现了社会转型下期刊面临困境的焦虑。时光流转，经历了潮起潮落的历史变迁与社会转型，十五年前"向全国进军"的目标言犹在耳。其实，进一步观察《朔方》走过的探索之路，我们会发现，市场化探索愈加凸显了纯文学期刊发展的症结，即纯文学生产方式与经济逻辑间的矛盾，在困境中艰难跋涉或是在世俗成功中妥协是时代所提出的悖论。

---

① 本刊记者：《祝愿〈朔方〉越办越好——全国部分期刊编辑座谈〈朔方〉》，《朔方》1985年第5期。

② 《九九春华话〈朔方〉》，《朔方》1999年第5期。

中国当代文学与社会历史变迁具有深刻的同构性，作为第一手文学史料的原创文学期刊，某种意义上是当代文学史的草稿。在市场经济的冲击下，文学的边缘化和纸质媒体的边缘化相互缠绕，使得文学爱好者群体急剧缩小，文学期刊的订阅数普遍下降。以此纵观1985年以来文学期刊的种种嬗变，以市场为中心进行"转型"确是这一时期文学期刊的主旋律。我们可以从上文对《朔方》的梳理与论析中窥见一斑，它以最富征候性的方式携带着转型时期的丰富信息，从中可以触摸到时代转换之际文学变迁的轨迹。当然，对研究者而言，既要考察外部环境对文学期刊发展的影响与制约，以及期刊的回应与调整，又需要从内部对期刊的方针、机制、特色等进行阐述。毋庸讳言，很长一段时间里，各省、市（地）级的文联、作协主办的文学期刊大多数是"小《人民文学》"式，这样一种模式产生出两种效果：一是刊物之间不存在竞争，而是"中央与地方"的等级关系和"兄弟刊物"的共存关系；二是逐渐暴露出刊物缺乏鲜明特色，存在严重的同质化现象。《朔方》也未能例外。新时期以来，其版面长期固定设为小说、诗歌、散文、评论四大版块，其中的文章并非篇篇精彩，也夹杂平庸之作，难免有明显凑数和填充版面的意味。那么，当市场经济、全球化、大众文化、消费、传媒、资本等一系列新因素对文学的发展造成影响时，为了生存下去，文学期刊更要办出力度和厚重感、骨骼和血肉相融合的特色。

1999年，它不仅代表着一个行将过去的时代，而且还直接关联着21世纪的精神走势，文学也在社会转型中获得了自身裂变和结构性调整的契机。当我们结合《朔方》的办刊历程来检视新时期以来的宁夏文学时，确实会感到力度和厚重感的缺乏。除了"好大一棵树"张贤亮，只有屈指可数的宁夏作家在国家级文学期刊或区外知名文学期刊上发表过作品，获得广泛关注的作家作品寥寥可数。这就使得"宁夏作家普遍显得'羞涩'有余，信心不足，缺少向全国文坛冲击的勇气"。"作家队伍的萎缩"带来的直接影响是稿荒，《朔方》"有时甚至到了'无米下锅'的地步"。因而，世纪之交的《朔方》不得不"面临着如何办下去的问题"。编辑部"经过一番大讨论"，确定要继续奏响"向全国进军"的文学号角，并制订了规划：（1）再定位，办好"宣传宁夏、叙写西部、记载历史、反映时代、见证变迁的独具特色"的纯文学刊物。（2）明宗旨，坚持"出人才、出作品"。（3）显特色，做足"地方性"文章，"打造具有自身特色的文学活动品牌"。（4）建队伍，"坚持培养本地作家"。（5）出效果，"使宁夏青年作家引起全国重视"，"走出宁夏，走向全国"。[1] 随即，一系列举措开始实施。

首先，借势。1999年9月22日，中共十五届四中全会通过《中共中央关于国有企业改革和发展若干重大问题的决定》，正式提出国家实施西部大开发战略的决定。西部大开发的范围包括宁夏在内的十二个省、自治区、直辖市等地，着重从加快基础设施建设、加强生态环境保护和建设、积极调整产业结构、大力发展科技和教育、加大改革开放力度等方面推进西部

---

①本刊编辑部：《北中国的文学沃壤——写在〈朔方〉创刊五十周年之际》，《朔方》2009年第5期。

大开发，促进区域协调发展。实施西部大开发战略提出后，宁夏回族自治区党委提出"西部大开发，宁夏要争先"的奋斗目标，同时提出要建设一个"小而富、小而强、小而美"的新宁夏。在这一总目标的统领下，繁荣发展文艺创作的思路是"小省干大事，小省办大文化"。借助"战略"东风，2000年7月，宁夏回族自治区党委宣传部、宁夏文联和《朔方》联合举办了第二届西部作家笔会、全区中短篇小说创作座谈会，宁夏回族自治区党委领导在会议讲话中特别提出，西部大开发战略对宁夏文艺工作者是一个重要的契机。希望《朔方》继续发挥宁夏唯一省级文学期刊的导向作用，坚持立足宁夏，面向全国和突出地区特色的办刊方针，为宁夏作家尤其是青年作家的成长和促进全区中短篇小说创作做出积极的努力。①作为新世纪宁夏文艺发展的基本方向，这篇讲话为宁夏文学"向全国进军"营造了良好氛围。

其次，"请进来"。既然需要加强与外界的联系，让外界对宁夏青年作家及其创作给予更多更大的关注，那么需要先采取"请进来"的方式，即邀请国内著名作家、评论家，以及名刊大报的资深编辑与宁夏作家深入开展面对面交流。1999年8月，经过精心策划，《朔方》联合宁夏回族自治区党委宣传部、宁夏文联共同召开首届西部作家笔会，《人民文学》编辑部主任李敬泽、《小说选刊》编辑冯敏、陕西青年作家红柯应邀出席。一年后，第二届西部作家笔会如期举办，这一

---

①王正伟：《在第二届西部作家笔会全区中短篇小说创作座谈会上的讲话》，《朔方》2000年第9期。

次扩大了规模，《朔方》不仅邀请了更多的编辑和作家，如梁晓声、《十月》主编王占君和资深编辑王洪先、《雨花》编辑毕飞宇、《钟山》编辑贾梦玮等，而且为显示宁夏青年作家的创作实力与前景，有意在座谈会标题中加入"全区优秀中短篇小说"的字样，这样一来，既突出了座谈人员的"主体"身份和创作实绩，又将原本单向的"经验传授"过渡为双向互动的"对话交流"。正如冯剑华（时任《朔方》常务副主编）所言，邀请著名作家和编辑家们到宁夏来交流创作经验和体会，只有一个目的，就是使宁夏的"作者尽快地走向全国"，推动宁夏"文学事业的繁荣和发展"。①两届笔会的盛况引起社会关注，多家媒体给予报道，其影响体现在两方面：一是来自宁夏的近百名作者与嘉宾面对面交流，听取他们的评析、建议和帮助，既激发了创作热情，开阔了视野，也反观自身创作，看到差距，从而调整写作的方向和路径。二是让编辑们更深入地了解到宁夏青年作家的写作历程、困惑和近况，从而创造并增加了作品发表的机会。

再次，"走出去"。《朔方》在1999年大改版时，新增《佳作赏析》栏目。这个栏目首发的作品是青年作家石舒清的《清水里的刀子》，这篇小说原载于《人民文学》1998年第5期，《小说选刊》于1998年第8期转载，同时配有编辑冯敏的短评推介，《中华文学选刊》《名作欣赏》等刊物也予以转载。之后，该小说获2000年《小说选刊》年度奖，也是参选短篇小说中唯一全票当选的作品；2001年，这篇小说又获得第二

---

① 本刊编辑部：《第二届西部作家笔会、全区中短篇小说创作座谈会发言纪要》，《朔方》2000年第9期。

届（1997—2000年）鲁迅文学奖，石舒清成为继张贤亮之后，第二位获得全国优秀短篇小说奖的宁夏作家。在《佳作赏析》栏目中，第二次隆重推出的是青年作家陈继明的《青铜》和《城市的雪》，这两篇小说都原载于《人民文学》1999年第1期。随后，1999年第9期的《朔方》刊载了他的短篇新作《在毛乌素沙漠南缘》，发表后好评不断，《小说月报》和《小说选刊》同时转载。1999年第8期的《佳作赏析》栏目刊发了青年作家金瓯的《前面的路》，这篇小说原载于《人民文学》1999年第6期。该篇小说最初投稿给《朔方》，编辑陈继明看后非常欣赏，就将其推荐给了《人民文学》编辑部主任李敬泽，不到半个月便收到作品即将刊登的回信。

当这三位具有代表性的宁夏青年作家从《朔方》走向全国，在文坛频频亮相，屡获殊荣的时候，借助西部大开发战略的"东风"，《朔方》乘势推介"宁夏青年作家群"。2000年6月22日，宁夏回族自治区党委宣传部、宁夏文联和《朔方》编辑部，联合《人民文学》杂志社、《小说选刊》杂志社，在北京召开宁夏青年作家陈继明、石舒清、金瓯作品讨论会。这次会议是宁夏青年作家群首次集体亮相，也是宁夏当代文学史上首次在区外为宁夏作家召开的作品研讨会。参会人员五十余人，包括中国作协、宁夏回族自治区党委宣传部、宁夏文联和鲁迅文学院的负责人，《文艺报》《人民文学》《民族文学》《朔方》的主编、副主编，在京著名评论家，以及《人民日报》《光明日报》《中国青年报》《宁夏日报》和宁夏电视台等多家新闻媒体的记者。这场声势浩大的研讨会第一次提出了宁夏"三棵树"的称谓，命名者李敬泽解释说，《人民文学》

《小说选刊》和宁夏联合召开此会的意图是"做一些宣传推广的工作"，使得以这三位年轻作家为代表的宁夏青年作家"在全国的文坛上引起大家的注意"。之所以将三位青年作家命名为宁夏"三棵树"，是因为"他们每个人的写作都有自己的风格，都有自己独特的写作历程"，且深深"扎根于本土，扎根于西部很具体的生存环境和人文环境"，集中体现出"西部文学精神"和"西部写作活力"，因而是"一个值得注意的现象"。时任宁夏文联主席的张贤亮回应道，"这次座谈代表了中国作协对开发大西北的重要举措"，激励着宁夏的文学创作力量，宁夏有了"三棵树"，"将来肯定不止这三棵，会有成片、成林的树出现"。① 会后仅十天，《文艺报》就通过多篇专题报道和文学评论② 率先掀起宁夏"三棵树"的推介热潮，宁夏三位青年作家获得更多读者的认识。紧接着，《雨花》开辟"宁夏青年作家作品专栏"，刊发"三棵树"在内的九名作家的九篇作品；《上海文学》随后也推出"西北作家专号"。2001年，张贤亮主编并作序的"西北三棵树"系列丛书（石舒清的《暗处的力量》、陈继明的《比飞翔更轻》和金瓯的《鸡蛋的眼泪》）由花山文艺出版社出版，首印五千册，一售而空。

当宁夏的三位青年作家终于迈向全国，引起关注之时，《朔方》联合宁夏回族自治区党委宣传部、宁夏文联共同筹办了"新三棵树"季栋梁、漠月、张学东作品研讨会。在"三棵

---

① 《西部有风景　宁夏三棵树——"陈继明、石舒清、金瓯作品讨论会"纪要》，《朔方》2000年第8期。

② 分别是贝佳的《宁夏新生代就是不一样》（7月4日）、冯敏的《来自西北的意义丰盈的新生代》（7月11日）和李敬泽的《遥想远方》（8月15日）。

树"和"新三棵树"的积极影响与带动下，本地青年作家的创作热情得到了鼓舞，特别是宁夏固原地区，当时公开发表作品的已有百人之多，显示出整体的创作实力，这群青年作者成为宁夏文坛一支不容忽视的生力军，并逐渐形成了极具地域特色的"西海固文学"现象①。为展示这道独特的"风景线"，巩固已经形成的文学创作队伍，进一步扩大青年作家的影响，《朔方》相继推出"海原作家作品特辑"（1997年第4期）、"固原作家作品特辑"（1997年第7期）和"西吉县作者作品特辑"（1998年第10期），与宁夏另一家有影响力的文学期刊《六盘山》共同促成了"西海固作家群"的"亮相"。此外，根据宁夏作者的代际或性别，《朔方》也设置了作品专号或特辑，如"七十年代出生作家特辑"（1999年第5期）、"宁夏女作家作品特辑"（2002年第3期）等。如此以"集束手榴弹"的方式刊发宁夏作家作品，将其作为一个地方性的文学创作群体推出，更容易引起文坛的关注，而专号和特辑中的作品，也更有机会被全国各大文学选刊和文学选本转载，从而增加荣获全国奖项的概率，这都极大地促进了宁夏文学的发展。

由此我们清晰地看到，围绕《朔方》形成了一支以青年作家为主力军的文学创作队伍，从张贤亮发出的"报春第一声"，到"宁夏三棵树""新三棵树"和"西海固作家群"的"歌声嘹亮"，崛起的"文学林"终成。这支创作队伍的形成，无疑给新时期宁夏文学的发展以有力的支撑和保障。

―――――――――――――――――――

①西海固位于宁夏回族自治区南部山区，是宁夏中南部九个县区的概称，包括西吉、海原、固原、隆德、泾源、彭阳等。西海固因历史上辖西吉、海原、固原三县而得名。

小 结 地方性文学报刊之于当代文学的史料价值

中国当代文学不单是在文学的范围内活动，同时也在当代史的范围内显现着它活跃的身影。在宁夏这片虽然地处偏远，但与祖国和中华民族命运血脉相连，与时代脉搏同频共振的土地上，深情演绎的宁夏故事和细致刻画宁夏形象的优秀作品，天然地带有某种独特性，是当代文学中富有地方文化特色的风格化存在。近年来，"中国文学的宁夏现象"①也引发文坛热议。在笔者看来，历史化地理解新时期宁夏文学的发生与展开，可以从地方性文学史料的整理与研究中寻求突破。在探究这个历史起源问题的过程中，对以下三个方面的认识就显得至关重要。

一、有效拓展当下宁夏文学的研究

当前学术界对宁夏文学的研究大多集中于单纯的作家作品研究，或者是作家作品的总体概览，而资料整理和文学制度研究相对滞后。因此，当"文学批评"完成了对宁夏文学创作精彩的阐释后，应该开展扎实深入的历史研究，对史料进行全面梳理与整体把握，这应成为一种视野与方法。从发掘入手，以整理为纲，通过史料的多元化，如地方性文艺报刊、地方档

① 2018年12月20日，由中国作家协会和宁夏回族自治区党委宣传部主办，中国作协创研部、宁夏文联承办的"中国文学的宁夏现象"研讨会在北京召开。这次会议总结了宁夏文学六十年繁荣发展的经验，深入探讨宁夏文学未来发展，提出宁夏文学和本地作家面临的新课题是："如何真正反映现实，写出这个时代的精神风貌，塑造出体现时代发展方向的新人。"

案、地方文化资料汇编、名人手札、作品版本、作家圈子等，扩大史料来源，拓宽宁夏文学的研究视野，挖掘其丰富性和复杂性。当然，全方位地描述、梳理宁夏文学，是一个过于宏大的任务。笔者设想的研究工作，并不是在文学性意义上评价哪位作家创作的优劣，而是期冀以一种历史化的研究方式来解读"历史中的文学"。

二、厘清新时期宁夏文学发生的逻辑脉络

理解新时期宁夏文学应有两个重要的分支：一是它的"发生"与"前三十年"（20世纪50、60、70年代）的文学资源之间究竟应该建立一种什么样的历史联系，二是其"展开"采取了怎样的策略。这就需要进行分期的具体的研究。我们可以将"新时期宁夏文学"理解为一种认知装置，考察其与"前二十年"（1958—1978年）的传承关系，同时视角向后延伸，在改革开放的时代背景下，比较和呈现文学及其作家所拥有的世界性眼光、思想观念和创作手法，以此来描述宁夏文学是如何构建的，在此过程中注重宁夏文学发展史上1978年、1985年、1991年、2000年等几个重要时间节点的文学史信息。这既是一个元问题，需要被不断地重返与叩问，又不仅是纯粹的文学问题，而意味着要通过对"文学现场"与"概念历史化"的细致观照，有效地展示新时期以来宁夏纷繁复杂的历史进程，以及生存于历史中的人们的生命体验。

三、进一步发掘地方性文学史料的价值

作为了解地方文学最直接的来源，地方性报刊包含更具体

的文学史信息。因此，将史料放置于当代文学的历史进程中，对以其为代表的地方材料进行整理和阐释，并非对现有文学史叙述的修修补补，也并不仅仅是研究边界和范围的扩大，或是揭示出当代文学史的丰富性和复杂性，而是尝试以此为路径和方法，对影响文学期刊的各种因素的功能、结构及其相互关系，进行动态、立体的考察，在政治、历史、文化的多重关联中进行价值定位，凸显当代文学史料丰富的层次感、复杂的内部结构和多元的观念内涵，从而在中央与地方、地方与地方之间的互动与关联中看到统一和差异，并彰显出"地方"的立体图景与主体价值。正如本章以《朔方》的行政归属、等级结构、历史变迁（创刊、停刊、复刊、改版）和功能定位（综合型文学期刊）等为中心，采用"以刊证史"的学术路线，对它生成和演变的历程以及其背后隐藏的社会文化内涵加以追溯，试图还原"新时期宁夏文学"如何发生与发展，并揭示转折时期编辑、作者、读者的矛盾痛苦和欣喜的生命状态，是想尝试借助一个"编辑部的故事"建立新的理解方式和观念，以文学期刊研究推动宁夏文学史研究的视角转换与方法更新。当然，作为与宁夏当代文学发展共同生长的一面"镜子"，《朔方》是新时期宁夏文学的鼎力支持者和现场参与者，保存了真实、原始的文学文本，鲜明地体现出宁夏文学的基本风貌和发展格局，成为重返"历史现场"的重要通路。

　　总而言之，地方性文学报刊之于当代文学的史料价值，具有丰富、补充、修正乃至证伪的作用，需要更加立体开阔、更具历史纵深感、更有当代性的整体把握。探究地方文学期刊与文学发展之间的交互影响，审视文化政策、文学制度对文学期刊的制约，在政治、经济、文化以及传媒变革等形成的"整体结构"中，探寻文学报刊的发展，不仅能够弥补既有文献的不足，而且还可能在对比、联系中看到统一和差异，修正一些文学史判断，展现不一样的文学风景，从更为广阔的视野中观照与文学关联的文化、社会、历史景观。基于此，笔者聚焦1976—2000年间的《朔方》，择其复刊与更名、五次改版、广告植入、征文评奖、体裁革新、作家培育等典型事例，探究它的办刊方针、编辑理念、经营模式和动态进程，寻求史料研究与文学批评之间的并存与互补、参酌与互动。

第二章 "二张一戈"与新时期
宁夏作家队伍的构建

文学史是对一定时空发生的文学事实进行的陈述，除了作为时代整体语境的"中国空间"，具体的、局部的"地方空间"的作用机制不应被忽视。在笔者看来，历史化地理解新时期宁夏文学的发生和展开，不应只是总结中华民族精神和西北地域风格，也并非止步于评估作家或作品产生的影响和效应，它还应该着力于探讨并发现文学创作的内部关系，重新激活一些具有特殊意义的文学个案，以鲜活的、具体的、被日常经验遮蔽的事实，凸显文学演进的各种形态。

第一节 "宁夏出了个张贤亮"

1977年底，《宁夏文艺》在第6期刊发了《〈庆祝宁夏回族自治区成立二十周年〉征文启事》，这也是刊物在新时期发布的第一则征文启事。随后，为配合征文活动的实施，繁荣宁夏短篇小说创作，《宁夏文艺》又专门于1978年1月22日组织召开宁夏全区短篇小说创作座谈会，会议持续了整整五天，参会的工农兵业余作者和大学、中学文学（语文）教师等三十余人集中探讨了当时宁夏"小说创作中存在的许多毛病，如题材狭窄、构思雷同、风格单一、形象贫乏等"，认为要提高创作质量，就要"从火热的斗争生活出发，创造出有血有肉的艺术形象"。①由此看出，对题材广泛、扎根生活、形象丰满的强调其实也反映了《朔方》编辑部约稿、组稿和面对征文来稿时的评审标准。也正因此次征文，"归来"后的张贤亮的投稿和"亮相"在编辑部引起了震动。

1978年11月的一天，《宁夏文艺》小说组编辑杨仁山在众多征文来稿中看中一篇名为《四封信》的小说，于是着力推荐给编辑部主任路福增（又名路展）。路福增读完后，感觉小说语言虽不十分成熟，但立意远超出了"伤痕文学"的水平，作品不单是写"伤痕"，还在于"歌颂了动乱时代人们灵魂深处的善良与对美好事物的追求"，于是编辑部决定立即发表，而且"列为头题"，为此，甚至不惜做"冒险之举"：将原本列为头题的一位老作家的新作挪至正文第二篇，但为了"搞平衡"，只好在期刊目录上把老作家的作品放在首位。② 这种不符常规的编排在《宁夏文艺》办刊史上尚属首次。在《宁夏文艺》1979年第1期的头题位置发表《四封信》后，路福增在内部开会时，提出要把这篇小说的作者张贤亮作为一个"尖子"来扶植，要让读者知道他、认识他和理解他，而且还要请高水平的评论家著文评介，造成良好影响。这个想法得到了小说组的编辑们和宁夏文联的支持。无独有偶，不长时间，编辑部连续接到张贤亮的来稿，编辑们不仅仔细阅读每一篇，有时还把他请到编辑部来共同商谈修改方案。③ 在编

① 《本刊召开短篇小说座谈会》，《宁夏文艺》1978年第2期。
② 路展：《绿色的歌》，《朔方》2009年第5期。
③ 隆顺新：《编辑家、儿童文学作家路福增》，见政协唐山市丰润区文卫史料委员会：《浭阳风流——走出丰润的丰润人》，河北教育出版社，2009，第320页。

辑部的大力扶持下，《宁夏文艺》在1979年第2、3、5期的头题位置连续刊发了张贤亮的三篇小说《四十三次快车》《霜重色愈浓》和《吉普赛人》。与小说的发表"相得益彰"的是，《宁夏文艺》紧接着在1979年第4、5、6期推出三篇评价张贤亮小说的专论文章^①，这些文章也是新时期文坛最早出现的有关张贤亮创作的文学批评。1980年伊始，第1、2期的头题位置再次刊登了张贤亮的新作——短篇小说《在这样的春天里》和《邢老汉和狗的故事》。一位"新人"在省级文艺期刊的头条位置连续发表六篇作品，自然引起了人们的热切关注和议论。当时分管宁夏文教宣传的党委副书记陈冰注意到如此隆重的"阵势"后问："这个张贤亮是什么人？小说写得不错！"工作人员遂逐级核实，发现作者还没有平反。陈冰得知调查结果后下达指示，"从小说看作者还是拥护党的十一届三中全会精神的，要仔细查查，该平反的还要给他平反"。随即，由宁夏回族自治区党委宣传部牵头，会同银川市检察院、银川市公安局、中共宁夏区委党校（代表张贤亮1957年时的工作单位"甘肃省委干部文化学校"）、南梁农场（当时的工作地点）等单位组成联合调查组，对张贤亮的"历史问题"进行调查。调查结束后，对张贤亮的问题予以改正。不久，在时任宁夏文联主席石天的积极争取下，平反后的张贤亮从南梁农场子弟学校调入宁夏文联，专职从事《宁夏文艺》的编辑工作。

　　调到宁夏文联后时间不长，张贤亮就成为宁夏第一个专业

---

① 即潘自强的《像他们那样生活——读短篇小说〈霜重色愈浓〉》、刘佚的《文艺要敢于探索——读张贤亮小说想到的》、李凤的《初读〈吉普赛人〉》。

作家，并且很快被派往北影厂的电影剧本创作班学习。1980年3月，《宁夏日报》报道了巴西华侨严纪彤、王柏龄夫妇主动放弃国外优裕生活，谢绝亲人挽留，毅然归国继续从事家畜品种的养殖技术研究的事迹。这则新闻见报后在宁夏反响强烈，《朔方》编辑部认为这是一个很好的报告文学的题材，就委派张贤亮和妻子冯剑华去灵武农场采访。采访结束后，张贤亮从这对侨眷夫妇的事迹中获得创作灵感，将这些素材和北京见闻的写作计划结合起来，确定了故事的主要情节线索——"去与留的问题"，很快创作完成了名为《灵与肉》的小说。完成初稿后，张贤亮直接交给了《朔方》，编辑部主任路福增和其他编辑人员读后极其欣喜，认为"打破全国水平高不可攀的神秘感的时机到了"，小说虽存在一些缺点，但有较深刻的立意，基础很好，如能修改得完美一些，将有大的突破，发表后也许会对当时的文坛引起震动。① 在这种"亢奋"的状态下，《朔方》编辑们几乎全员出动，先后举行了五次小型会议，为《灵与肉》的修改出主意、想办法。在修改过程中，张贤亮不仅删减了两万多字有关"心理分析和理念变化过程"的叙述，还舍去了主人公如何通过"学习马克思的书"而树立坚定的社会主义信念这条支线。② 反复的删改一度令张贤亮有些灰心，觉得很难再改下去，甚至想放弃；而《朔方》依然不断给予鼓励，路福增明确表示，《灵与肉》"一定会成为向全国水平冲刺、突破全国水平的一把尖刀"，因而一定要改好，

①路展：《绿色的歌》，《朔方》2009年第5期。
②张贤亮：《牧马人的灵与肉》，《文汇报》1982年4月18日。

而且一定要在头条位置上发表。^① 1980年9月，《朔方》再次以头题推出《灵与肉》，三个月后，发行量更大、影响更广的《小说月报》将其列为该刊第12期的首篇并隆重推介。在《灵与肉》广受好评和喝彩的同时，路福增马不停蹄地赶到北京，专程到《文艺报》社拜访唐因、谢永旺等领导，请他们多关心宁夏的"文学新星"张贤亮；紧接着拜访了《当代》主编秦兆阳，希望能借助这一国家级平台发表张贤亮的作品，以此来扩大宁夏文学的影响。^② 不久，《文艺报》就刊发了编辑部主任谢永旺（笔名沐阳）的评论《在严峻的生活面前——读张贤亮的小说之后》，在这篇极具分量的文章中，《灵与肉》被视为"一九八〇年优秀小说"。该文认为，与张贤亮之前刚发表的六篇小说相比，《灵与肉》的情节更丰富，细节更具表现力，而且因为"超越伤痛，写出了人的精神上的充实和力量"和"对祖国、对人民的爱"而"具有了开阔的、振奋人心的思想境界"。此外，他还对《朔方》"连续在头题位置刊载张贤亮的小说，郑重向读者推荐"这一"有胆有识"的做法大加赞赏。^③ 随后，中国作协著名评论家阎纲的文章《〈灵与肉〉和张贤亮》在《朔方》1981年第1期头题位置发表，批评家对于地处西北高原的文坛能出现张贤亮而惊喜不已，开篇就"引吭高歌"："宁夏出了个张贤亮！"阎纲不仅肯定了《朔方》的"眼光"——发表了"不同于一般流行的'伤痕文学'"的

---

①隆顺新：《编辑家、儿童文学作家路福增》，见政协唐山市丰润区文卫史料委员会《浭阳风流——走出丰润的丰润人》，河北教育出版社，2009，第320页。

②路展：《绿色的歌》，《朔方》2009年第5期。

③沐阳：《在严峻的生活面前——读张贤亮的小说之后》，《文艺报》1980年第11期。

《灵与肉》，而且盛赞了小说的"境界"——"在处理灵魂、血缘、肉体，个人、父亲、人民诸关系中"，"振作了人们的爱国情操和民族自信心"，也"领悟到自己的责任和价值"。①

在笔者看来，这两篇出自名家之手的评论文章，不仅对《灵与肉》与张贤亮做了最初始也是最重要的文学史定位，某种程度上，也因一定的导向性为《灵与肉》此后的获奖和引起的争鸣"造势"了。1981年1月15日，"一九八〇年全国优秀短篇小说奖"评选工作正式展开，在《人民文学》编辑部向评选委员会提出的备选篇目中，《灵与肉》列入前五篇内。3月16日，根据群众推荐票数和评委意见，评委会确定当选篇目，《灵与肉》在三十篇作品中排名第八位。3月24日，评选结果揭晓，被《朔方》寄予厚望的《灵与肉》如愿获奖。②这一奖项不仅标志着张贤亮从一个偏远地方的"文学新星"跻身全国知名小说家的行列，更重要的是，它引来全国读者的注目，使得以《朔方》为重要平台的宁夏文学第一次受到文艺界的关注。获奖后的《灵与肉》引起了读者和批评家们的热烈反响，不同意见相互激荡碰撞。于是，《朔方》在1981年第4—9期首次开辟《争鸣》栏目，专门刊发因《灵与肉》所引发的不同看法。在持续半年的讨论中，这一栏目共刊发七篇文章和一篇"来稿来信综述"，发表文章的作者的身份较之以往更显庞杂，既有在校的师生，也有当时著名的学者、批评家、作家，还有以笔名形式出现的"读者"。讨论的话题也包含作品内蕴、"许灵

---

①阎纲：《〈灵与肉〉和张贤亮》，《朔方》1981年第1期。
②崔道怡：《第三个丰收年——短篇小说评奖琐忆》，《小说家》1999年第2期。

均的形象塑造"和"许灵均与秀芝的婚姻是否真实"等多个方面。这场讨论对《朔方》及宁夏文学而言具有三重意义：首先，通过编辑策略的运用，在"争鸣"之中重新定位了期刊的角色和构建了宁夏文学的自我形象。我们注意到，在一篇篇争鸣文章之中，《朔方》并没有公开评论同意哪种观点，即使我们看到质疑声音的存在，如汤本的《一个浑浑噩噩的人——评小说〈灵与肉〉的主人公许灵均的形象》，但它似乎也是作为"标靶"而出现，与其针锋相对的则是多篇对《灵与肉》持肯定和赞扬的文章，于是我们很轻易地会从争执双方所处的情势当中判断出刊物的立场。其次，通过此次"试水"，《争鸣》栏目成为《朔方》的特色板块，此后围绕一位作家或一篇作品进行笔谈、讨论的基本模式也初露真容，即先刊登一两篇对某部作品持肯定及否定的文章，待引起关注之后，由编辑配发一篇"编者按"来表达立场，再刊发与编辑部"志同道合"的文章来进行应和，读者被"导向"之后，再经过后期处理的"来稿综述"作为压轴。最后，《朔方》在展示争鸣现象的同时，也是在参与对新时期宁夏文学的构建，它所设置的《争鸣》栏目对文学创作的评价和规范，既吸收了当代文化流行的重要概念和词语，同时也直接影响和指导了本地作家的构思、想象与写作。

作为与新时期历史同时展开的文学写作，张贤亮机敏而又小心翼翼地回应着国家的政策调整与社会转型，从最初几篇小说的"投石问路"，平反罪名后转换身份进入宁夏文联成为正式作家，到《灵与肉》的刊发、推介并最终获全国大奖，再到短篇小说《肖尔布拉克》和中篇小说《绿化树》分别于1983

年、1984年获得全国优秀短篇小说奖和优秀中篇小说奖，以及1985年创作的《男人的一半是女人》使得文坛内外争议四起。"宁夏出了个张贤亮"成为新时期中国文坛持续和热烈讨论的重要话题之一。毫无疑问，张贤亮的"归来"不仅仅标志着其个体命运的转折，对《朔方》和宁夏文学事业而言，也是一个难得的馈赠，他的"井喷式"创作为《朔方》和宁夏文学走向全国提供了重大契机，也使其具备了品牌效应。从另一个层面而言，张贤亮"归来"时产生重要影响的标志性"事件"，都与《朔方》息息相关。

第二节　"二张一戈"的命名

宁夏文联于1961年正式成立，到1966年，只召开过一次文代会和两次全委会。1968年10月后，宁夏文联陷于停顿状态。直到1979年3月，宁夏文联召开了一届三次全委扩大会议，宣布正式恢复工作。一年后，宁夏文学艺术工作者第二次代表大会隆重召开。这次大会选举出第二届委员会[①]，并组建了八个文艺家协会——作家协会、戏剧家协会、音乐家协会、舞蹈家协会、美术家协会、摄影家协会、书法家协会、民间文艺家协会，既有效地团结起此前七零八落的文艺队伍，又为新时期宁夏文艺工作的开展奠定了基本的组织机构保障。时任宁夏文联主席的石天在文代会上做了题为《为繁荣社会主义文艺而努力奋斗》的报告，报告采用"高调的成绩肯定"与"温和的底线

---

①此次会议于1980年5月召开。选举的最终结果为：石天任主席，朱红兵、哈宽贵等人为副主席，委员共有五十一人，其中包括张武和戈悟觉。

提醒"的表述模式，沿着"清理历史、整合当前文学秩序和规划未来蓝图"的模式对宁夏文艺情状展开叙述。报告指出，三年来，宁夏"文艺战线呈现了一派新气象，创作也开始活跃起来"，张武的《看"点"日记》、戈悟觉的《客人》、张贤亮的《霜重色愈浓》等获奖作品，"标志着我区文艺园地里一个百花齐放的文艺春天正在到来"。但"宁夏的文艺队伍不是大了，而是很小；宁夏的文艺尖子不是多了，而是很少"。因此，当前和今后宁夏文学的中心工作是"抓好创作，促进文艺繁荣"，要"快出人才、多出作品"，"配备编制，安排少量的驻会专业创作人员"，举办各种类型的文艺讲座、进修班、读书班、讲习班和优秀作品评奖活动等，"不断培养出文艺新秀"。[1] 这份报告汇聚了丰富的历史文化信息，以强大的话语权威规约和引领了新时期宁夏文学的生成与发展。同时，这次会议上的领导讲话、会议文件等传递出的文艺思想和地方文艺政策，既为文艺队伍的动员、重组和文学创作的再出发营造了一个较为宽松的政治环境和制度空间，也对新时期宁夏文学的走向发挥了导向作用，而大会报告和分组讨论中多次提到的张贤亮、张武和戈悟觉，也被视为繁荣宁夏文坛、引领文学创作的文艺"尖子"。

这里有必要简要陈述三位作家在新时期的写作历程。1955年，张贤亮携母亲和妹妹从北京到宁夏星星农场当农民，同时开始了文学创作。1957年一年间，他在陕西《延河》文学杂志发表了四首诗歌，在诗坛具有了一定的知名度。但因其中

---

①石天：《为繁荣社会主义文艺而努力奋斗》，《朔方》1980年第7期。

一首《大风歌》而受到批判，下放到宁夏银川西湖农场劳动改造。直到1978年，张贤亮才重新执笔，创作小说、散文、评论、电影剧本等。1979—1985年，他的创作呈井喷之势，共计发表了短篇小说十二篇，中篇小说四篇，长篇小说三部，其中有四部作品还被改编成影视剧。他以其饱经沧桑忧患之后的独特"歌喉"，提升了宁夏文学的知名度。因这些斐然的成就，张贤亮于1986年当选为宁夏文联主席，成为宁夏文学的领军人物。

张武的创作始于20世纪60年代。1961—1980年期间，他先后在中卫县畜牧站农工部，宁夏回族自治区党委组织部、党委宣传部、党委办公厅工作。虽然不是专业作家，可他从1961年的第一篇小说《刘师傅》到1965年底的《练》，五年时间里写作发表了十多篇短篇小说，其中1965年创作的《红梅与山虎》被《人民文学》刊用，他也因此成为宁夏第一个在国家级文学期刊上发表作品的作家。1965年后，张武被迫停笔。1979年重新开始创作时，他的三篇小说《选举新队委的时候》《处长的难处》《看"点"日记》，被《人民文学》第3期、11期和12期刊载。正因为如此，1979年也被宁夏文学界称为"张武年"，这在当时的宁夏作家中是绝无仅有的。1981年调入宁夏文联后，张武焕发了极大的创作热情，先后出版了《炕头作家外传》（1981年）、《潇潇春雨》（1985年）和《黄昏梦》（1986年）等小说集，以及长篇小说《罗马饭店》《红运》《涡旋》等。

进入新时期后，步入不惑之年的戈悟觉重新开始创作。二十多年的记者生涯，为他提供了丰富的经验与素材。同样是在1979年，戈悟觉在《人民文学》《十月》《宁夏文艺》上接连发表了《故乡月明》《客人》《记者和她的故事》《邻居》等四个短篇小说。此后又出版了小说集《记者和他的故事》（1982年）、《夏天的经历》（1983年）、《她和她的女友》（1984年）、《一生中的四天》（1988年）以及报告文学集《金色的小鹿》（1984年）等。他的作品不仅多次获奖，而且被介绍到了国外。例如小说《夏天的经历》由"熊猫丛书"推介至英美，编入美国国际文化交流出版公司编选的《国际短篇小说选》，根据该小说改编的同名电视剧在法国播出后引起较大反响，戈悟觉也因此被法国特别邀请出席中法文化交流会。1986年，中国派出七人赴保加利亚参加世界作家大会，戈悟觉便是参会团员之一，并兼任新闻发言人。戈悟觉在大会上宣读的题为《世界文学和中国文学》的演讲稿，得到了其他与会国家代表团的赞誉。

通过以上叙述可以看出，对于新时期初期的宁夏文学而言，张贤亮、张武和戈悟觉是一块闪亮的金字招牌，他们的创作代表了这一时期宁夏文坛最令人关注的部分，宁夏文学因之结束了长时间沉默失声的状态而成为令人瞩目的存在。

起初，《朔方》就有意营造张贤亮、张武与戈悟觉"同台共舞"的局面。1980年第2期，《朔方》将三人的新作——《邢老汉和狗的故事》（张贤亮）、《蔚蓝的池水》（戈悟觉）、《求实——一个真实的故事》（张武）放置于头题位置，引起了一定关注。他们三人第一次在"重磅"文章中并列出现，源于1981年第6期的《朔方》评论员文章，该文专门指出新时期宁夏文学发生的两年多时间里，"文学创作初步呈现出一派生机勃勃的景象"，特别是"一批年富力强、精力充沛的作家、诗人，如张贤亮、戈悟觉、张武"等取得了一定的成绩，他们的作品有的在全国产生了很大影响，有的受到读者好评，有的结集出版。① 之后，《朔方》编辑杨仁山在一次编前会上提出，平时提及张贤亮、张武、戈悟觉的全名稍显烦琐，并列提及时可用"二张一戈"简而代之。这一提法自此广为流传。1985年11月，宁夏回族自治区党委宣传部联合宁夏文联召开全区青年文艺创作座谈会，这是新时期以来宁夏第一次面向青年文学艺术工作者举办的规模较大的座谈会。会议历时三天，参会人员不仅有文学、戏剧、美术和音乐界的代表，还有各文艺协会、文艺理论研究室、文学期刊编辑部、新闻出版等部门的特邀代表，共计一百八十余人。会议期间，宁夏回族自治区党委副书记、自治区主席黑伯理专门到会看望参会代表，并做了动员和讲话。他认为，新时期以来的宁夏文艺队伍"是有相当的力量的"，突出的有张贤亮、戈悟觉、张武，也就是"大家说的'二张一戈'，这些同志在全国程度不同都有一些影响"②。原本在"坊间流传"的"合体"命名，在文艺创作大会上被自治区领导当众提及并赞扬，不仅具有肯定"二张一戈"的创作实绩之意，而且作为宁夏文艺界的共识，该评价也是经过历史筛选和实践检验后的理性思考和总结。1988年9月初，宁夏作家协会、宁夏文学学会和宁夏文联文艺理论研究室共同举办宁夏文学十年学术讨论会，旨在对新时期宁夏文学十

①达奇：《塞上无处不飞花——回顾我区近两年来的文学创作》，《朔方》1981年第6期。

②黑伯理：《在全区青年文艺创作座谈会上的讲话》，《朔方》1986年第1期。

年来的总体概貌、发展趋向和成败得失进行回顾总结。大会上，时任宁夏作家协会副主席的吴淮生做了题为《宁夏近十年文学评略》的报告。他指出，"二张一戈"的创作实践，"终于使宁夏的文学突破了自治区的范围而走向全国"。与之相呼应，宁夏本地著名评论家刘绍智在发言中特别提出了"'二张一戈'的模式"，即张贤亮的"不稳定模式"（作品基调为怀疑、痛苦、惶惑、动摇），张武的"超稳定模式"（作品基调为严格地尊重"生活的实际"），以及戈悟觉的"具有浪漫色彩的理性主义模式"（作品基调为温馨和谐，侧重于主体"感受"）。在他们看来，"二张一戈"启动了宁夏小说创作的开端，他们的成果"在很大程度上标志着宁夏小说近十年的运行轨迹"，"给宁夏文学史留下了耀眼的一页"。①

总而言之，新时期以来，伴随着张贤亮、张武和戈悟觉创作的集聚式爆发，宁夏文学界开始有意识地以"二张一戈"为代表，将个体作家整合为特定的创作群体。为使得"二张一戈"被广泛认可和关注，宁夏文联和作协筹划并实施了系列举措，如身份认定、待遇安排、作品研讨、批评构建和对外宣介等。由此看来，三位作家的集体命名之于新时期初期宁夏文学创作群体经典化的重要意义。因而，进一步探析命名背后的推介方式、策略及其深层结构，有助于我们深入理解新时期宁夏文学发生时的时代征候、话语资源和经典构建等情形。

---

① 王枝忠、吴淮生：《宁夏文学十年》，宁夏人民出版社，1989，第3、18-23页。

第三节　文学机构对"二张一戈"的推介

　　1977年第6期的《宁夏文艺》刊发了《〈庆祝宁夏回族自治区成立二十周年〉征文启事》，它的发布具有两方面的意义：一是表达办刊意愿。《启事》中虽然不可避免地存在时代的烙印，以及"工业学大庆""农业学大寨"等"旧"词语，但最鲜明的变化还是强调来稿要"坚决贯彻'百花齐放、百家争鸣'的方针"，运用"革命现实主义和革命浪漫主义相结合的创作方法"来反映"我区各族人民实现四个现代化团结战斗的新风貌"。[1]　显然，选择向十七年时期的文学看齐，这不仅表明《宁夏文艺》办刊路线的调整，更是有意要切除此前一段时期的历史。另一个目的则是寻觅稿源。新时期之初，众多文艺期刊试刊、复刊或创刊，这必然需要大量的文稿，而解决稿源的一个重要途径便是"征文"。对于此时还"名不见经传"的省级期刊《宁夏文艺》而言，来稿的数量不多和作品的质量不高是最大的问题，因而，需借征文选拔出一批土生土长的本地作者，并着力培养和扶持，使其成为新时期宁夏文学创作队伍中的重要力量。

　　1978年11月的一天，在整理征文来稿时，《宁夏文艺》编辑部小说组"年轻编辑杨仁山同志等从小山般的稿件堆里发现了张贤亮的短篇小说《四封信》"，遂着力推荐给编辑部主任

第二章　"二张一戈"与新时期宁夏作家队伍的构建

---

[1]本刊编辑部：《〈庆祝宁夏回族自治区成立二十周年〉征文启事》，《宁夏文艺》1977年第6期。

路福增（又名路展）。^① 对于小说的作者张贤亮，路福增未曾谋面，但并不陌生，因为曾任《宁夏文艺》诗歌编辑的他，在1963年就发表过张贤亮的诗作《在碉堡的废墟旁》。张贤亮此后销声匿迹，两人中断了联系，时隔多年又见作者"归来"，路福增"颇有一些劫后重逢之感"。认真读完《四封信》，路福增感觉大致符合征文标准，并极力促成小说在1979年第1期的头条位置发表。^②《四封信》发表后，路福增在内部开会时，提出要把张贤亮作为一个"尖子"来扶植，要让读者知道他、认识他和理解他，而且还要请高水平的评论家著文评介，造成良好影响。这个想法得到了小说组编辑们和宁夏文联的支持。特别需要指出的是，在张贤亮重归文坛之时，《朔方》编辑部的编辑们不仅有慧眼，还具有全国性眼光。时任主编哈宽贵原为上海《萌芽》的编辑，路展原是《人民文学》的编辑，他们曾同样身遭厄运，自然对这位文坛"新秀"另眼相看，甚至为使他能走向全国，不惜动用过去人脉关系，为张贤亮以及宁夏文学能引起更大范围的注意而多方奔走。1981年9月，《灵与肉》荣获"一九八〇年全国优秀短篇小说奖"。《朔方》编辑部见状，随即新辟《争鸣》栏目，从1981年第4期到第9期共刊发了七篇文章和一篇"来稿来信综述"进行深入讨论。在《朔方》即将结束《灵与肉》的"争鸣"之际，中国当代文学研究会创办的月刊《作品与争鸣》迅速接应了这场讨论。在其1981年第9期的《关于得奖作品的争论》的栏目中，该刊不仅选登了两篇观点相左的代表性批评文章，更引人注目

---

① 吴淮生：《往事情萦难绝——我和〈朔方〉的三十年》，《朔方》1990年第3期。
② 路展：《绿色的歌》，《朔方》2009年第5期。

的是刊发了张贤亮本人的回应——《心灵和肉体的变化——关于短篇〈灵与肉〉的通讯》。在这篇创作谈中，成名后的张贤亮首次公开详细地介绍了《灵与肉》的写作背景、经过，以及故事情节和逻辑结构设置的深意，引发了又一轮热议。就在"争鸣"方兴未艾之时，1981年5月，著名导演谢晋与担任编剧的著名作家李准，偕摄制组一行十八人来到宁夏寻找外景场地，其间不仅与张贤亮商讨电影剧本的改编，还在《朔方》编辑部的组织下与宁夏文艺界进行了面对面的交流。交流后不久，《朔方》就迅速在1981年第6期刊登了一则"文艺快讯"，将"《灵与肉》被上海电影制片厂改编成电影"的消息广而告之。1982年4月由《灵与肉》改编的电影《牧马人》公映，轰动全国，创造了一点三亿人次的观影奇迹，这也使更多的人知道了地处偏远的宁夏有个张贤亮，而这张"名片"也将读者的目光吸引至刚刚起步的宁夏文学。

1979年春，刚"复出"的张武被安排至宁夏回族自治区党委办公厅做一些临时性的杂务。此前他在"牛棚"里偷偷写完了三篇短篇小说《选举新队委的时候》《处长的难处》《看"点"日记》，并偷偷寄至《人民文学》。出乎他的意料，《人民文学》收到稿件后，准备刊用，便专派两位编辑涂光群和向前到宁夏银川与张武谈《看"点"日记》的修改。在宁夏文联和《朔方》编辑部的协调安排下，两位编辑与张武见面，说明了《人民文学》副主编葛洛的修改建议，并讨论了其他需要修改的地方。张武很快修改完成并寄回文稿。几个月后，《看"点"日记》就见刊了，而且"不大不小、多多少少地引起了一些轰动"。正因为这一年在《人民文学》上连续发表了三篇小说，曾是业余作者的张武一跃成为宁夏颇有名气的作家，并于1980年调入宁夏文联，专门从事文学创作，陆续又在《朔方》《宁夏群众文艺》《宁夏日报》上发表了近二十篇小说。①在张武创作呈上升态势时，《朔方》迅速跟进，请本地知名批评家探讨和总结他的写作风格和文学特色。1982年初，《朔方》发表了汪宗元的《谈谈张武小说的艺术风格》，这是文学界第一篇专论张武的批评文章。在文章中，张武被喻为新时期宁夏文学"百花中颇具特色的一束鲜花"，其作品的总色调、总风格被概括为"质朴明朗"，而"诙谐幽默，富于喜剧色彩"是他小说艺术风格的又一特点。② 这篇文章的意义在于，它不仅进行了价值判断和风格认定，而且进一步扩大了张武及其创作的传播和影响。该文后来被评为"宁夏第三届文学艺术作品评奖"文艺评论类二等奖。1985年10月下旬，《朔方》编辑部联合宁夏文联文艺理论研究室和作协宁夏分会在银川召开了张武作品讨论会，这也是针对其创作筹办的首次研讨会。张武在会议中深谈了自身的创造感受与体会，也与参会者面对面交流，形成了真诚、理性的批评氛围。此次会议不仅吸引宁夏本地评论家、作家、高校教师、编辑等四十余人参加，而且还收到专论文章二十篇，表现出张武在新时期宁夏文学发生时的"高人气"。

宁夏文艺界对戈悟觉也是青睐有加。1981年第11期的《朔方》第一次设置《本区作品评介》栏目，旨在评论宁夏最新涌现的作家作品，扩大本地文学影响力。在第一期中，首次被评

---

① 张武：《陈冰印象（外一章）》，《朔方》1994年第10期。
② 汪宗元：《谈谈张武小说的艺术风格》，《朔方》1982年第1期。

介的两位作家，一位是时任《朔方》主编的路展，因其突出的儿童文学创作被称赞为"宁夏儿童文学的奠基者"；另一位就是戈悟觉，他的短篇写作"耐读，有回味"，"有一定深度"和"有思想"，因而被看作新时期宁夏文学小说创作"洪流中的一朵花"。[1]如果说在一个新栏目中首次亮相，更多地意味着宁夏文学界对戈悟觉创作的鼓励，那么之后对他及其全部作品进行专门讨论，则代表着对其创作的认可和样板的树立。1985年6月，《朔方》编辑部联合宁夏文联文艺理论研究室和作协宁夏分会在银川召开戈悟觉作品讨论会。与会者围绕戈悟觉新时期以来已出版的四部作品集（短篇小说集《夏天的经历》《记者和她的故事》，中篇小说集《她和她的女友》，报告文学集《金色的小鹿》）展开了研讨，并对戈悟觉今后创作的方向和风格提出了建议。此次会议为期三天，是宁夏当代文学历史上第一次对一个作家的全部作品进行集中而系统的讨论。可见戈悟觉在新时期宁夏文学发生时所具备的影响力，以及宁夏文艺相关组织对其创作的重视程度。

由此可见，"二张一戈"的亮相、成绩与影响，为宁夏文学赢得了声誉并使其受到广泛关注，有力地带动和促进了宁夏文学的创作，这与文学机构的大力推介息息相关。实际上，着力培养宁夏青年作家、不断扩大本地作家影响力，是宁夏文学界一以贯之的方针。例如，在新时期宁夏文学发生之时，作为宁夏文联主办的《朔方》，就明确提出"出人才、出作品"的理念。1981年第6期的《朔方》首次在目录前特设"卷前丝

---

①章仲锷：《感受生活的真谛——漫谈戈悟觉的小说》，《朔方》1981年第11期。

语"，旨在"介绍重点作品，表明编辑意图"。在这一期，编辑部敬告读者：新时期以来几年间，《朔方》取得了一定成绩，今后要继续秉承"出人才、出作品"的意愿，来繁荣宁夏的文学创作。于是，我们看到，头题、专号、专栏、专辑、专评、改稿会、研讨会、讲习所等，是《朔方》组织和引导新时期宁夏文学创作与批评发展的主要形式。以"二张一戈"为例，我们可以观察《朔方》在1979—1988年间发表他们作品及评论文章的情况。

在创造新概念引导文学潮流之外，期刊经常的做法是通过有意识地推举作家作品来表明自身倾向，如频繁地发表同一名作家的作品、在头题发表或者在封面推荐作品、为作品专门召开研讨会等都是常用手段，当然，选刊的转载也起到了推波助澜的作用。根据表2-1统计的内容可知，十年间，《朔方》发表"二张一戈"的作品数量分别为十五篇、二十一篇和十二篇，其中，在头条位置刊发的作品分别为六篇、八篇和三篇。此外，关涉他们的评论文章就近六十篇。概而言之，鉴于《朔方》是宁夏唯一的省区级文学期刊，其价值选择具有示范性、主导性的作用，它把"二张一戈"扶持上路，又规划与组织他们的写作、发表及引发的争鸣，使其成长壮大为知名作家，这一过程的意义不仅仅是对几位"领头羊"的推介，实际也因具有示范性和主导性的价值选择，《朔方》参与筹划了新时期宁夏文学发生时的格局和具体操作，为宁夏当代文学留存了珍贵的文献资料，保留了当年看待文学的眼光和独特方式，反映出当时文学的重要时代征候。

表2-1 《朔方》刊发"二张一戈"的作品
及被评论文章数量（1979—1988年）

作家	作品数量	作品发表期数	被评论文章数量（含作者自评）	评论文章发表期数
张贤亮	15	1979年第1期、1979年第2期、1979年第3期、1979年第5期、1980年第1期、1980年第2期、1980年第9期、1981年第12期、1983年第1期、1984年第4期、1985年第2期、1985年第3期、1985年第4期、1986年第10期、1987年第12期	40	1979年第4期、1979年第5期、1979年第6期、1980年第7期、1980年第11期、1980年第12期（2篇）、1981年第1期、1981年第4期、1981年第5期（3篇）、1981年第6期、1981年第8期、1982年第2期、1982年第5期（2篇）、1982年第7期、1983年第2期、1983年第8期（3篇）、1983年第11期（2篇）、1983年第12期、1984年第5期、1984年第7期（6篇）、1984年第8期（3篇）、1984年第9期、1985年第1期（2篇）、1986年第2期、1986年第6期
张武	21	1979年第3期、1979年第4期、1980年第2期、1980年第6期、1980年第9期、1980年第11期、1981年第2期、1981年第6期、1981年第11期、1981年第12期、1982年第3期、1982年第7期、1982年第12期、1984年第7期、1985年第9期、1986年第5期、1986年第10期、1987年第4期、1987年第10期、1988年第5期、1988年第10期	11	1980年第7期、1982年第1期、1982年第6期、1983年第1期、1983年第5期、1984年第4期、1984年第9期、1985年第2期（2篇）、1985年第9期、1986年第2期
戈悟觉	12	1979年第5期、1979年第6期、1980年第2期、1980年第12期、1981年第10期、1982年第1期、1984年第4期、1984年第12期、1986年第1期、1986年第10期、1988年第10期、1988年第12期	8	1980年第8期、1981年第11期、1983年第4期（2篇）、1985年第2期、1985年第9期、1985年第10期（2篇）

第四节　文学评奖对"二张一戈"的助推

　　1980年5月举行的宁夏文学艺术工作者第二次代表大会选举出新委员，成立了八个子协会，还隆重举行了宁夏第一届文学艺术作品评奖颁奖大会，表彰创作于1959—1979年间的三百二十六篇（件）获奖作品。这是宁夏当代文学史上第一次文艺评奖，意义重大且广受关注。奖项的类别分成六大类：文学、戏曲、音乐、舞蹈、美术、摄影。其中文学类小说一等奖仅有四篇，张武的《看"点"日记》、戈悟觉的《客人》和张贤亮的《霜重色愈浓》名列其中。[1]从表彰大会的隆重和评奖类型的齐全等可以看出宁夏全区对文艺奖的重视，这对于基层的文学机构和文学期刊也会产生有效的激励和示范。除此之外，就获奖者个体而言，也是一种确认、鼓励和对于未来写作的导向。"二张一戈"摘得小说一等奖桂冠，影响力逐渐显现。一个月后，《朔方》趁热打铁，连续两期刊发了评论"二张一戈"获奖作品的文章[2]，引导读者多角度理解作品的主题、情感和艺术手法，从而更加有效深入地解读作品。对"二张一戈"而言，作品因获奖而获得了广泛的社会关注度，专评文章又提升了作品价值并形塑了作家形象。这些"造势"之举

---

①另一篇作品为老作家程造之的《潘问渔》。程造之是上海人，20世纪30年代就开始创作，新中国成立后担任上海《新闻日报》编辑，1958年调至《宁夏日报》任文艺副刊编辑，后任中国作协宁夏分会副主席和名誉主席，1986年病逝。
②即第7期李震杰的《塞上文苑一枝春——试评〈霜重色愈浓〉》、杨建国的《发人深思的典型形象——读〈看"点"日记〉》和第8期章仲锷的《略谈〈客人〉的人物形象》。

进一步打响了"二张一戈"的品牌。

新时期，各级文联、作家协会主办的各类文学评奖占据绝对的主导地位，而文学期刊举办的评奖与其办刊的定位密切相关，在奖项设置和宣传策略上都追求社会关注度，具有鲜明的时代特色。虽然评奖的组织机构不同，但都代表了一个时段的审美倾向和最高水平，其获奖作品质量直接关系文坛口碑与评奖行为的公信力，并且它们共同有着一个明确指向，即对日益繁荣的各种体裁的文学创作予以褒扬，试图通过遴选作品来引导创作，进而发挥文学引导潮流的意识形态功效，同时采用评奖的手段来吸引和凝聚作者与读者，并推介文艺人才和文坛新秀。当然，获一等奖并非只是参照作家在期刊发表的作品数量，虽然"二张一戈"在《朔方》上刊发的作品数量的确多于同时期宁夏诸多作者，但评奖的标准主要考量作品的艺术水准，这代表着一个作家真正的写作能力和创作前景。宁夏第一届文学艺术作品评奖在公布结果前并未广而告之，所以无法通过它的评奖启事或通知来了解评奖的标准，可是，《朔方》在1982年首次设立年度"《朔方》优秀小说奖"，作为宁夏文联直属部门，它刊发的评奖启事可以帮助我们反观"二张一戈"作品获奖的缘由。《朔方》在启事中对"评奖标准"做了如下表述：

> 思想内容符合四项基本原则，从生活出发，具有时代风貌并有一定思想和艺术水平，在群众中反映较好、有一定影响的作品，不拘题材、风格，均可入选……获奖作品分一、二、三等。

很明显，衡量优秀作品的尺子是政治思想和艺术审美，通过实施符合当时政治和国家形势需要的文学生产的遴选，树立和指认榜样，同时在客观上达到对不符合上述要求的文学创作进行排斥和纠正的效果。结合该启事中另外说明的设奖宗旨和评奖方法，笔者将这条标准所体现的意义维度概括为"五个统一"：（1）文学写作要更好地为人民、社会主义服务，因此作家的创作立场要与时代的政治要求相统一。（2）社会生活是文学创造的唯一源泉，因此艺术作品要与生活真实相统一。（3）作家要及时应和时代变革浪潮，因此作品的思想性要与艺术性相统一。（4）作品需引起读者共鸣，因此作家的创作需求要与读者的情感诉求相统一。（5）获奖的作品要引导读者对新的历史时期社会生活展开想象和认知，因此在作品评选上，要将群众推荐和专业人员评议相统一。①

基于这个维度，我们就会感知到张贤亮的《霜重色愈浓》（《朔方》1979年第3期）、张武的《看"点"日记》（《人民文学》1979年第12期）和戈悟觉的《客人》（《十月》1979年第3期）的获奖，是官方、专家、读者对文学的价值判断和审美趣味高度契合、合力推动的结果，由此再反观"二张一戈"获奖作品的"增值效应"：《霜重色愈浓》通过对四个不同人物活动的呈现和内心世界的揭示，反映了经历劫难的知识分子应该以积极的生活态度和方式来回顾过去——"向前看"。《看"点"日记》描写了新时期一个省委副书记在生产大队选

---

① 《朔方》编辑部：《〈朔方〉一九八二年举办优秀小说评奖启事》，《朔方》1982年第3期。

点、蹲点、探点过程中言行不一、表里不一的表现，从而批判其严重的官僚主义作风。《客人》塑造了一个当时新颖的人物形象——文学编辑，通过这个平凡人物一家的日常琐事和家庭见闻反映了十年浩劫中一个普通编辑的辛酸愤怒、刚直不阿和奋起反抗。新时期初期的文学有着强烈的政治化色彩，书写历史造成的创伤，对苦难进行反思，以及呼唤改革等成为彼时文学的主题。"二张一戈"的小说创作基本与新时期文学同步开展，他们的创作正因为积极融入时代的主潮而得以被时代所凸显，被奖项所肯定，并成为其中不可或缺的重要组成部分。进一步而言，他们的获奖也传递出这样一种讯息：新时期宁夏文学发生时，本地作家个体化的表达与时代的主体性诉求步履一致，无论是对记忆创伤的书写，还是对现实生活的礼赞，都没有偏离这一时期当代小说创作主潮的轨道。一系列获奖作品由此所形成的叙事模式、情感结构和价值诉求有效地参与了新时期宁夏文学展开方向的构想，并对其他作家的创作产生着影响。

作为和新时期宁夏文学同步发展的见证者，宁夏第一届文学艺术作品评奖通过作家、批评家、编辑与读者共存聚合的方式，有效参与了宁夏文学生产机制的构建，它兼具创作引导、文化规范、社会秩序重建等多重意义，不仅在于它是宁夏当代文学创生以来的首个文学奖项，从设立到评选的整个进程已成为社会各界关注的中心，而且通过构建起来的系统和权威的文学生产激励机制，为读者推荐了优秀作品，深化了读者对作品的理解，也忠实地记录了宁夏作家成长的轨迹，同时也以此为依据来规划宁夏文学创作的走向。同时，文学评奖是文学期刊宣传推介的重要环节，通过评奖，文学期刊能够将刊物特色、作者资源、办刊优势进行呈现、整合与放大，进而取得良好的传播效果，因而，其评奖活动从诞生之时便内在地承载着宣传刊物、聚拢作者、打造品牌的重要使命。

20世纪80年代，十年间，由宁夏文联组织的全区文艺评奖共举办了四届，获奖作品除了文学（含小说、诗歌、散文、剧本、儿童文学、民间文学、文艺评论）外，还有曲艺、音乐、美术、摄影、舞蹈等。就文学类来看，共计二百八十七篇作品获奖，其中第一届（1980年）一百一十一篇，第二届（1982年）四十篇，第三届（1983年）七十篇，第四届（1985年）六十六篇。这些奖项的设置，构成了一个前后联系、逻辑连贯的整体，体现着文学界对于新时期宁夏文学格局的想象和规划，不仅奠定了一批作家作品的地位，也在类型学的尺度上，确立了宁夏当代文学发展中居于显要位置的"小说和诗歌"。而"二张一戈"在这些评奖中屡获殊荣（见表2-2）。

奖励制度的设立，是新时期文艺界在领导方式上重要的创新。它是以引导机制取代简单干预，具有进步意义的积极信号，获奖作家及作品的"增值"效应也是不言而喻的。从表2-2所列情况可以明显看出，连续多次的文艺评奖活动，为"二张一戈"的脱颖而出创造了条件，他们通过获得宁夏最高级别的文学奖项而得到价值确证。这些获奖作品，可以视为"二张一戈"此时期的"经典"或"中心"作品，代表着当时宁夏文学写作的先进方向。除宁夏本地设立的奖项外，张贤亮的《灵与肉》《肖尔布拉克》分获1980、1983年全国优秀短篇小说奖，《绿化树》获1984年全国优秀中篇小说奖；张

表2-2 "二张一戈"获宁夏文学艺术奖情况
（1980—1985年）^①

作家	获奖年份	奖项名称	获奖作品	发表刊物
张贤亮	1980	宁夏第一届文学艺术奖一等奖	《霜重色愈浓》	《朔方》1979年第3期
	1982	宁夏第二届文学艺术奖	《灵与肉》	《朔方》1980年第9期
	1982	宁夏第二届文学艺术奖	《龙种》	《当代》1981年第5期
	1985	宁夏第四届文学艺术奖	《男人的风格》	《小说家》1983年第2期
张武	1980	宁夏第一届文学艺术奖一等奖	《看"点"日记》	《人民文学》1979年第12期
	1982	宁夏第二届文学艺术奖	《瓜王轶事》	《朔方》1981年第11期
	1983	宁夏第三届文学艺术奖二等奖	《渡口人家》	《新月》1982年第3期
	1985	宁夏第四届文学艺术奖	《红豆草》	《十月》1984年第3期
戈悟觉	1980	宁夏第一届文学艺术奖一等奖	《客人》	《十月》1979年第3期
	1982	宁夏第二届文学艺术奖	《遥远》	《北京文学》1981年第9期
	1983	宁夏第三届文学艺术奖一等奖	《夏天的经历》	《人民文学》1982年第2期
	1985	宁夏第四届文学艺术奖	《她和她的女友》	《十月》1983年第1期

---

①第一、三次评奖的等级设一、二、三等，两次获一等奖的小说共五篇，其中四篇为"二张一戈"的创作，三位作家均获第一届的一等奖，戈悟觉在两次评奖中均获一等奖。第二、四次评奖不分等级，获奖小说共四十一篇，其中有七篇为"二张一戈"的作品，三位作家的获奖作品数占总作品数的六分之一。

武的《看"点"日记》获中国作家第二届短篇小说奖；戈悟觉的《马龙来访》（《十月》1980年第4期）获首届《十月》文学奖，其短篇小说《一生中的四天》在1985年被《人民文学》评为"我最喜爱的小说"。这一系列的全国性奖项不仅给他们带来了更大的声誉，更对新时期宁夏文学的发展起到了反哺作用，把宁夏的文学创作和对外交流推上了一个新的高度，"二张一戈"俨然成为新时期宁夏文艺界的领军人物。关于他们自身及作品在中国文坛产生的品牌效应和广泛的影响力，有一个"细节"值得关注。1980年5月，宁夏文学艺术工作者第二次代表大会选举出的文联主席为石天，副主席为朱红兵、哈宽贵等六位，委员有张武和戈悟觉等。两年后，在宁夏文学艺术界联合会第二届全体委员会第二次会议上（1982年8月15—18日），与会委员一致通过了增补张贤亮、路福增为宁夏文联委员的决议。1984年7月，宁夏文学艺术工作者第三次代表大会召开，选举出的文联主席为朱红兵，副主席有张贤亮、张武等六位，张武还兼任文联党组副书记、秘书长。1986年5月，宁夏文联第三届二次全委会将张贤亮选举为新一届文联主席、党组副书记，将戈悟觉增选为副主席，张武仍为副主席。宁夏文联第四届文代会（1993年2月）依然延续"二张一戈"同在的领导班子配备。直到1998年的第五届文代会，张武和戈悟觉才因年龄荣退，仅由张贤亮继续担任文联主席。通过"二张一戈"进入宁夏文联并逐渐成为领军人物的"上升"过程，我们更能感受到宁夏文学创作格局的形成及作家个体风格和群体意识的养成均与其有着不可分割的关系。

新时期，从全国到地方设立并大力推行的文学评奖，成为一项制度化的文学生产激励举措，它兼具肯定性和引导性的特点，大大促进了文学与社会、时代、读者的审美关联，在促进文艺赋能时代发展、提升作家创作激情和民众参与读评等方面发挥了积极作用。由此来看新时期宁夏文学，宁夏文联和《朔方》组织的评奖是本地文学最初的、迅捷的、广泛的传播媒介，地域特色、作者资源、文学传统等通过评奖得以呈现、整合与放大，进而取得良好的传播效果。对"二张一戈"而言，获奖是在政治、文学、个人、读者、专家等众多因素的平衡过程中得以实现的，其本身是一种承认和更大的激励。文学评奖对他们的助推，一方面对作家个体的选择赋予了整体性和方向性的期许，另一方面又对宁夏文学界的每个成员产生有效的引导和召唤。简言之，他们的创作风格乃至价值选择会对其他作家产生示范效应，而获奖作品的审美特点、主题内容也会对此后的文学发展方向和态势产生榜样作用，这些要素所提供的历史信息见证和记录了"二张一戈"与新时期宁夏文学发生的双向互动，实际上也助推着他们在文学史叙述中的历史化与经典化。

小　结　地方文学生产机制之于经典作家的重释

宁夏偏居中国西部，历史、地理和自然条件使这片土地上的人们生活比较艰苦，经济发展和文学创作的基础相对薄弱，宁夏文学自新时期开始张扬并蓬勃发展。在新时期裂变和调整的历史进程中，宁夏文学奋斗的足迹、成功的经验和付出的心灵代价，需要以"历史化"方法重返，回到"前理解"的历史语境来解释"理解"何以产生。

在新时期宁夏文学起源之时，面临的首要难题是宁夏全区"多年来没有在全国有影响的作品，没有在全国知名的作家"① 的文学创作状况，因而竭力扶植和培养本地作家，建设一支与鲜明地域特色的文化传统相承、与宁夏经济社会发展相符的文学人才队伍迫在眉睫。正如时任《朔方》编辑部主任的路展所言，新时期宁夏文艺界"必须培养出我们自己的高水平的作家，推出有影响的高质量的作品"，举措是"抓住重点，推出一个"，达到"带动一批，推动全局"的效果。②结合上文所述，张贤亮、张武、戈悟觉"应时而生"，他们被《朔方》挖掘、培养，频频在《人民文学》《十月》《收获》等全国性文学刊物上"亮相"并获奖，又受到文联和作协的认可、支持和推介，"二张一戈"的嘉名也随之传播开来。作为当时宁夏文坛的翘楚，他们的写作基本上代表了宁夏小说早期发展的主要趋向，在其影响下，"南台、李唯、杨仁山、张冀雪、马知遥、查舜等一批中青年作家相继加入，汇成汹涌澎湃的一条大河，呈现出异常活跃的态势，壮大了宁夏小说的创作队伍，共同推动着宁夏文学的繁荣发展"③。这些行之有效的措施呈现了新时期宁夏作家队伍构建的一个明显趋势，即由对单个作家的专一聚焦转换到多个作家的整体辐射。这样一种方式其实也清晰地勾勒出宁夏作家成名成家的历程：先在省级文学期刊及其他地级市期刊中"亮相"，继而被大力举荐至全国，

---

① 隆顺新：《编辑家、儿童文学作家路福增》，见政协唐山市丰润区文卫史料委员会《湡阳风流——走出丰润的丰润人》，河北教育出版社，2009，第319页。
② 路展：《绿色的歌》，《朔方》2009年第5期。
③ 杨梓：《宁夏文学史》，阳光出版社，2020，第290页。

受到国家级文学刊物的青睐并荣获全国性大奖，打造出"特色宁夏"的文学品牌，继而影响及带动一批地方作家的创作。

基于此，前文细部梳理与深入探赜"二张一戈"的亮相、命名、创作、获奖及其影响，并不是在文学性意义上评价他们创作的优劣，而是特别关注他们在形成自己独特艺术风格过程中，与文艺政策、文学领导和组织机构、文学期刊、文学会议、文学批评、社会读者、文学奖励和扶持之间的交集和创造性的超越，从而集中地体现文学体制、文学生活诸因素的关系与变迁。进一步而言，以"二张一戈"为中心的考察，意在通过引领文学潮流的作家来考察社会政治、思想文化与新时期宁夏文学演进的关系，去考察其发生的路径如何，为什么会这样展开，以及所呈现的历史面貌意味着什么。这样一种历史化的探究让我们看到更多审美意义上的文学价值和新的阐释及想象的空间，能在宁夏文学研究的格局中得到更多的细节上的丰富，这自然又延伸出两方面内容：一是作家的历史化研究与文学批评的关联，二是地方文学生产机制与经典作家的重释问题。

一、作家的历史化研究从文学批评开始

因为具有文学审美、价值评估、风尚引领等多方面的功能和作用，文学批评不仅指认经典，同时也限定了对经典的解读方式，这种限定往往自然地沉淀为文学史共识。基于此，关于"二张一戈"及其经典之作的认知，我们依然处在新时期以来文学批评的影响之中。在笔者写作本书时，除了重读作品，并通过作家自述、访谈和友人回忆等史料去了解"二张一戈"外，还特别考量了文学批评的言说内容与策略。写作的过程，

的确产生了一种重走一遍作家生命轨迹和成名之路的历史心境。从张贤亮的"归来"到"二张一戈"的命名及获奖，笔者采取"回放镜头"的探究方式重演不同时期文学生产机制对"二张一戈"形象的塑造和修改，特别梳理了文学批评与作家之间的对话与碰撞、映衬与补充，这或许能使我们对作家创作、文学批评、时代诉求之间的互动有一些新的理解。

首先，对于"二张一戈"而言，他们擅用自述的形式，将亲身经历的登场、落难、复出、转型、日常等个体化故事，放置到小说这一公共空间之中，以此向人们传递着时代最丰富、最痛苦、最真诚的感受，这也是其作家形象在当时的政治和公共生活中得以被阐释和塑造的关键性因素。其次，与创作活动紧密关联的是文学批评，无论是对作品第一时间的阐释和叙述，与作家之间的对话和争辩，还是对读者理解的引导和规范，它从来都混合着"当下"的时代意识、文化气候、文坛意气和个人痕迹。因此，批评家们总能按照社会需求而抽取其中对叙述有利的信息，这就使得"二张一戈"的形象不断处于改写、修复和定型中。当然，今后的研究仍然需要进一步探寻：一是文学批评并非仅仅是一个整体性的所指，其中必然存在批评家们观念和进入方式的分歧，因而值得对文学批评进行分层，以仔细区分的方式深入其内部去辨析。二是可以尝试将"二张一戈"及同时期其他作家从社会思潮和文学事件中抽离出来，用更多元的批评方式，如作家年谱、"朋友圈"、地方路径、地域特色等来研究他们的创作。最后，文学批评对"二张一戈"的塑造，脱离不开新时期中国的现实语境，我们也是在这个基础上认识这四十多年间多层化的中国当代文学样态的。

概而言之，文学作品蕴藏着多重矛盾的情状和丰富多样的信息，文学批评"无非是对作家创作一次次的'当下'评述，同时又是对这些评述的修改、变更和增删的过程"，而"作家留给后人的'创作史'，可以说就是批评家对作家主观愿望和创作意图的'改写史'"①。今日我们对作家作品的再解读，是与文学批评的博弈，也是一种对立、妥协和协商，因而，真正有推动意义和创造性的历史化研究，应该从多样化的文学批评那里开始。

二、"二张一戈"的地方路径意义

"地方"宁夏和本地作家都有着属于自己的独特经验与故事，有着自身某种难以取代的地方特质。新时期初期，不同的精神演变构成了各有差异的具体路径，不同路径的对话和并进绘制出了中国当代文学发展的丰富版图和整体格局。在新时期初期的历史语境下，"二张一戈"书写伤痕记忆与呼唤改革新貌，响应了时代的重要主题，与特定的意识形态趋向紧密相连。不论是《灵与肉》《炕头作家外传》《邻居》等对历史创伤的书写和反思，还是《河的子孙》《瓜王轶事》《记者和她的故事》对社会改革生活的描摹，都是对新时期初期中国小说创作主潮的回应。但令"二张一戈"真正在新时期文坛具有较高的辨识度的，却是其创作中的西北特色和乡土特征。

宁夏有着悠久的农业文明，也有着特殊的自然地貌，既有"大漠孤烟直，长河落日圆"的漠北风光，也有"春水碧于

---

①程光炜：《魔幻化、本土化与民间资源——莫言与文学批评》，《当代作家评论》2006年第6期。

天，画船听雨眠"的江南剪影。"一半江南，一半荒漠"是对宁夏最恰当的形容。这都为宁夏文学创作提供了孕育生长的精神土壤，也参与塑造了宁夏作家的地域文化心理。宁夏绝大多数作家出身农村，他们生长于乡土社会，异常熟悉这片干涸贫瘠的土地，对土地上滋生的苦难与温情也有最刻骨的体验。张武有着多年农村生活和工作的经历，这使他的创作具有典型的宁夏乡土特色。《红豆草》中描绘了西北羊场的壮丽风貌。那里有"金带似的盘山公路""头顶的雄鹰""道旁的羊群""重叠的翠谷绿梁"和"零星出现的村庄"，由于多是崎岖难行的山间小道，当地村民往往选择骑马而行，十分豪迈。在《窦家人》里，戈悟觉写出了自己眼中西北河滩粗犷苍凉的独特风貌，那里有着严峻的自然环境：汹涌的黄河，呜咽的狂风，满是盐碱的河滩，连土都是"白花花的"。然而，正是这样的环境孕育了西北人民吃苦耐劳、永不屈服的精神。张贤亮在《邢老汉和狗的故事》中塑造了至今仍然深入人心的西北老农邢老汉。妻子病死，被迫炼钢，女人出走……在一次次的打击之下，他忍辱负重地活着，展现出西北农民吃苦耐劳的坚韧品性。此外，宁夏是一个民族聚居区，多样的文化相互交织碰撞，这使得当地人民形成了独具特色的衣食住行习惯，这些都成为"二张一戈"作品的重要表现对象。例如张武在《瓜王轶事》中塑造的"瓜王"王保生穿着十分干净，上身小白褂，下身青布宽腿裤，展现了当地民众穿着整洁、注意卫生、酷爱干净的风俗特征，也饱含着他对生活的深刻体验和对民众的真挚感情。这些创作在彰显宁夏特有的地方色彩的同时，也揭示了各民族在宁夏这块土地上的深刻交融性，展现了中华文化深厚的圆融性。

新时期，以"二张一戈"为代表，他们的写作既与时代文学的流行话语如影随形、相伴而生，又以西部人的目光呈现黄土地上的特殊人文景观，有意强调独具风格的地方性，这种"底色"是宁夏特殊的自然地理环境和特异的社会人文景观所赋予的，也来自宁夏作家近乎无意识的、本能的选择。需要重申的是，地域空间的区隔与区域文化的差异确实在一定程度上使各个地方的文艺形态呈现出多样化的特征，将"二张一戈"放入地方路径的"装置"，是尝试"在地方发现中国"，即有意在宏大的总体性文学史叙述中展现被遮蔽的具体地域的演变细节，重新思考中心与边缘的关联性问题，也许由此我们会进一步理解到，"回到中国自身，有各种不同的路径，但是努力突破宏大的统一性的历史大叙述，转而在类似区域、阶层、族群、性别等领域钩沉历史的小故事，就是行之有效的选择"[①]。

综上所述，本章主要以文学制度与生产方式为主要着眼点对"二张一戈"进行考察，并不是要在文学性意义上评价哪位作家，而是如何合情合理地描述这些作家在起决定性影响的外部因素下逐步完成思想、人格和创作上的转变，毕竟思潮、社会政治以及经济生活方式对文学的影响，最终还是通过作品表现出来。立体地呈现作品多层次内涵与作家思想风貌的交融，应将内部研究和外部研究有机结合，即研究重心不只在于描述"是什么"，还要回答"为什么"，这未尝不是令文学批评由

[①]李怡：《成都与中国现代文学发生的地方路径问题》，《文学评论》2020年第4期。

表层走向深入的有效路径。

　　新时期宁夏文学是一个有着自身逻辑起点和内在发展脉络的文学史整体。笔者期冀以一种历史化的研究方式来观照新时期宁夏文学的发展，通过爬梳地方性史料去发现散落在历史深处的知识碎片及文学根须。地方性史料最大的价值在于因地域、传统、当事人和文学语境等多重因素的机缘巧合而拥有自己鲜明的个体性特征，因此从史料中具有代表性或权威性的个案入手，也必然会牵出一部地方文学史，甚至许多我们未曾想到的文学史的秘密。作为与宁夏文学发展共同生长的一面镜子，"二张一戈"是新时期宁夏文学的鼎力支持者和现场参与者，其写作鲜明地体现出这一时期文学的基本风貌和发展格局，将思考深入"二张一戈"的命名的缘起、使用、传播及效果，以及与之紧密关联的地方路径意义，会成为考察新时期宁夏文学起源问题坚实的基础支撑。

第三章　宁夏文学批评的话语构建、经验生成与实践效应

经过宁夏作家的辛勤耕耘和艰苦劳作，从张贤亮唱出"报春第一声"到宁夏的文学创作园地呈现出的繁花似锦、蜂飞蝶舞的喜人景象，其发展和繁荣与宁夏文学批评界的"摇旗呐喊"紧密关联。新时期以来，在建设清朗的文学生态环境、挖掘和培育优秀的本地作家、推介卓越的文学原创作品，以及推动宁夏文学从"边地"走向全国等方面，宁夏文学批评在肯定与鼓励方面是功不可没的。当然，历史化地探究新时期的宁夏文学批评，需要在具体的个案中来呈现其过程及其复杂性，以期这种关联确实能够成为观察地方文学的有效方法和视角。

首先，文学批评既是张贤亮作家形象的塑造者，也是其作品的密切合作者。围绕张贤亮所产生的一系列的分歧或共识，实际包含批评、作家与时代语境之间的对立、妥协和协商。因此，对历史现场中的张贤亮及其写作进行谨慎对接和细致重读，从而更深入地发现和了解当代文学批评对作家形象的渗透和反应。

此外，与其他中央级、省市级文学刊物相似，新时期初期的《朔方》栏目大多设置为《短篇小说》《散文》《诗歌》《曲艺》《评论》《歌曲》《美术》等。其中，《评论》栏目

首次出现于1976年第4期①，从1977年第2期开始，《评论》栏目趋于固定，几乎每期都刊发对应文章。在这一栏目下，还设置过许多子栏目，较为固定的有《读者评刊》《争鸣》《朔方谈》《本区作品评介》，另外还会结合重大事件、重要时间、文坛热点事件等不定期开设评论专栏。相较于《小说》《诗歌》《散文》等栏目，《评论》栏目是期刊编辑、作者、读者、评论家等各方意见碰撞交流的一个平台，它紧贴宁夏文学的发展现实，及时反映文学的新情况、新问题，在当代地方文学批评之政策引导、理论构建和作家作品推介等方面发挥了重要的作用。

据笔者统计，1977—1984年间，《朔方》的《评论》栏目发表了四百余篇文章（含评论和文艺消息、文艺简讯等）。总体来看，这些文章可划分为五种类型：一是国家领导人、地区党政负责人或文艺宣传部门发表的重要讲话，以及由此铺展开来的研讨文章、会议纪要和编辑、评论家们的阐释等。② 二是及时对宁夏文学整体发展态势和地域特色进行总结。这些文章既总结了宁夏文学创作的新变化、新趋势和新问题，又强调了文艺评论对宁夏文学发展的重要性。③ 三是专门探究文艺创

---

① 这一期该栏目的内容包括四篇文学评论和两幅美术作品及一幅木刻作品。后续接连三期都未出现《评论》栏目，一些政论色彩浓厚的文章以专栏形式发表。

② 这类文章在新时期初期尤为常见，如《革命文艺光彩照人》（《宁夏文艺》1997年第3期）、《学习〈在延安文艺座谈会上的讲话〉短文三篇》（《宁夏文艺》1998年第3期）、《区党委宣传部召开文学、戏剧、电影创作座谈会》（《宁夏文艺》1999年第6期）、《〈讲话〉是哺育我们成长的乳浆》（《朔方》1982年第4期）、《学习毛泽东文艺思想的笔记》（《朔方》1983年第12期）、《少数民族文学的发展和趋向——在少数民族作家银川笔会上的讲话》（《朔方》1984年第11期）等。

③ 如《塞上无处不飞花——回顾我区近两年来的文学创作》（《朔方》1981年第6期）、《加强对本区作品的评论与研究》（《朔方》1983年第3期）等。

作的理论批评，这些颇具特色的文章多刊发在《朔方谈》专栏中，风格自由、篇幅短小、内容丰富，多就文学创作方法、文坛发展状况进行杂谈、琐议，较少拘泥于具体作家作品。①　四是编辑部对热点话题所编发的特辑或专题讨论，如"纪念《讲话》发表四十周年"特辑（1982年4月—1982年6月）和关于"现代派"文学的讨论（1982年11月）等。在《朔方》看来，"争鸣"文章的刊发"可以集思广益把原来模糊的问题，弄得鲜亮些，把过去纠缠不清的问题，理出个头绪来"，以此繁荣宁夏的文艺创作。②　五是作家作品专论，如专栏《本区作品评介》、"本区作家与作品评介小辑"和《宁夏作家论》等。③这是《朔方》的《评论》栏目的"重头戏"，专为推介作品，扶植本地作家和批评家，确实也培育出了一支与鲜明地域特色的文化传统相承、与宁夏经济社会发展相符的作家和评论家队伍，如"二张一戈"，以及以高嵩、刘绍智、吴淮生、田美琳、杨继国等为代表的批评家群体。

　　通过对地方文艺期刊《评论》栏目的不同类型的分析，我们初步感知到其中一大批成果展露了那个年代文学批评的锋芒，从中也呈现出生机勃勃、众声喧哗的新时期宁夏文学现场，也映照出新时期初期宁夏文学批评的特有景象：既有紧跟

①如《面对现实、干预生活》（《宁夏文艺》1980年第1期）、《谈小说的人物对话艺术》（《朔方》1984年第9期）等。
②罗飞：《为"争鸣园地"叫好！》，《朔方》1980年第11期。
③从1981年第11期新设的《本区作品评介》专栏到1983年第11期的"本区作家与作品评介小辑"，共刊发文章二十五篇。为加强对本地作家的研究与推介，1985年第1期的《评论》栏目新辟《宁夏作家论》专栏，其前身正是《本区作品评介》，该专栏此后持续对宁夏文学批评的话语形态和创作队伍建设发挥着积极影响。

"时尚"的文艺争鸣，又有对理论问题、作家作品、文学现象、文学思潮的研究和探讨；既有严肃的学理性的逻辑论证，又有论坛式和讨论式的辩论，文风多样、活泼。据此，本章以地方路径为视角与方法，爬梳与阐释《朔方》1977—1984年间的《评论》栏目，并从当代地方文学批评的话语构建、经验生成与实践效应等方面做理论思考，尝试研究关键报刊对宁夏文学创作与批评的影响。

第一节　文学批评对"张贤亮形象"的塑造

2014年9月27日，张贤亮病逝。一个月后，宁夏唯一的省级文学期刊《朔方》在第11期刊发"贤哉斯人，亮哉斯文——张贤亮纪念专号"，内设《告别》《追思》《怀念》《侧记》《访谈》《评论》《重读》《附录》等八个栏目，通过三十八篇文章和张贤亮经典的四篇小说、一篇散文、一篇自传节选和一篇语录，深切缅怀了这位作家。当这些文章和经典之作以专辑形式成规模地呈现出来的时候，我们不仅重新获取了许多鲜为人知的作家故事，更重要的是，感知到了"张贤亮形象"的复杂与多义，如专门从事写作的"作者张贤亮"，经过批评家筛选、阐释和塑造的"当代著名作家张贤亮"，借助自传、散文、访谈录等宣扬的"信仰马克思主义的张贤亮"，社会各界不断流传和讲述的"文联主席、董事长张贤亮"，以及载入文学史和文学教育中的"'反思文学'的杰出代表张贤亮"等。[①]

_____

①张贤亮辞世后，中国作家协会在唁电中评价张贤亮为"我国当代著名作家，'反思文学'的杰出代表"，"为我国新时期文学的繁荣发展做出了突出贡献，创作出许多优秀作品"。参见《朔方》2014年第11期。

从1979年"归来"到2014年逝世，再延伸至当下，当我们认知张贤亮及其代表作时，其实已经不自觉地继承了20世纪80年代批评的选择性记忆。当然，我们也会意识到，贯穿新时期文学三十五年的张贤亮不可避免地受到文学批评的干预，即使众多评价因经过历史淘洗增添了冷静、理智的审视眼光，但"张贤亮形象"与集聚在作者周边的制度成规、读者反映、政治走向、历史转型和文化思潮等，带给我们的有历史重逢之感，更有被一种陌生感所笼罩的历史惊讶。因为文化生产机制、强势批评话语的运作，张贤亮形象有时会由于某种特殊历史语境的激发而成为文学思潮和批评的附属物，那个夹带着时代口号、思潮、话语和知识的评论所描画的张贤亮的多面性仍然有待廓清。况且，种种批评观念之间又存在着明显的差异性——社会史、人道主义、主体性、启蒙、商业、性与政治、语言和形式，以及由此所带来的外围解读和对文本内在张力的阅读相连接，明显扩充了解读作家作品的层次，也丰富了作家创作的内涵。

基于文学批评的差异性和语境所携带的时代特征，再辅之张贤亮自述、访谈及亲友回忆等史料，我们意识到文学批评阐释的张贤亮与其姿态和自我意识之间的共商、差异与错位。由此带来的问题是，如何界定"作家形象"，如何认识批评的性质与根本意图，它如何与作家对话，它与作品的差异性何在。在笔者看来，对以上问题的探究，可以从社会语境中作家与批评两个方面展开，其一，写作本身是非常个人化的实践，作家携作品亮相后，虽然不可避免地会被文学批评随心所欲地"定义"，但是作者本人可以通过一系列文学创作实践去塑造与改变批评家视野中的"形象",从而影响到批评家阐释作品的路径。其二,批评家可以通过文本分析、作家评传等方式生产有关作者形象的权威知识,同时还会将新的时代观念灌输到作品解读之中,促使新的权威知识或批评程序生产出新的形象内涵,并将其直接作为阐释作品的依据。

张贤亮对新时期初期的社会思潮、文学口号和知识话语是敏锐的,他清楚这个阶段文学的主要功用在于表达经历浩劫后的委屈仇恨和莫名压抑。因此,无论是揭批"四人帮"(《四封信》),还是以"天安门事件"(《四十三次快车》《吉普赛人》)、"评法批儒"运动(《霜重色愈浓》)为背景,张贤亮的创作与国家意识形态和文学成规保持着步调一致的状态,如同他在自述中所讲,《四十三次快车》发表后,他开始正正经经把文学当作自己的事业,写作中要"把个人的命运和祖国的命运、和社会主义的发展联系起来考虑",要紧紧地围绕党的十一届三中全会制定的政治路线和思想路线这个重大主题来展开。[①] 在最早对张贤亮作品进行评论的文章中,潘自强首先肯定了张贤亮对四个现代化生活深刻的观察和概括能力,并最先概括出他小说创作中善于描写人物心理、哲学思辨性强的特点,这也成为一段时间里评论张贤亮小说特色的主要方向。该文指出,张贤亮"不是以空泛的豪言壮语和抽象的政治口号去表现,而是通过他们内心的痛苦和矛盾,以及深入的思考和真诚的反省来揭示",于是,作品"使我们在丰富的内心世界的开掘中,真切地听到了人物心灵的跳动,看到了人

①张贤亮:《满纸荒唐言》,《飞天》1981年第3期。

物思想的变化过程，从而使读者产生了强烈的共鸣"①。这样的评价也在《宁夏文艺》随后刊发的几篇专论文章中得到进一步阐发，从而突出了张贤亮"敢于解放思想，敢于突破'三突出'、'高大完美'的创作模式"的"探索者"形象。②

延续前六篇小说的火热态势，张贤亮紧接着在《朔方》1980年第9期头题位置上发表了这一时期最重要的小说《灵与肉》。两个月后，《文艺报》编辑部主任谢永旺（笔名沐阳）率先"宣传造势"，在其批评文章《在严峻的生活面前——读张贤亮的小说之后》中，《灵与肉》被视为"一九八〇年优秀小说"。不久，《灵与肉》荣获"一九八〇年全国优秀短篇小说奖"，《朔方》随即在1981年第1期头题位置发表了中国作协评论家阎纲的批评文章《〈灵与肉〉和张贤亮》，其中的评价——"宁夏出了个张贤亮！"一时间让张贤亮声名鹊起。随后，批评家西来发表于《人民日报》的《劳动者的爱国深情——赞张贤亮的短篇小说〈灵与肉〉》，以及老作家丁玲评价《灵与肉》是"一首爱国主义的赞歌"③，大多将作品与那个时代某种颇具感召力的集体话语发生关联，并肯定作者在社会主义与集体主义视角下对人性光辉和劳动本质的宣扬。这些批评不仅对《灵与肉》与张贤亮做了最初也是最重要的文学史定位，更在当时形成了一种历史合力，把张贤亮形塑为一个具

①潘自强：《像他们那样生活——读短篇小说〈霜重色愈浓〉》，《宁夏文艺》1979年第4期。
②刘佚：《文艺要敢于探索——读张贤亮的小说想到的》，《宁夏文艺》1979年第5期。
③丁玲：《一首爱国主义的赞歌》，《文学报》1981年4月2日。

有社会主义远见的"爱国作家"形象。[①] 在20世纪80年代的文学场域中，批评家与思潮和知识话语处于共谋状态，他们通过文学批评向公众社会传递社会革新的信息、问题和动向，也正是在这个意义上，围绕《灵与肉》同步展开的关于"爱国""劳动""知识分子改造""现实主义的赞歌"等话语构成的批评空间，因为携带着时代的种种信息，在为读者指认作品意义、价值和内涵的同时，实际也在一步步描摹和凸显着张贤亮的新形象。

在有关《灵与肉》的众多"争鸣"中，批评家曾镇南先后发表《灵与肉，在严酷的劳动中更新》和《深沉而广阔地反映时代风貌——张贤亮论》，对这一时期张贤亮形象的"定型"产生了重要影响。在曾镇南看来，主人公许灵均的形象虽然"表现出极左路线给中国知识分子造成的深沉的精神痛苦"，但《灵与肉》最大的新意是写出了"在与人民的相濡以沫、相呴以湿的交往中灵与肉发生的深刻变化"，表现了知识分子"充实和稳定的人生信念与崭新的气质、感情"，以及与普通劳动人民、社会主义制度血肉相连的亲密联系。[②] 那么，张贤亮的创作是否如批评家们所言，仅仅是对劳动的赞扬、对爱国的忠诚？进一步思考带来的问题是，将故事主人公评价为

---

① 张贤亮深知，丁玲、谢永旺、阎纲这些重量级的人物的好评，以及引发的对他的赞誉和作品获奖，对他由宁夏迈向全国起着怎样重要的作用。在1981年4月12日致丁玲的信中，他以"忠实的学生"自居。对丁玲在《文学报》上撰文评价《灵与肉》，感到"万分惭愧""不禁潸然泪下"，极力表达了感激之情。参见《沙叶新、张贤亮等致丁玲信》，《清华大学学报》（哲学社会科学版）2004年第4期。

② 曾镇南：《深沉而广阔地反映时代风貌——张贤亮论》，《文学评论》1984年第1期。

"劳动者"与"爱国者"是否遮蔽了其他别样意蕴?

面对赞誉和争鸣,张贤亮在创作谈中特别指出,"第二次走上文学的道路"将他的"灵魂从迷蒙混沌中挽救出来"[①],《灵与肉》并非要表现人们"肉体上和心灵上留下了这样或那样的伤痕",也不是"出于当前有些人想出国,以致人才外流这种背景的考虑写的",而是"表现体力劳动和体力劳动者的接触对一个资产阶级家庭出身的小知识分子的影响,以及三十年历史变迁对人与人的关系的新调整"[②]。在这几段极为关键的自陈中,显示了三个方面的现实指向,即"伤痕文学中的缺陷美""伦理下的个体身份"和"制度内的劳动关系"。也就是说,他虽有意尝试将二十二年的苦难历程展现给读者,但相比劳动、自然和人性对自己的磨炼,更想表达的是伤痕是怎么来的,又是怎样治愈的。一方面,他不断诉说"一个大资产阶级家庭出身的青年知识分子",历经艰难困苦和通过严酷劳动,最终"在精神上获得了劳动人民的感情","在肉体上摒弃了过去的养尊处优"[③],这"灵与肉"的变化正是个体真实的感受;另一方面,他又强调"我们的伤口还是比较容易愈合的",因为"社会制度确实是提供了把这些伤痕转化为更为雄健、更为深沉、更为崇高的缺陷美的巨大的可能性"[④]。因此,伤痕能够展现缺陷美,但人们更应该痛定思痛,这是《灵

---

①张贤亮:《满纸荒唐言》,《飞天》1981年第3期。

②张贤亮:《从库图佐夫的独眼和纳尔逊的断臂谈起——〈灵与肉〉之外的话》,《小说选刊》1981年第1期。

③张贤亮:《牧马人的灵与肉》,《文汇报》1982年4月18日。

④张贤亮:《从库图佐夫的独眼和纳尔逊的断臂谈起——〈灵与肉〉之外的话》,《小说选刊》1981年第1期。

与肉》的写作基调。然而，这一时期批评家们更在意爱国、制度、苦难、现实主义等"时代思潮"因素，对张贤亮创作中个人经验与历史认识复杂的磨合、相融过程视而不见，也正是在这些兼具可靠和权威的文学批评的阐释中，对张贤亮最初的形象——"爱国的劳动者"的认知就自然地内化并沉淀在读者的阅读中了。

1983年，张贤亮接连发表《肖尔布拉克》（短篇小说）、《河的子孙》（中篇小说）和《男人的风格》（长篇小说）。关于这三篇小说的创作缘由，张贤亮说道，创作要"和党中央在政治上保持高度的一致"。在"专业文学创作"的三年间（1981—1983年），"遏制不住对社会主义改革的热情"，总"想在现实问题上发现和表现自己的激情"，所以自己首先是一个"社会主义改革家"，要"写出生活的壮丽和丰富多彩，写出人民群众内在的健康的理性和浓烈的感情，写出马克思著作的伟大感召力，写出社会主义事业不管经历多少艰难坎坷也会胜利的必然性来"。然而，他又话锋一转，强调说，这些"真切的感受"最集中的体现又并非这三篇小说，而是即将面世的《绿化树》[①]。

张贤亮曾宣称要写一部书，书的总标题为《唯物论者的启示录》，总体内容是要描写一个出身于资产阶级家庭，甚至曾经有过朦胧的资产阶级人道主义和民主主义思想的青年，经过苦难的历程，最终变成了一个马克思主义的信仰者。《绿化

---

① 张贤亮：《必须进入自由状态——写在专业创作的第三年》，见《张贤亮选集（三）》，百花文艺出版社，1995，第683页。

树》是其中的一部。① 因为通过主人公章永璘呈现了特定地域与时段里人物丰富的生活、细腻的心理和真实的制度情境，《绿化树》在1984年第2期的《十月》杂志发表后好评如潮。"性与革命"的文学书写，不仅逐渐成为批评界阐释这篇小说的主要向度，而且使张贤亮成为这时期最有争议也最具亮点的作家。

1984年4月16—17日，中国作协宁夏分会、宁夏《文联通讯》联合《朔方》编辑部在银川联合召开关于《绿化树》的座谈会。随后，《朔方》在当年第7—8期专门开辟《〈绿化树〉笔谈会》专栏，刊登七篇具有代表性的评论文章。专栏的"编者按"对讨论定下了基调，即作品的亮点就是"记录了中国知识分子改造自身的特殊道路"，而"特殊"则体现为"真正和工农兵大众结合在一起，让马克思主义的理论融进自己的灵魂之中"。于是，"劳动者"和"马克思主义"等被定位成《绿化树》的评价"指南"。依循这些充满时代知识的痕迹和烙印，再回溯《朔方》摘录的笔谈，其中的批评大多充满赞誉，并未有太多新意和创见，倒是其中如"内在灵魂的裂变""野性美与崇高美""反映了生活的主流和斗争的总趋势"等评价，使得我们可以观察到这些20世纪80年代的"知识"是如何通过"认识性的装置"对作家形象、作品内涵、审美意义和价值取向等进行筛选和指认的。随着《绿化树》讨论的升温，1984年9月26日《文艺报》召开《绿化树》讨论会，部分在京文学批评家、文学期刊编辑和高校教师、研究生等积极参会。

---

①张贤亮：《绿化树》，见《张贤亮选集（三）》，百花文艺出版社，1995，第162页。

在这次讨论中，与会者基本肯定了作品的艺术和思想成就，认为其"生活基础厚实，艺术描写准确、深刻、出色"，是一部"在当代文学史上重要的、有价值的作品"。讨论中的争鸣主要集中于知识分子的历史道路反思、个人与劳动群众的关系，以及章永璘的知识分子形象是否典型等。① 为了延续此次讨论热度，《文艺报》又在1984年第9—12期集中刊发了多篇权威的文章，如严家炎、黄子平、张炯等都表达了对作品的认可。根据以上梳理，从地方期刊《朔方》策划小规模的座谈，集中对微小个体命运的关注，到国家权威报刊《文艺报》组织的讨论和专评，侧重于从政治、宏观的层面关注主题思想与时代话语的贴合程度，有关《绿化树》的争鸣，既明确了作品"是一部成功的革命现实主义作品，有一定的典型性，其艺术成就是不可忽视的"②，也更新和深化了张贤亮的作家形象。

《绿化树》的写作和引发的争鸣，对张贤亮本人而言，其意义是独特的。一是作品与个人经历的互相映照。《绿化树》的故事开始于"一九六一年十二月一日"，而这恰恰是现实中张贤亮到宁夏南梁农场当农业工人的日子。从故事情节来看，无论是"读书人落难，女子搭救"，还是"资产阶级兼地主家庭的青年知识分子"主动受难以求自我救赎，我们不难感受到作者对这个时间点的历史记忆的特殊性——作为农工的"松弛"。此外，新时期的"归来"，不仅意味不实的罪名得以解除，还意味着被体制重新接纳，并给予"苦难的补偿"——踏上"红毯"，参政议政。然而，另一个方面却与这种庆幸和迷

---

① 《文艺报召开〈绿化树〉讨论会》，《渤海学刊》1985年第S1期。
② 《本刊召开〈绿化树〉讨论会》，《文艺报》1984年第11期。

狂的感觉大相径庭。据张贤亮所言，《绿化树》十二万字的初稿是在"那种谣诼四起的气氛中"写出来的。所谓"谣诼"指的是当时有传言说"中央要点名批判《牧马人》（根据《灵与肉》改编的电影，笔者注）"，为此"自治区党委宣传部召集了一些人研究全部作品，'专门寻找精神污染'"。虽然此后官方澄清"寻找"确系谣言，而且特地让张贤亮"在报纸上发表了谈话，在电视上亮了相"，但毕竟让张贤亮虚惊一场，担心"按照过去的经验，要'寻找'总是能'寻找'得出来的"。① 上述两种更"私密"的情感混杂交织的状况，我们在当时的文学批评中很难见到。

1985年9月，《收获》第5期在头题位置发表了张贤亮的《男人的一半是女人》，并将篇名醒目地刊印在封面第一条。② 因为小说中涌现出的性心理、性细节，既让作者"虚惊一场"③，

---

① 张贤亮：《必须进入自由状态——写在专业创作的第三年》，《张贤亮选集（三）》，百花文艺出版社，1995，第683页。
② 《男人的一半是女人》创作完成后，张贤亮将其投给《收获》，稿件寄出后就去美国"国际作家写作中心"进行为期四个月的讨论、交流和访问。《收获》的编辑看了这个小说以后觉得不错，认为张贤亮写出了人性，有一些真实的体验在里面，就把它作为一部重要作品刊发了。可是一些女作家对此很有意见，认为张贤亮的作品不尊重女性，甚至连冰心也出面打电话给巴金，要他管管《收获》。巴金看完后却认为没有什么问题，表示这是一部严肃的小说，不是为了迎合市场化的需要而写的。参见程永新、吴越：《巴金与〈收获〉》，《新民晚报》2016年9月7日。
③ 冯骥才在《激流中》（《收获》2017年第5期）回忆，《男人的一半是女人》发表之时，他和张贤亮正在美国参会交流，恰从国内传来小说引发批判的讯息，特别是女作家们的批评尤为尖锐，斥责小说为"黄色"。听闻后，张贤亮心情晦暗，一个劲地抽烟，平日的洒脱、大气和幽默不见了，直到王蒙来电话说，哪有什么批判，只是争议而已，并开玩笑说他回来后有大批稿费等着领取，张贤亮这才稍有缓解。随后，张贤亮仍不放心，借某次新闻发布会召开之时，发表声明。参见叶开：《张贤亮：心灵贫乏时代的先觉者》，《朔方》2014年第11期。

又使作品成为"超级畅销书"①，而且小说发表后仅一年间（1985年10月—1986年9月），全国就有四五十家报刊发表争鸣文章。同《绿化树》相似，这部小说同样带有浓厚的政治性叙事色彩，它从男女之间的情爱关系来反观政治，其笔下的身体是精神的外化，也是政治力量的隐喻式印证，力图揭示性、政治、革命之间的隐蔽联系。② 1985年10月17日，上海《文汇报》率先刊登黄子平的评论文章《正面展开灵与肉的搏斗——读〈男人的一半是女人〉》，掀开了作品"性"的争鸣的序幕。1985年12月28日，青年女作家张辛欣在《文艺报》发表《我看〈男人的一半是女人〉的性心理描写》，更是将作品的争论推向高潮。时任人民文学出版社社长的韦君宜也专门撰文表达"紧张、惶惑和担心"，认为小说"对于两性关系的自然主义的描写实在太多了一些"，"我自己作为一个女读者，就觉得受不了书里那种自然主义的描写，还会有不少女读者也是如此"，因此，该作品"在众多的读者中产生那种不良社会效果"，作者和作品是要"负主要责任的"。③ 此后在1987年8月，宁夏人民出版社出版文学评论集《评〈男人的一半是女人〉》，收录了此前有关《男人的一半是女人》的评论文章四十四篇，从美学风格、文学价值和社会效果等不同角度对作

---

① 《男人的一半是女人》原名曾为《欠你一朵玫瑰花》《菩提树》，显然这两个名字在吸引读者眼球上"逊色"不少。小说在《收获》发表后，更引来多家出版社"争抢"稿件出版单行本的情形。1985年12月，单行本由中国文联出版公司出版，发行数为十万册，在当时可谓是风头无两、红极一时。

② 张贤亮曾专门提及，自己并不是写性的作家，他想表现的还是政治，就是想通过男主人公失去性能力来反映政治对人的迫害，能给人造成多大的伤害。参见张贤亮《访英问谈》，见《心安即福地》，贵州人民出版社，2014，第79页。

③ 韦君宜：《一本畅销书引起的思考》，《文艺报》1985年12月28日。

品争鸣进行了集中展示。

在重返对《绿化树》和《男人的一半是女人》批评的路径中，多声部的"唱响"体现了知识结构和历史认识的不同，这使得"张贤亮形象"中内嵌着丰富的差异性，让我们在对"文学批评对'张贤亮形象'的塑造"作用进行历史分析时更加谨慎。我们认识到，张贤亮的创作大多基于其个人经历，其中暗含着平反与自我补偿的原始心理动机，于是，作品主人公章永璘"煮三次""泡三次""洗三次"，就是在一个设定的资产阶级分子、知识分子和右派分子等多重身份的角色结构里进行的。与此同时，这一时期的文学话语、知识生产最为活跃，既拓展了文学批评的"基础知识"，也重构了批评家们的视野和方法，诸如"性与政治""灵与肉的矛盾""灵魂自救""男女关系结构"等成为他们认知张贤亮及其小说最重要的发生点和关键词。更重要的是，当这些话语概念内化为批评家们的一个评价体系，并对作家和作品形成强势优势的时候，作品内涵的被简化、作家形象的被形塑，以及作家个人声音的微弱也在同时发生。

1989年，张贤亮在《文学四季（夏季号）》上发表长篇小说《习惯死亡》，讲述了"我"出国和三个女人发生性关系并最终开枪自杀的故事。尽管该小说是1989年的畅销书，却鲜见文学批评发声，张贤亮对此自辩说："我知道一般读者不过是慕名而买，买回去会大呼上当……现在的确许多人读不明白，但明白了的人（从正面读或从反面读）还是喜爱或痛骂的（我收到过很多读者来信）。我相信随着时间的推移，明白的人会

131

越来越多。"① 言外之意，这是一本并不好读的小说，评论者也难以读懂小说旨趣所在。然而，此阶段社会改革进程加速，经济生活日益多元化，如若张贤亮在创作中还坚持这样的文学立场和价值判断——"提醒他人自己的受害者身份，也就是试图长期保留'申诉、抗争和索求的权利'，获取更大补偿的权利"②，那么，他的写作究竟还有多大的"生存空间"和艺术想象的余地？

《习惯死亡》发表后在批评界遇冷，不仅反映出文学批评与创作、批评与社会之间的对话关系已经失焦，而且意味着张贤亮彻底放弃了"《唯物论者的启示录》的九部系列中篇"的庞大计划。批评家高嵩曾讲述了一个情景：在写作《习惯死亡》的一年时间里（1987—1988年），张贤亮很少有笑容，总是一副"长怀千岁忧"的沉重神态，他显然已经意识到"中国当代文学所承担的时代任务，并不是展开关于知识分子改造的托尔斯泰式的主义了，而是要竭尽全力推进邓小平理论的胜利"③。由此看来，作家的创作表面上看是个体行为，实际上却折射着他对于时代、社会的不同感应。然而，张贤亮擅写其本人经历过的、熟悉的受难经历，二十二年的苦难生涯已积淀为一种创伤性记忆，即使市场经济改变了文学处境，但他依然会采取自传的形式来构建"受难者"和"幸存者"的角色，去撇清自身应承担的责任，其中的合理性和有效性确实值得考量。

1992年，张贤亮写作了长篇小说《烦恼就是智慧》，上部

---

① 张贤亮：《关于〈习惯死亡〉的两封信》，《当代作家评论》1990年第6期。
② 洪子诚：《〈绿化树〉：前辈，强悍然而孱弱》，《文艺争鸣》2016年第7期。
③ 高嵩：《儒商张贤亮》，《朔方》1996年第3期。

同时发表于《小说界》（第5期）和《中篇小说选刊》（第5期），下部两年后发表在《小说界》（1994年第2期），1995年作家出版社出单行本时，更名为《我的菩提树》。较之20世纪80年代的作品，张贤亮在这部小说中继续讲述着饥饿与死亡，但又有意采用新方法，即对他在1960年7月11日到12月20日间的"流水账"日记进行注释与加工。小说发表后，批评家谢冕在《小说评论》开辟专栏讨论，特别强调"张贤亮写过许多小说，但是这一本《我的菩提树》的价值超过了以往的任何一本"，小说包含新的文体意识和审美价值，"在遍地都是迎合世俗趣味的矫情之作的今天，凭空出现了这样一本素朴无华的书，的确让人耳目一新"①。不过，相关讨论如石沉大海，在批评界没有泛起一丝涟漪。曾经"习惯了每发表一部作品就坐等四面八方传来的喧嚣，习惯了把自己的书桌当作旋风的中心"，而此时却仅仅收到十几封读者来信，这样的情形令张贤亮深感"失落和某种困惑"，更多的还有不解，即"难道直到今天还使我颤抖、使我经常在熟睡中惊醒的事就这样随风一般地消失了吗？我当然不想让人们再度陷入沉痛，但是，至少应该得到一个会心的微笑吧"②。

笔者以为，《我的菩提树》虽有意创新，但题材和内容已然给批评家和读者们带来了"审美疲劳"，况且20世纪90年代的中国文学在市场化、商品化的潮流中显现出众声喧哗的景象，作为文学创作社会意义的阐发者、新思想新思潮的鼓吹者，文学批评的角色也随之调整。诚如程光炜所言，既然文学

---

① 谢冕、史成芳等：《〈我的菩提树〉读法几种》，《小说评论》1996年第3期。
② 张贤亮：《我的菩提树》，贵州人民出版社，2014，第145-146页。

经历着前所未有的深刻变革，那么"这种变革对于作家来说，既意味着淘汰，也是另一种挑选。历史将会在大浪淘沙中重新遴选作家和批评家"①。也正如此，解读20世纪90年代的"张贤亮形象"就需要考虑时代精神的影响和制约，才能更为全面地探察这一形象的复杂和立体。

面对变革，张贤亮将其称为"难得的历史机遇"，是"文化和文化人"实现自我价值的一次历史转机，因此，必须"亲身参与市场建设和商品经济"，要"下海"，在"商品大潮中当一个弄潮儿"。②1993年3月，再次当选宁夏作家协会主席（第三届）、宁夏文联主席（第四届）的张贤亮，在一个月的时间里接连创办四家公司，并担任董事长。起初，批评家和媒体对张贤亮"下海"的大胆之举持鼓励和赞赏的态度，但不时又出现"下海"对文学创作负面影响的批评。张贤亮回应说，"用小说的形式写政治读物是我对社会改革的行动和参与，在中国建设市场经济中投入商海也是我的行动和参与"③，而要"深入当前市场经济生活，最好的方式无过于亲自操办一个企业，就趁着这个潮流'下海'"④。对于自己亲手创立的镇北堡西部影城，张贤亮提出了两个响亮的口号——"立体文学的先行者"和"出卖荒凉"，其思路就是"用文学的思路打造它，用文学构思经营它，用文学的素养管理它"⑤，所谓"文

①程光炜：《当代中国小说批评史》，中国社会科学出版社，2019，第260页。
②张贤亮：《文化型商人宣言》，见《边缘小品》，陕西人民出版社，1995，第117页。
③张贤亮：《致王蒙的邀请函》，见《边缘小品》，陕西人民出版社，1995，第130页。
④张贤亮：《"文人下海"》，见《美丽》，贵州人民出版社，2014，第108页。
⑤蔡震：《张贤亮预言：200年后文学是"做"出来的》，《扬子晚报》2012年6月6日。

学的先行者"，就是看中了"矗立于一片荒野之上，四周平沙漠漠，凄凉无边"的两座残破的古堡的特殊面貌——人工无法重现的岁月磨损的痕迹，以及残垣断壁充满的厚重历史感。[①]两个口号彼此关联，相互渗透，以在场的方式勾连起文学与商业的互动。因为将主要精力都投入在华夏西部影视城公司的营建上，张贤亮的小说数量锐减，仅有的几部小说也难以被关注或争论，但其"文化型商人"的形象却自此深入人心。

2009年，张贤亮在《收获》第1期发表了最后一部小说《一亿六》。小说最初计划为短篇的规模，但在创作期间，"最近20多年目睹的社会怪现象"涌到眼前，于是，他"用了40天，每天写作两个小时"，[②] 完成了这部二十三万字的作品。张贤亮提及的"社会怪现象"，在作品中的表现是通过一场"精子争夺战和保卫战"来反省"人们精神空虚、价值标准一切向'钱'看、人文精神失落"的问题。[③] 小说中暴发户、妓女、嫖客等形形色色人物粉墨登场，且充斥着大量的性描写，作品同年3月在上海文艺出版社出版时，甚至在书的封面特意安排了一段宣传语："一亿六是关乎生命的神奇数字，一亿六又是某俊男的雅号，一亿六竟成各方人马激烈争夺的优异'人种'，一亿六和三个女人的情感纠葛离奇又曲折。"其中的文字宣传有效地抓住了市场"卖点"，使得该小说在首印后的五万册很快销售一空。然而，《一亿六》不仅没有在文学批评家那里得到广泛关注与激烈争鸣，而且反响也不尽如人意，仅有的几篇

---

①张贤亮：《出卖荒凉》，见《边缘小品》，陕西人民出版社，1995，第141页。
②赵兴红：《张贤亮小说的戏剧性》，《南方文坛》2015年第2期。
③卜昌伟：《〈一亿六〉遭批，张贤亮"制俗"》，《京华时报》2009年3月30日。

评论也大多指责其内容"粗糙而简单"，语言"直陈无味，甚而流于粗俗"，认为曾经的张贤亮现在"沉沦于世俗的'合理性'中而丧失了对现实的怀疑与诘问"，因而"没有体现出作为一个作家的思辨高度"和对现实困境的有力批判之声。[①] 面对批评，张贤亮辩解说，这部作品显示了他敢于直面现实生活的勇气，因为他就是要"以低俗制低俗"的方式，抨击当下生活中低俗的现实。可是，作品中那些耸人听闻、光怪陆离的事件大多源自作者的道听途说或有感而发，那些所谓的新鲜的故事，在读者那里早已司空见惯。现在看来，面对现实，张贤亮实际并未想好"该如何去把握和言说"，因文债而草就的作品，"所展露的浮躁、焦虑、偏激、片面、肤浅、漫画化、符号化、寓言化等病症，暴露出作者的无能为力"[②]。不知不觉间，徜徉于文坛与商界之间的张贤亮，已然不再享有"风口浪尖"处明星般的荣光，而愈来愈多地以一个"成功的知识分子兼文学界的企业家"的形象生硬地言说着现实和个体。

第二节　"好大一棵树"的影响与引领

1958年宁夏回族自治区成立时，从中央机关和各地抽调出的七万多人支援宁夏经济建设。同时，从北京调派的五十八名文艺工作者也支援宁夏的文学事业，其中就有《群众文艺》编

---

①晓南：《用市井腔讲述俗故事——评张贤亮长篇新作〈一亿六〉》，《西湖》2009年第7期。

②江飞：《"以俗制俗"：虚妄的知识分子想象——张贤亮长篇小说〈一亿六〉批评》，《艺术广角》2010年第3期。

辑部负责人梁文若，还有程造之、哈宽贵、路福增等老一辈作家、诗人。这一时期，宁夏作家队伍除了这批拓荒者和奠基者外，还有刚大学毕业分配至宁夏的青年学生（如吴淮生、戈悟觉、虞期湘等）和具有写作潜力的业余习作者（如张武、翟辰恩等），他们依托《宁夏文艺》发表了一批诗歌、散文及小说。

进入新时期，在思想解放、理论多元的大背景下，面对国家的政策调整与社会转型，宁夏作家应时而动，宁夏文学批评也从四个方面展开：一是以省市级文学刊物、学报、报纸副刊为平台。《朔方》、《黄河文学》（银川市文联主办的文学月刊，1981年创刊）、《六盘山》（固原市文联主办的文学双月刊，1982年创刊）、《宁夏社会科学》、《宁夏大学学报》（人文社会科学版）、《固原师专学报》（现为《宁夏师范大学学报》）、《西北第二民族学院学报》（现为《北方民族大学学报》）等公开发行的刊物，以及《塞上文谈》《文艺学习参考》《宁夏创作通讯》等内部刊物，还有《宁夏日报》等各地市报纸的副刊，都着力发掘和辨识宁夏文学的个体多样性和地方多样性。二是依托文学评论机构。文艺理论研究室（1984年4月由宁夏文联成立）和下设的业余的文艺评论小组（1984年11月成立）、宁夏文学学会（1986年11月成立），以及宁夏高校中文系的文学理论教研室和文学教研室等，都不同程度地开展文学研究与文艺评论活动。三是作家作品评论专著的出版，鲜明地体现出新时期宁夏文学批评的基本风貌和发展格局。譬如宁夏人民出版社编选的《爱国主义的赞歌——丁玲等评〈灵与肉〉》（1981年7月）和《评〈男人的一半是女人〉》（1988年10月），宁夏文联、宁夏文学学会编选的《宁夏当代作家论》（1988年12月）和《宁夏文学十年》（1989年3月），以及高嵩的专著《张贤亮小说论》（1986年5月）等。四是作家作品改稿会或专题研讨会的筹办。新时期以来，宁夏回族自治区党委宣传部与宁夏文联联合一些知名文学期刊，多次召开专门会议，分别为张贤亮、张武、戈悟觉、郑柯、张冀雪、马知遥等作家召开作品研讨会，既展示了宁夏作家良好的创作势头，又使他们的作品有机会被名报大刊或文学选刊、选本转载。通过这些途径，"宁夏文学事业整体上得到发展，文学批评也有了长足的进步"，呈现出初步的繁荣。①

在这四条路径中，作为宁夏唯一的省级文学期刊，《朔方》的定位、发展和调整都清晰地见证了新时期宁夏文学的发展轨迹。它不仅扶持、规划与组织本地作家的写作及发表，促成了作家个体风格或群体意识的形成和张扬，还通过作家、批评家、编辑与读者共存聚合的方式，有效参与了宁夏文学批评空间的构建，某种意义上也是宁夏文学批评实践的开始。这些文学批评渗透着刊物自身的角色定位、编辑方针和理论主张，以及文学生产机制调整、社会意识嬗变等。在此意义上，就需要更细致地梳理《朔方》的《评论》栏目，具体探究和阐释它勘探作品、发现宁夏文学之变及其新的特质，进而分析人们思想情感、心理行为、审美风尚等的不断变化。

紧扣宁夏发展脉搏和生动实践，讲好"山海情""母亲河""草方格""煤制油""石榴籽"的故事，着力培养宁夏青年作家，不断扩大本地作家影响力度，把人才培养和创作扶

① 许峰：《40年砥砺前行：新时期以来宁夏文学批评考察》，《宁夏大学学报》（人文社会科学版）2021年第5期。

持贯通起来，推动文学界薪火相传、新秀辈出，是宁夏文艺事业高质量发展的根基。《朔方》一直在为宁夏文学的百花园种植花木、培土施肥，持续担当着为宁夏当代文学看园护园、再植新绿的重任。当时的青年作者张冀雪曾撰文谈及改稿会对她创作的引领和帮助。1977年10月，《朔方》召开创作座谈会，邀请部分习作者参会。会议安排作者交流创作体会与经验，开展作品讨论和争鸣，并邀请文学编辑和评论家举行专题讲座，给作者们谈小说与创作，介绍中外作品。会议中，张冀雪谈到自己想写一篇反映文艺团体演员生活与命运的小说，并介绍了作品梗概和简单构思。小说编辑杨仁山、李唯等听后很感兴趣，提出许多新的设想和建议。这激发了张冀雪的创作欲望和信心，短短几天便写出了《春天》的初稿，杨仁山看后又提出了修改意见。不久，《春天》发表于《宁夏文艺》1978年第4期，该小说经宁夏人民广播电台配乐多次播送，并在1980年荣获宁夏首届文学作品评奖小说二等奖。[①] 基于逐步积累起的培育经验，《朔方》从1983年开始，在《评论》栏目中有意识地刊发对文学新人新作指导和点评的文章。1983年第11期，《朔方谈》栏目刊发《形象和意象及其他——和诗习作者通信》一文，文章以一问一答的形式回复了初学写作者关于诗歌创作的若干疑问，内容包括形象和意象的联系、如何克服作品空泛的毛病、如何从写旧体诗词转向创作新诗等，言辞恳切，透露出对习作者的关怀。从1984年第4期开始，每逢双数期，《朔方》便开设《青年诗人作品与评介》专栏，其目的是"促使我

---

① 张冀雪：《淡淡情长》，《朔方》1990年第3期。

区的青年诗人有所突破，进而争取跃入全国诗坛"①。该专栏的新颖之处在于"诗作+诗评"，即一篇诗作后附有该诗或短或长的评论文章，打破此前作品与文学批评分在不同专栏的界限，使得创作、批评与指导更为密切和直观。比如第4期何克俭的新作《远征驼群的后裔》（四首）和秦庚的评论文章《探索是可贵的——读青年诗人何克俭的近作》，以及1984年第6期王庆的新作《塞上，我富庶之乡》（三首）和秦庚《耕耘自己的生活——读王庆组诗〈塞上，我富庶之乡〉》。这一专栏在1984年第8期演化为《习作修改与点评》，发表了丁新林《夏夜的风》和薛刚《星星作证》的原稿和修改稿，同时还刊出秦庚对两篇习作的点评文章《真情实感与艺术功力——读稿札记》。这种形式是一次创新之举，即刊出作品"原汁原味"的稿件，读者可以将其与经过编辑的修改稿进行对照阅读，既能清晰直观地看见文学新人未加修饰的新作原貌和"美颜"后的效果，又能按照批评家的专业评点来加深阅读理解和提升鉴赏能力。

20世纪80年代，张贤亮以其饱经沧桑和忧患之后的慷慨悲歌在中国文坛异军突起，引来全国读者对宁夏这个西北偏远之地的注目，这不仅宣告宁夏文学在中国文坛有了"声音"，而且对宁夏整体的文学创作起到了直接的带动作用，他也因此被赞誉为"好大一棵树"。与此同时，宁夏本地批评家高嵩率先成就了独具特色的"张贤亮研究"，其文论成为这一时期宁夏文学批评的高峰。在张贤亮"名人效应"的带动之下，同时期

---

① 秦庚：《更丰富些，更多样些——致青年诗人屈文焜》，《朔方》1984年第12期。

的张武、戈悟觉、路展、高深、高嵩、吴淮生、肖川、杭行、李唯、马知遥、南台、冯剑华、余光慧、荆竹、查舜等宁夏作家创作出不少力作。同时在《评论》栏目的推动下，宁夏文学批评家的队伍也逐渐发展壮大。作为新时期宁夏文学批评的开创者，杨继国、高嵩、荆竹、潘自强、汪宗元、吴淮生等评论家的学术道路从《朔方》《文艺通讯》《宁夏大学学报》等起步，并持续关注和助力宁夏文学的发展。

  以中短篇小说创作见长的宁夏作家石舒清，是继张贤亮之后宁夏文学创作界的又一面旗帜。1990年，《朔方》在第7期刊发了石舒清的小说，并将其排在小说栏目的第二位。这是石舒清在《朔方》的首次成功投稿，当时作者年方二十，还是海原县高台中学的一名教师，业余时间进行写作。此后，《朔方》编辑部多次向其约稿并帮助其修改提升，大力栽培这位文学青年。同年第10期，《朔方》又在《新作短评》专栏中刊出一篇该小说的评论，文章署名李之，作者实为《朔方》编辑李春俊，该文盛赞了石舒清对西部地方特色、特色人物形象等的巧妙表达，认为他"用很短的篇幅，仿佛借助某种神力"，使这些因素"跃然纸上，呼之欲出"。第一次登上省级文学期刊，第一次被编辑评论，"对一个刚刚开始写作的乡村中学教师来说，这样的提携和鼓励，有着怎样的效用，当是不言而喻的"[①]。在《朔方》的精心培育下，石舒清又在1990年第12期发表《山村故事》，在1991年第2期发表《山乡故事》。三篇"故事"都侧重细腻的心理描写。"故事"系列的推出以及相

[①]石舒清：《我和〈朔方〉的第一次》，《朔方》2009年第5期。

关文学批评的助力，进一步促成了石舒清创作的特征与内蕴：现实主义写作风格、浓郁的西北地方乡土气息，以及各族群众互嵌共融共发展的基本内容。

1993年第4期的《朔方》特别推出"石舒清小说辑"，这是继张冀雪、李唯之后《朔方》刊发的第三位作家个人作品小辑。该辑包括两个短篇、一个中篇、一篇作家创作谈、一张作者照片和一篇评论文章，可见编辑部组稿和编发的用心之处。这一专辑在设计上还有精心考量之处，第4期的《朔方》总页数为六十四页，而其中三十五页的篇幅全部为"石舒清小说辑"，占据了大半。此外，编辑吴善珍对《赶山》《逝水》《招魂》的点评，推进了石舒清文学创作的研究。作为石舒清多篇小说的责任编辑，吴善珍认为其语言"朴实简洁且又生动传神"，叙述"总是恰到好处，干净，从容，隽智"，总在"字里行间留下了一个又一个悠远的空白和静止"，其直接效果是"在叙述中造出回味无穷的回声和影子，于是扩大化、纵深化、复杂化和丰富化"。正因为如此，才使石舒清从众多宁夏作家中脱颖而出。吴善珍的论述增强了石舒清本人的创作信心，即促使其不要"成为谁谁谁"，而是"应该成为将来的石舒清"。正如石舒清的真诚感激："这个小辑在我个人的写作过程中是极重要的，说它和后来我获鲁迅文学奖同等重要，也并非过甚其词。我正是从此健步走上了写作之路。"[1]"小说辑"刊出后，《朔方》副主编虞期湘还积极向外推介，曾先后

---

[1]石舒清、王晓静：《宁夏文学，以及创作中的信心与信任》，《朔方》2020年第2期。

联系《小说选刊》《小说月报》《民族文学》等期刊，期望提供机会和版面，转载和报道石舒清其人其作。虽然遗憾没有作品被转载，但此次石舒清作品在《朔方》的集中"亮相"，仍然吸引了国内批评家对这位宁夏文坛"新秀"的热切关注，也为他接下来的获奖奠定了坚实的基础。

1994年，中国作家协会、中华文学基金会发起首届"21世纪文学之星丛书"评选活动，旨在发现和推介有潜力的青年文学作家，具体举措是在"出版渠道不顺，文化市场不善"的环境中帮助十五位青年作家出版处女作。[①]石舒清因《朔方》编发的"石舒清小说辑"而成功入选，出版了创作生涯中第一部作品集《苦土》[②]。该书收录了石舒清创作于1990—1993年的六个短篇小说《逝水》《三爷》《招魂》《赶山》《苦土》（包括《队长》和《三舅爷》两篇）和一部中篇小说《黄土魂》，共约十五万字。作为新时期宁夏固原地区青年作家出版的首部个人小说集，该书由百花文艺出版社出版，初印两千册，稿费近四千元。这对当时每月工资不到三百元的石舒清来说是一笔不小的报酬。与此同时，在《苦土》出版前后，石舒清还从乡下的高台中学调到县里的海原一中任教，这些"惊喜"都给了他极大的鼓励，正如他所言："老实说，对着这本装帧清雅的书，我禁不住几乎要跪下来。"[③]1997年，石舒清

①冯牧、袁鹰"21世纪文学之星丛书1994年卷"总序，见《苦土》，百花文艺出版社，1994。

②石舒清回忆说："我正是凭着这个小辑中的几篇小说，在十五个入选青年作家里占得了一席位置。"参见石舒清：《我和〈朔方〉的第一次》，《朔方》2009年第5期。

③石舒清、舒晋瑜：《留心日常生活里的漩涡和浪花》，《上海文学》2023年第5期。

凭借小说集《苦土》获得宁夏第五届文学艺术奖特别奖和第五届全国少数民族文学创作"骏马奖",而且在评奖中,《苦土》"在初评时就被给予很高的评价,在复评时又被评为中短篇小说的第一位"①。《苦土》的出版与获奖引发了不小的轰动,石舒清也因此在更广阔的范围中被认识和了解。我们应当看到,石舒清与《苦土》获得的成功与宁夏文艺界的大力推介和即时批评密不可分。石舒清也多次提及,他的作品之所以能入选"21世纪文学之星丛书","主要因为这个小辑,因为这几篇小说"②,同时他也多次对《朔方》编辑和宁夏本地批评家们的培育、扶植和推介表达了感激之情。

《苦土》出版后,借助国家大力实施的"西部大开发"战略的契机,石舒清从地方迈向全国,接连在《人民文学》《十月》等刊物上发表作品。在石舒清写作状态"火热"之时,《朔方》及时跟进和助推,分别在1999年第1期、第6期,以及2000年第8期的《佳作欣赏》栏目中转载了他的三篇短篇小说《清水里的刀子》(原载《人民文学》1998年第5期)、《节日》(原载《时代文学》1999年第1期)和《清洁的日子》(原载《十月》2000年第3期)。颇具匠心的是,《朔方》在每篇作品后都配发了一篇宁夏本地著名批评家的专论文章③,这些批评在深入研读文本的基础上,梳理、探寻、提炼和概括

---

① 阿阳:《贯彻十五大精神繁荣文学创作作者座谈会纪要》,《朔方》1997年第12期。

② 高传峰、石舒清:《石舒清访谈录》,《青春(中国作家研究)》2018年第3期。

③ 与三篇小说相对应的批评文章分别为:郎伟的《简洁当中的丰富——读石舒清小说〈清水里的刀子〉》《有味道的小说——读石舒清短篇新作〈节日〉》和白草的《星空下的老屋——读〈清洁的日子〉》。

了三篇作品的思想题旨和艺术技巧。以《清水里的刀子》为例，我们可以做进一步阐释。1997年下半年，石舒清创作完成《清水里的刀子》。次年，小说发表于《人民文学》第5期，1998年第8期的《小说选刊》全文转载，随后《中华文学选刊》《名作欣赏》等多家期刊也予以转载。宁夏文坛也对这篇佳作进行了积极回应。首先《朔方》在1999年开年的《佳作赏析》专栏中予以重磅推荐，而且邀请宁夏著名批评家郎伟进行精细解读。在文章中，郎伟赞誉这篇小说"非常洁净"，"仿佛一潭空明澄澈的秋水"，不仅"在取材、立意、结构、语言运用等方面都做到了简洁干脆、不枝不蔓"，而且"有深度，有色彩"。[1]该评论中对石舒清小说语言风格的精准概括——"洁净"，此后也成为众多研究者们的共识。由于批评的加持和读者群中的极佳口碑，在2000年《小说选刊》年度奖评选中，《清水里的刀子》不仅获奖，而且是所有参评短篇小说中唯——一个全票当选的作品。2001年，《清水里的刀子》一举斩获第二届鲁迅文学奖。石舒清成为继张贤亮之后，第二位获得全国优秀短篇小说奖的宁夏作家。

通过以上论述，我们了解到，对新时期宁夏文学而言，作家与评论家似乎先天就形成了一种共生共荣的关系。如果没有诗人、作家呕心沥血写就的小说、诗歌等，评论家们就缺少了言说对象和评介客体，文艺批评之基就难以确立，文学理论之树更是无法长青。而离开了评论家的关注和解读，"好大一棵树""二张一戈"，以及"三棵树""新三棵树"和宁夏青年

---

[1] 郎伟：《简洁当中的丰富——读石舒清小说〈清水里的刀子〉》，《朔方》1999年第1期。

作家群等，都得不到理论评论的声援、策应和推介，作品的价值就可能得不到充分的阐释。

第三节　关于"歌颂与暴露"的争鸣

1980年第1期的《宁夏文艺》在《评论》栏目下新设《争鸣》专栏，意在通过开辟一块自由交流的园地，提倡"破除迷信，解放思想，摆事实，讲道理"，体现"百花齐放、百家争鸣"（《宁夏文艺》1980年第1期"编者按"）。首期设立的"歌颂与暴露"的话题迅速引起宁夏文艺界的热议，从第1期到第8期，相继刊发了十篇争鸣文章（含一组"读者来信摘编"），这也成为宁夏当代文学史上第一次广泛参与，并引发持续关注的热点论题。

争鸣的发起者晏旭是宁夏银川火柴厂的一名工人，他在文章中提出，刚刚过去的严重灾难，用两三年的时间来暴露和反思就足够了。随着时代发展和社会生活重心的转移，"即使文艺创作转入歌颂为主，暴露阴暗面的作品也不是绝对不可以写"，但是"必须有主有次，不能平分秋色，更不能本末倒置"，更主要的是要迎合新形势的需要，大赞"四化"建设。[①] 从晏旭机械和僵硬的表述中，我们看到，他将文学创作理解为要么"歌颂"，要么"暴露"，而且在内容呈现上还要区分出主要和次要，这显然忽视了文艺创作的基本规律和文学理论的基本常识。随后，以《朔方》为平台，一场围绕文艺

①晏旭：《歌颂与暴露要有主次》，《宁夏文艺》1980年第1期。

作品究竟应歌颂，还是暴露社会生活，以及衍生出的"文艺功能与文学批评标准"的讨论迅速引起了宁夏文艺界的争鸣。弓柏直陈"主次"之说的偏颇，他认为，文艺题材、创作方法和艺术风格的多样化，不能强求一律，更不能定出比例或其他条条框框加以限制。[①] 荆竹紧接着指出，当前的文学创作应该转移"暴露的对象"，要从偏重于暴露过去的阴暗面转移到暴露今天阻碍四个现代化的一切障碍。[②] 面对众人的商榷，晏旭辩驳说，现在"读《班主任》《伤痕》行，难道五年、十年过去了"，还要"把这样的作品奉献给读者"吗？因此，他坚持认为文章内容是有"主次"的，也是有"框框"的，就是要框定在"四化"建设的时间范围内。[③] 对于要么"歌颂"要么"暴露"的二元对立论调，杨淀的反思更为深入些，他认为，"荆竹与晏旭对问题的看法，貌似迥异，其实是有共同之处的"，即二人都认为对过去十年的阴暗面已经暴露得差不多，将暴露的对象用时间割裂开来了，那么这里就产生一个大的问题：对十年动乱的暴露是否已经真的足够？杨淀的回答是"远远不够"，今天建设"四化"的一切障碍恰正是昨天阴暗面的继续，因而"我们再也不能人为地制造束缚作者手脚的条条框框来"[④]。实际上，论争中双方看似观点不同，但都未采用新的理论批评方法或细腻的文本分析来阐释具体的创作，代之以情绪大于内容的立场派批评和当头一棒式的口号式批评，因而他

---

①弓柏：《暴露、转移、歌颂》，《宁夏文艺》1980年第2期。
②荆竹：《暴露的对象应该转移》，《宁夏文艺》1980年第3期。
③晏旭：《"框框"及其他——与商榷者的商榷》，《朔方》1980年第7期。
④杨淀：《对动乱十年的暴露是否已经够了？与荆竹、晏旭二同志商榷》，
　　《朔方》1980年第7期。

们的表述形式在本质上是相同的。

　　作为争鸣的结束，1980年第8期的《朔方》刊发了一篇"编者按"和一篇评论文章（黎平的《歌颂光明，暴露黑暗》）。这期"编者按"带有明确的总结性，编辑部并未对"歌颂与暴露"进行定性评论，而只是强调在讨论文艺理论问题时，大家可以"畅所欲言，各抒己见"。我们都清楚，"编者按"是文学期刊的重要组成部分，代表刊物的办刊立场和文艺倾向，特别是在期刊组织的文艺争鸣中，"编者按"既是文学策划者，又是一个"超级作者"，它对观点的推介或批评，某种程度上又可引导文艺界的舆论风向。因此，透过这期"编者按"，我们能真切地感知到，以"歌颂与暴露"为窗口，新时期初期的宁夏文艺界希冀展现出地方文学的各种文艺问题，诸如创作写什么、怎么写以及怎么评等，而这些要点都需要重新辨识，并紧密关联着"宁夏文学"的整体面貌以及未来发展方向的问题。因此，这种设定规划的"争鸣"，在一定程度上演化成为此后宁夏本地文艺争鸣的批评标准。除"编者按"外，另一篇批评文章其实是"编者按"的"副文本"，它指出了论争问题的核心，即文艺以歌颂为主，还是以暴露为主，"关键在于作家站在什么立场，而不在于以歌颂为主，还是以暴露为主。只要是站在党和人民的立场上，用马克思主义去认识生活，分析生活，反映生活，都能写出具有积极社会效果的文艺作品来。"①综而观之，《朔方》组织的这场"争鸣"，一方面鲜明地体现出地方文学对当代文学批评和研究的密切关注，同时省级文学刊物《朔方》的态度、立场、看法与评价，也代表了

①黎平：《歌颂光明，暴露黑暗》，《朔方》1980年第8期。

宁夏文学新秩序的方向和边界；另一方面也能觉察出地方文学创建良性争鸣环境的迫切，意欲在广阔的批评和反批评空间中激发文艺界的活力。

"歌颂与暴露"的理论命题，在20世纪30年代左翼文论中初现，在40年代初的延安正式形成。有关它的讨论，往往涉及文学悲剧性、真实性、典型性以及写作本质等诸多问题。新时期初期，该命题再次被提出。1979年《河北文艺》第6期《新长征号角》专栏刊发了两篇文艺短论，对"伤痕文学"思潮进行了猛烈批评，直接引发了文艺界关于"歌德"与"缺德"、歌颂与暴露的激烈论争。一篇是《歌颂与暴露》，作者淀清强调，既然"文艺是有阶级性的，有党性的"，那么"无产阶级文艺要站在无产阶级的人民大众的立场，歌颂人民，暴露敌人，以达到团结人民、教育人民、打击敌人、消灭敌人的目的。"[①] 另一篇是李剑的《"歌德"与"缺德"》，该文更是将阶级性视为文学的根本属性，并宣称"你不为人民'歌德'，要为谁'歌德'？……那种不'歌德'的人，倒是有点'缺德'。"[②] 文章发表后两个月间，《河北文艺》编辑部就收到来稿一百一十八篇，《人民日报》《光明日报》《文艺报》等报刊更是出现大量质疑的声音，对此进行了针锋相对的批驳。一时间，全国十六个省市都参与到"歌颂与暴露"的讨论，这也成为新时期第一次全国范围内的大规模文艺争鸣现象。正如1979年5月的《红旗》发表的评论员文章所言，"歌颂与暴露"的观点与当前"文艺界的斗争实践和创作现状很不

①淀清：《歌颂与暴露》，《河北文艺》1979年第6期。
②李剑：《"歌德"与"缺德"》，《河北文艺》1979年第6期。

相符，同党的三中全会提出的解放思想、实事求是的方针背道而驰，因而是片面的、错误的。……对此，有必要引起重视，开展讨论，明辨是非，统一认识，以利于社会主义文艺的进一步繁荣。"① 作为党报大刊，《红旗》立足于思想解放的时代意识为文艺界的反思与发展提供了基础。随后在1979年10月30日召开的第四次文代会上，邓小平代表中共中央和国务院向全体与会代表所做的《在中国文学艺术工作者第四次代表大会上的祝词》和周扬的《继往开来、繁荣社会主义新时期文艺——在中国文学艺术工作者第四次代表大会上的报告》，都对"歌颂与暴露"等诸多文艺问题，给出了清晰的界定与解答，为正在重启的文艺创作指明了方向。由此可见，"歌颂与暴露"的论争以及由此引发的讨论深受时代语境影响，其所倚重的正是新时期思想解放的社会历史大势。

上文对"歌颂与暴露"进行了梳理，我们注意到，来自不同群体、机构、个人的诸多批评行为都是以历史总结和评述当下的名义展开的，这些批评文本所呈现的价值判断在争鸣中产生冲突、沟通与共识，这不仅完成了历史叙述，而且在这些"争鸣"中的一部分文学作品、现象、思想在历史现场迅速被经典化，此后文学史叙述的基本共识大多由这里产生。由此再反观宁夏文艺界对"歌颂与暴露"的争鸣，我们注意到一个"时间点"，当1979年全国热议该话题时，《朔方》保持着沉默，显得"后知后觉"，即使第四次文代会对该话题有了定论和共识，《朔方》仍然延后两个月才陆续刊发争鸣文章，似

---

① 肖高：《流毒不低估真理辩益明——从文艺界对〈"歌德"与"缺德"〉一文的争论谈起》，《红旗》1979年第9期。

乎又有些"不合时宜"。这一"缝隙"引发我们进一步思考：为什么会出现这样的现象？其背后隐藏了怎样的编辑方针与生产机制？文学期刊的生产与当时的文艺体制之间构成了怎样的"对话"关系？其中又折射出哪些地方文学的特征？

首先，新时期文学是一种"总体性文学"，仍然具有"国家设计"的性质。这个时期的文学包含着对社会整体的理解，文学批评不可避免地参与到了新文学格局的构建之中，代表了当时一种强大的文学追求。批评家们倾向于建立一个稳定的文学秩序，其背后是与"现代化"相关的社会科学的新观念，这种新观念又是通过文学这个媒介来传播和推进的。随着各地方文联、作协在行政层面上逐步恢复，"地方性"文学机制日趋完整，"由各级文联、作协机构主办的具有官方色彩的文学期刊，更是作为文学体制的组成部分，其命运在总体上与文学发展的大趋势基本一致，文学制度的转型和文学政策的调整对文学期刊的衰荣更是会产生根本性影响"[①]。这种地方性充分显示了当时文学秩序的特征，但其影响力、覆盖面和服务范围都受到行政区域的限制。不过，这种"上御下行、上行下效"的关系并不是绝对的单向度的运动，局部与整体不应是简单的对立、高下或归属关系，实际呈现出双向、融合、对话、动态的复杂关系。因而，"地方"不能仅仅被视为完善中国文学整体景观的一种"补充"，它不是"属于"，可以是一种"等于"。

基于以上叙述，由于在地理空间意义上的边地性，新时期宁夏文学便在文学体制的空间等级中凸显了差异。此时北京、

---

①黄发有：《中国当代文学传媒研究》，人民文学出版社，2014，第26页。

上海等文学中心依然具有文学生产传播、标准确立和解释、经典化的强大影响力。宁夏当代文学起步较晚，在很长一段时间内仍带有鲜明的政治刻痕，因此既不符合"文化"的期待，亦难在不断变化的主流文学思潮中脱颖而出，这些自然指涉到话语权与差异性的问题。因此，争鸣内容刊发时间的延后或许代表着《朔方》较为审慎的态度，对于如此敏感的热点问题，了解"中心"的态度后再做出相应举动才最为稳妥。也正是在这种自上而下、从下至上的互动中，当代地方文学批评得以进一步前行，同时也构成了反观中心的别样视角。

若将我们的研究向更深层探寻，我们就会感知到，《朔方》筹划的这场"滞后性"的争鸣仍然是与社会变革、时代精神的关联与互动，它紧跟国家文艺政策，参与和回应社会热点话题，实现了文艺领域的政策落地，以主流声音引导地方文学创作，促进文学的发展，体现了地方文学发展的一种动员机制。此外，通过"争鸣"，宁夏文艺界在营造的相对宽松的文学批评空间中，实现思想意识的集中统一和集体转向，它释放了一个积极信号，就是文艺观念需要做出改变，要重新审视文学与政治的关系，将文学从教条政治话语中解放出来，继而反思文学与社会生活间的关键性问题，真正从文学本体层面明确文学真实性的属性与意义，这本质上属于话语构建的范畴，深刻地体现了文学理念及审美想象的转折，直接激活了宁夏文学如何在全国文学的视野中来想象、定义自身，以及在此基础上，为中国当代文学提供何种普遍性的中国经验。当然，笔者无意将地方文学视为边缘文学，而是以地方文学作为观察中国文学的一个支点。地方文学本身是开放、流动的，而且具有更丰富复杂的视角。因此，地方文学所包蕴的经验始终存在并具有持续生成的力量，其自身所具备的特质，与文学中心形成了一种互动、互补的平等关系。

第四节　地域性的彰显与中华民族共同体意识的呈现

我国是由五十六个民族共同组成的统一的多民族国家。在中华民族五千多年的辉煌文明史中，各民族交往范围不断扩大，交流层次不断扩容，交融程度不断加深，推动着多元一体的中华民族共同体不断发展壮大，而源远流长、博大精深的中华文化是中华民族生命力、创造力、凝聚力的集中体现。作为中华文化的重要组成部分，民族文学是各少数民族思想情感、生活与生产方式在文学上的表达，记录着时代变迁，也凸显了民族记忆、文化、风俗、传统、地域等方面的特性。宁夏作为西部地区、民族地区，其悠久的历史，既包含着各民族交往交流交融的历史底蕴，也彰显了各民族共同开发建设宁夏、由多元迈向团结统一不断进步的现代化进程。宁夏当代文学的萌芽与新中国同步，而新时期宁夏文学的兴起则完全与中国式现代化建设进程同步。作为中国多民族文学中独具特色、生机勃勃的一支力量，新时期以来，宁夏文学在表达民族团结、中华民族共同体话语的基础上，蕴含着民众的个体情感、日常生活、民俗叙事等，也因地缘文化的独特性而受到了关注。

新中国成立后，基于民族历史调查、民族识别和族籍学理认定的当代学术实践，以及人民代表大会制度确定的政治与文化平等举措，少数民族文学成为一个社会主义文学现象，它的生产、传播、研究同国家文化政策和文学制度建设、文学组织生产及评奖传播机制密切相关，因此必然带有主流意识形态倾向，承担着构建社会主义多民族国家的政治使命和社会功能。也正是这一时期与主流文学发展同步、与时代思潮合拍共振，才为后来少数民族文学主体性的强化奠定了基础。新时期初期，书写民族创伤、追忆知识分子的苦难历史，是主流文学思潮的价值追求。这一时期的民族文学创作承续了从社会主义初期以降对宏大事物的关切，题材与观念几乎与伤痕文学、反思文学、改革文学等潮流如影随形，"它似乎是合唱者，但总是慢半拍，是一位迟到的模仿者，而从来不是领风气之先的开创者"①。这一情状使得少数民族作家在创作中有限度地表现民族地区的民俗风情、生活方式、文化心理等，或过多地罗列族群历史、神话传说、文化与民俗，有时不惜以牺牲真实性为代价，刻意制造陌生化效果。不过，在新时期文学发展过程中，少数民族作家逐渐意识到以往某些作品过度宣扬本民族与其他民族在语言表达、文字使用、节日习惯、社会风俗与经济发展等方面存在的差异性，这其实割裂了各民族交往交流交融的历史。因而，在中华民族多元一体格局下，少数民族作家由对自身民族落后观念的批判者、独特民族风情的呈现者、社会主义建设的讴歌者，转变为多元地方民族文化的代言人。少数民族文学也逐渐树立起自身的"主体性"意识，突破以往整齐划一的"边疆—中心"抒情模式，开始探索更加多元化和多样性的创作风格和

---

① 刘大先：《论改革开放以来中国少数民族文学的主体变迁与认同建构》，《文艺研究》2020年第6期。

审美标识，力图揭示出多元一体格局中共同的价值情感与理想夙愿，形成极富地域色彩和反思精神的审美特质。这不仅是边缘与中心的切换与对话，同时也重新绘制了文学地图，进而不断丰富着中华民族多元一体共同体的精神资源。宁夏文学亦是如此。

多样性、多层次和多维度构成了少数民族文学的审美特质，也因此成为相互区别的存在，丰富了中华文化的形式和内涵。如此看来，少数民族文学创作既要以文化习俗、地域风貌与精神特征为表现对象，又要展示更加开放多元的思想意识和审美视野。也就是说，少数民族文学应具有宏观与整体的指向性，参与多民族国家形象构建也应是其叙事的主要内容。因此，鼓励作家形成多元创作取向，引导各民族文学差异共存、和谐共进，才能有效地促进少数民族文学发展壮大。

1980年3月8日，《朔方》编辑部联合云南的《边疆文艺》编辑部和内蒙古的《草原》编辑部，筹办了民族省区文艺期刊编辑工作会议。这是新中国成立以来首次由民族地区文艺期刊联合举办的全国性会议，来自宁夏、贵州、广西、甘肃、云南、西藏、青海、内蒙古、新疆等九个民族省区文艺期刊的负责人和编辑七十余人参加了研讨。[①]随后，1981年5—12月，《朔方》持续发布"九省（区）文学期刊联合广告"。该广告用言简意赅的文字分别介绍了这九家期刊的"形象"与特点，意在征求订户、扩大发行。这一积极主动的联合，不仅突出了

---

① 九本汉语文学期刊分别为：《朔方》（宁夏）、《飞天》（甘肃）、《广西文学》（广西）、《边疆文学》（云南）、《西藏文艺》（西藏）、《草原》（内蒙古）、《青海湖》（青海）、《新疆文学》（新疆）、《山花》（贵州）。

地方文学期刊的共性及个性，而且以"集体亮相"的方式产生了广泛的传播效应。我们注意到，在关于《朔方》的推介中，宁夏的风土人情和名胜古迹被突出介绍，这也成为《朔方》刊发本地作家作品、彰显地域文化特色的基本方向。

新时期初期，新旧交替、历史转折确是整个时代共享的话语。在思想解放的大环境下，宁夏文学的发展与时代同步。重大的社会变革激发了主体意识的觉醒，创作主体多书写肉体和精神上的伤痕，被长期压抑的情感如滚烫的岩浆喷射而出，他们在思想结构、价值立场、情感经验等层面，参与构建着一代或几代人深切可感的生活经验、伦理困境和"现代"意识。另一方面，这一时期的文学又具有突出的同质化特征，创作主题、语言风格都大同小异。那些紧跟时代步伐的文学创作容易陷入审美趋同的怪圈，程式化的宏大抒情且缺乏节制的宣泄，不仅遮蔽了个人化的情感诉求，而且颂歌式的激情演绎和战歌式的豪情表达成为时代精神的传声筒。当然，这可以视为"革命现实主义"在新时期的延续，文学的思想和叙事方式无法摆脱政治意识形态的规约。不过，宁夏文学又有其特殊性。宁夏地处祖国西北腹地，历史上一直是农牧业相交织的地区，更是一个多民族文化长期混合交融、和谐共生的所在。这样的地域文化底色，形成氤氲于宁夏文学之中的独特的文化情调。从中我们看到，宁夏作家在创作时根植于西北大地，一方面把西部独特的人文地理景观诉诸笔端，另一方面在作品中细致描绘宁夏的风土人情，这种别样的风景与内陆地区、沿海地区形成了巨大的反差，成就了宁夏文学独特的审美选择和美学资源，也成为它鲜明的地域标识与本土色彩的真切倚仗。创作为批评提供文本，而批评则对创作进行阐释、规范和引导。为及时对宁夏文学做出比较全面且有深度的审美反应，以挖掘其美学内涵，宁夏文学批评界策划推出了大量评论文章。

首先，批评家以"地方"宁夏为观察视点，讨论宁夏作家对"地方性的基本内容"和"地方性表达"的理解。不少文章从日常生活场景、题材内容、语言风格、美学理想、民情风俗等方面来评述作家作品的独特价值。例如，在作品体裁方面，除小说外，电影、歌剧、散文集、诗集等都得到了评介。另外，新时期初期《朔方》刊登的不少批评都在积极地对宁夏文学进行追踪与研究，文章大多集中于文本对地域风情、文化特质的表现，力图扩大其影响力，但相对而言，无论是单篇作品的评论，还是集合性对象的综合分析，当时的批评范式和批评话语以跟踪式、印象式为主，仅仅停留在对现象的简单归纳与总结上，致使"鉴赏体""教材体""报告体"屡见不鲜，从而暴露出批评者与对象之间缺乏必要的审视距离，感性的沉溺阻碍了理性的沉淀，视野偏于狭小等局限。

在笔者看来，地方文学要创新讲好中华民族共同体故事，这既是传承个体民族历史文化、丰富日常生活的重要载体，同时作为一种公共性话语，更担负着弘扬中华优秀传统文化、构筑中华民族共有精神家园的重要功能。在此意义上，探究新时期众多宁夏文学批评会发现，它们从文体批评、作品审美、文学机制等方面，通过"批评之批评"为理论构建进行了多样化和整体性的探索，丰富了批评的话语表达：一是批评的方法论构建，二是批评主体性的张扬。前者的关键在于如何处理多民族个性与中华民族共性的多元一体关系，后者的核心在于批评家对身处其中的地方文学、地域历史及文化的独特处理。对于以上问题，文学批评的回应是，作家们不应重民族性张扬，而轻共同体夙愿；也不应只强调与凸显民族的差异性，而忽略各民族之间的共同性。也就是说，在尊重民族文化差异性的基础上，秉持"多民族文学史观"，即多民族（语言、地方、文化、心理、传统）、多文学（体裁、文类、美学）、多叙述（历史的不同书写方式）的多元共生。

文学生产与文学批评相互演进，生产为批评提供文本与对象，是批评得以持续开展的前提；而批评是生产演化的助推器，它提供历史信息和价值判断，携带着某种精神意志与时代思潮的印记，规范、制约与影响着文学生产，从而形成一整套文学生产机制。因而，文学期刊的《批评》栏目是考察创作与批评关系的有效视角，因为它本身最重要的职能是发掘和推动作家作品，亦是生产大量批评文本的重要载体。无论是"编者按"、新作推介、创作谈、作家论，还是作品研讨会、读者座谈会、编辑会议及文学评奖等，其实都发挥着文学批评的话语构建"职能"，并通过具体的文本阐释、价值引领、等级评判等方式来呈现。从新时期《朔方》刊发的作品与评论文章来看，写作中对地域性的彰显和中华民族共同体意识的呈现，具有鲜明的宁夏品格，这种切实的地方体验，不断充实少数民族文学与主体民族文学互生共融所表述出的中国经验，从而形成当代文学与文化的另一种内涵。

第五节　文学实践与现实主义文学批评的重建

　　作为"新时期总任务"[①]的政治宣传的直接结果，"新时期"最初作为一个政治概念从政治领域进入文学领域，因此，文艺界创造了"新时期文艺"和"新时期文学"的概念，显然是被动员起来参与这一政治宣传运动的产物。不过，"新时期""文学"从不只是不言自明的概念，需要置于历史语境中加以理解，批评是其中最为活跃的构建力量之一，特别是在"国家文学体制"的范畴内，文学批评产生出文学审美、政治评价、文学引领等多方面的功能和作用。由此出发，我们再次重返新时期宁夏文学发生的"历史现场"，去探究时代的舆论或意识形态先导，如何通过文学期刊和文艺批评来体现。

　　1979年10月，全国第四次文代会召开，这是中国当代文学发展史上具有特殊意义的重要事件，是党的文艺方针政策的一次深刻调整与宣示，"为人民服务、为社会主义服务"自此成为中国新时期文艺事业发展的方向。1980年5月16日，宁夏文学艺术工作者第二次代表大会隆重开幕，参会代表达三百三十七人。这是第一次文代会（1961年）后，时隔十九年，宁夏文学艺术界联合会举办的盛会，也是西部民族地区宣

---

①1978年2月26日至3月5日，第五届全国人大第一次代表会议召开，时任国务院总理的华国锋做了题为《团结起来，为建设社会主义的现代化强国而奋斗》的政府工作报告，该报告提出新的发展时期的总任务。作为新时期起源阶段的新宪法，"1978年宪法"将"新时期总任务"用法律形式固定下来，将党与政府的意志转化为法的意志。参见黄平《"新时期文学"起源考释》，《文学评论》2016年第1期。

传、贯彻执行全国第四次文代会"二为"方向的重要会议。时任宁夏文联主席的石天做了题为《为繁荣社会主义文艺而努力奋斗》的大会报告。报告中，他指出当前宁夏文艺评论表现了四方面问题：未能及时对一些优秀创作进行扶植和评论、未能对创作中一些带有倾向性的问题进行深入研究、未能完全剔除残存的帮八股文风、未能产生一些比较有理论深度的文艺评论。同时，他也对文艺评论的发展提出了期待，一方面通过成立文艺理论研究组，并经常召开专题讨论会，组织建设一支强有力的批评队伍，要着重"对本区的创作思想和作品进行研究和讨论"；另一方面通过"群众性的文艺评论活动"，提高广大群众的"艺术鉴赏力"，帮助他们正确地理解文艺作品。对此，《朔方》需要充分发挥"园地"作用，突出"三要"："要在出人才、出作品方面作出新的努力"，"要发现、培养新生力量"，"要加强对本区作者作品的评价和扶植"。① 这次会议持续了整整一周。在闭幕式上，新当选的宁夏文联副主席、中国作协宁夏分会主席朱红兵再次提出，宁夏的文艺批评要"了解宁夏地区的历史和现状"，研究宁夏"各阶级、各阶层和各民族的特点和相互关系"，以及"区别于其他省区的独特情况"，体现出宁夏地方特色。② 理解新时期宁夏文学场域，宁夏第二次文代会是一个标志性的历史节点，上述会议上的讲话是新时期宁夏文学兴起的标志性文件。从整体效果及影响而言，既规约着新时期宁夏文学发生发展的"语言应用、文

---

① 石天：《为繁荣社会主义文艺而努力奋斗》，《朔方》1980年第7期。
② 朱红兵：《宁夏文学艺术工作者第二次代表大会闭幕词》，《朔方》1980年第7期。

体样态、题材择取、叙述角度、抒情方式和书写手段"，又构建了本地作家、批评家们的"认知方式、思想观念、情感变化、行为呈现、话语表达和价值诉求"，在此意义上，此次文代会成为一种强有力的"集体意识"，起到"统一作家认识、整合创作资源、积聚文坛力量、制定文学政策和确立发展方向"的作用，因而成为引导和规范"方向、观念、思潮、社团、语言、体式和作家心态的重要力量"①。

作为宁夏唯一的省级文学期刊，《朔方》自然要担负起宣传、贯彻执行文代会精神的重要职责。在宁夏当代文学生态中，《朔方》一直扮演着重要角色，既追踪创作动态，传播优秀作品，又引领文学风潮、弘扬文学价值；同时作为文联主办的期刊，它更加重视组织功能，在组织来稿、刊发作品评论时，贯彻文艺政策，团结作家队伍，引领文学风尚。在此意义上，结合上文所述，《朔方》的《评论》栏目与当代文学的审美观念、文体规范的深层互动，潜移默化地改变着文学创作的主题选择、语言风格与价值立场，也必然对作者的构成和读者的趣味产生不同程度的影响。以此观1977—1984年间《朔方》的《评论》栏目刊发的四百余篇文章，它们呈现的信息不仅可以助力研究者回到新时期文学的"现场"，而且提供了一个重新观察那个年代文学多层化"场域"的线索。总而言之，这些批评的主要形式包括：制定政策与标准、纪念重大事件和重要时间、组织争鸣与研讨、推介新人新作、构建文学经典、综述会议活动等。下面将聚焦1977—1984年间《朔方》的《评论》

①岳凯华：《文学会议与中国现当代文学的发生》，知识产权出版社，2020，第17页。

栏目，从中梳理出社会思潮、文学创作、批评场域三条批评实践脉络，以此探究新时期宁夏文学批评的效果和影响。

首先，与社会思潮的"共生与促发"。中国当代文学期刊的发展与变迁，无法脱离当代中国政治、经济、文化的大背景。1978年有关"真理标准"问题的讨论及随后深入展开的思想解放，给长期被束缚的文艺界带来了活跃与繁荣。同时，国家建设重心从阶级斗争向经济建设转移。宽松的思想环境、日益开放的对外政策和市场化的改革导向，不仅影响文学期刊的数量、结构与办刊定位，还更为深入地改变其在当代文学制度建设中扮演的角色类型，并重新塑造它的文化功能、历史角色和传播方式。新时期，宁夏文学批评与当代中国的时代潮流同频共振，依托《朔方》，结合时事热点刊发评论文章成为常态。如果说《朔方》其他栏目是展示文艺作品的"舞台"，那么《评论》栏目则是中央各项文艺政策、动态的"扩音器"，它通过刊发会议纪要、阐释会议精神、发表评论文章、编排热点专栏等，将主流意识形态话语逐渐植入宁夏文学的发展中来。毕竟，顶层设计与文艺管理仍然是构建批评秩序与方向的主要因素。例如，为推动文学界的思想解放，从而承担起规划宁夏文坛发展格局的任务，《朔方》刊发系列批评文章，热切表达了对社会主义文艺春天的期许，批评家们指出，发展文艺事业要瞄准三个方向，即"队伍要团结""思想要解放"和"关键在创造"[1]，对于作品中存在的问题，批评家们要"遵循文艺规律，营造和谐民主的气氛"，不要"过多地热衷于

---

①本刊评论员：《文艺的春天必将到来》，《朔方》1980年第1期。

'干涉'，而是热情地给予指导和帮助"①，如此才能"培养造就大批新的文艺人才"，开创宁夏文艺创作的"新局面"，"努力塑造具有共产主义思想的勇于开创现代化建设新局面的创业者形象"。②当然，这些文章并非被僵化搬运，而是尝试将其与新时期宁夏文学发展相融合。由此看来，以文学批评为场域，既可以看到国家文学体制运作的过程，也可以反观文学批评如何参与到宁夏当代文学发生与发展的具体过程。

其次，与文学创作的"互动与同构"。文学期刊在新时期初期成为推动社会变革的主导力量和新型媒介，公众急切希望在文学期刊中了解到更多社会变革的信息、动向和问题。在这种历史背景下，文学批评的重要职能不仅在于评估价值、建立秩序和构建经典，而且还急剧地转型为一种推动社会发展的"社会批评"，文学批评家一度变成了时代的精神导师、布道者和生活指南。由此我们再看《朔方》的《评论》栏目的诸多文章，不少都是对同时期文学创作的宣传、评介与回应，但进一步细观会发现，在批评与宁夏文学的"紧密"互动中，作家和作品不仅成为一个"被解释"的对象，有的时候还会由于某种特殊历史语境的激发而融合成为文学思潮和批评的附属物。书写创伤、歌颂改革、礼赞新生活是新时期初期宁夏文学着重表现的内容，它们并未偏离这一时期中国当代文学创作主潮的轨道。新时期之初，由于强调"革命与非革命""道德与非道德"的二元对立思维仍然流行，文学批评对一位作家最大的压力，或许不是对其创作水准高低的评判，而是基于作品的"思

---

① 王湛：《要重视文艺规律的作用》，《朔方》1979年第3期。
② 行速：《开创我区文艺创作的新局面——新春寄语》，《朔方》1983年第1期。

想性"和创作倾向,从而根本性地对创作的合法性进行质疑。张贤亮初登文坛时,不少批评文章指出《四封信》《四十三次快车》《霜重色愈浓》显露出来探索的品质,体现了作者主体意识的觉醒,也就是敢于"解放思想",敢于"干预生活,直抒胸臆","利用艺术力量,喊出'一种新声'"。① 此外,1983年第3期的《朔方》在《评论》栏目下新辟《作家与生活》子栏目,意在鼓励宁夏作家建立范围更加广阔的"生活根据地",创作内容不要局限于工农兵,而应深入到各个战线、部门,从而深入生活,创作出优秀的作品。②对此,时任《朔方》文艺评论组组长汪宗元专门撰文号召宁夏文艺评论界"大写本区文艺作品的评论文章",要以"表扬为主,批评为辅",呈现作品的"思想价值与艺术水平"。③ 的确,思想性是文学创作和文学批评无法回避的要义。关于这一基点的同构,表现了作家和批评家们对生活、人生的认识,彰显着他们的世界观、价值观,与此同时,在新时期初期宁夏文学特色的构建中,也体现着主流话语对文学创作和批评的引导。

再次,对批评场域的构建与拓展。作为文学实践或文学生产的一种重要方式,文学批评同样彰显批评家自身的美学观念和批评体系。宁夏小说的耀眼光芒使得它成为新时期宁夏文学创作的代表,文学批评与之相伴发挥着重要效用,《朔方》的《评论》栏目的诸多文章也是以小说为论述对象,但我们注意到,其中也不乏对诗歌、散文、儿童文学等多种文学体裁和文

---

①刘侠:《文艺要敢于探索——读张贤亮小说想到的》,《宁夏文艺》1979年第5期。
②潘自强:《作家要有"生活根据地"》,《朔方》1981年第5期。
③汪宗元:《加强对本区作品的评论与研究》,《朔方》1983年第3期。

类的关注。新时期伊始，宁夏诗歌创作呈现出新气象。以肖川、吴淮生、秦中吟、刘国尧、高深、杨少青、罗存仁等为代表的诗人队伍逐渐壮大，创作手法日趋多元，取得了一定成绩，特别是以肖川、秦中吟等为代表的诗人，积极迎合西部文学崛起的倡导，加入"新边塞诗"的创作热潮中，表现出雄浑、豪放、苍茫、大气的美学特征，使得宁夏成为这一诗歌类型创作的重镇。在刊发诗歌、推介诗人和总结特色方面，《朔方》花费了不少气力，不过，在诗歌批评理论的构建方面并不突出，一方面，一直没有设置诗歌理论的专栏，有关诗歌的批评文章只是不定期地刊发于《评论》栏目，而且数量较少，与诗歌作品的发表数量不成比例；另一方面，从事诗评的主要是宁夏本地评论者如贾长厚、何克俭等人，他们的批评大多是就诗作展开的即时性评论，感性色彩和肯定鼓励的声音较多，学理性较弱，不足以支撑起诗歌理论的构建。不过，一个有趣的现象是，《评论》栏目对旧体诗词的探讨和理论辨析，体现了批评"借古观今"的新意，也丰富了宁夏文学批评园地多元共生的景象。譬如在《岑参的边塞风情》一文中，肖文苑分析了岑参边塞诗歌的艺术特色，同时指出，当代诗人虽与岑参生活的时代截然不同，但仍可以学习岑参观察生活的本领，锤炼语言，以便更好地反映社会主义时代的边塞风貌。[①] 唐骥则以《使至塞上》《贺兰九歌》等朔方古诗为例，分析了它们对宁夏地方色彩的展现，这对于彼时青年诗人进行宁夏诗歌创作具有重要启发意义。[②] 梳理新时期宁夏文学发展的脉络，小说创作为重镇，诗

①肖文苑：《岑参的边塞风情》，《朔方》1980年第6期。
②唐骥：《朔方古诗》，《朔方》1980年第8期。

歌写作后来居上，而散文、批评、儿童文学和戏剧创作相对较弱。不过，在新时期，《评论》栏目对宁夏儿童文学保持着密切关注。1983年第6期的《朔方》在"卷前丝语"中率先提出："精神文明建设首先要注重从少年儿童抓起。这就和儿童文学有直接的关系……首先需要重视、巩固、发展儿童文学创作队伍。我们刊物从今年开始注意用一定篇幅发表儿童文学作品，本期又集中发表了一批包括各种样式的儿童文学，都具有一定质量。而其中绝大部分是本区作者的作品。可以预料，我区的儿童文学创作与成人文学创作一样，是大有发展前途的。只要我们认真播种、耕耘，就一定会有丰硕的收获。"同期，《朔方》还推出了《给孩子们的礼物》，1984年第6期刊发《儿童文学专辑》，这些都成为宁夏儿童文学发展史上不可忽视的重要举措。作为宁夏儿童文学领军人物的路展（1982—1987年任《朔方》主编），也多次在《朔方》发表创作谈，强调"时间紧迫，刻不容缓，必须下大力气把儿童文学创作搞上去"[1]。因为相关举措和批评的助力，路展《雁翅下的星光》获首届全国优秀儿童文学奖之中篇童话奖，宁夏作家如都兴强、吴善珍、王晨、王宝三等，也创作出富有情趣的儿童文学作品。

综而观之，批评以其特定的方式参与着新时期宁夏文学历史传统、美学风格、地方色彩的构建，成为文学生产、文学建设的一个不可或缺的重要方面。在此意义上，文学批评出自当时文学与社会的"历史需要"，不只是单纯的作品评鉴，抑或是文学创作的注释或衍生物，它和创作一样都是以各自的方式

---

① 路展：《也要重视儿童文学创作》，《朔方》1982年第6期。

处理着自身与现实的关系，或在意识形态的意义上解释着世界，或为个人生活提供某种叙事意义上的参照，并共同塑造着时代的文学感知与文化认同，负载着"广义的教育功能"与"文化政治使命"。

透过《朔方》的《评论》栏目可以探究新时期宁夏文学发展的历程，批评与创作一起经历了思想解放、融化新知和重返自身，它与当时宁夏的文学现场几乎无缝对接，紧跟时代浪潮去捕捉文坛创作的动向；它借助文学创作或文学理论，筹划文艺争鸣，构建着自身与世界的"想象性关系"；它为改革时代鼓与呼，敢于肯定作家们感应时代变革而塑造的人物形象，以批评的力度与广度推动宁夏文学与改革时代同步前进；它也强调批评主体与创作活动、社会语境及民众生活进行多重对话，从而激发作家新的创作思想。由此看来，新时期宁夏文学批评处于蜕变发轫的重要时期，它最突出的特征是批评的文学性与当下性的凸显，由此产生的直接效应是现实主义文学批评活力的恢复。现实主义文学的恢复与深化，既是20世纪80年代文学创作的主潮，也是文学参与现实变革的重要路径。纵观新时期以来的宁夏文学创作，无论是艺术表现手法还是审美精神，都一直保持优秀的现实主义传统，从朱红兵、哈宽贵、李慕莲、翟辰恩到张贤亮、张武、戈悟觉、张冀雪、马知遥，他们秉持写实的创作意识和观念，在他们的心目中，"文学从来都是对生活和现实的勇敢面对，是对包围着我们身体和意识的社会问题的真切感受，而非不食人间烟火不接'地气'的凌空蹈虚、穿越玄幻，更不是个人私生活尤其是隐私的铺张性书写。这种敢于直面人生、勇于向现实发言的现实主义品格构成了宁夏文学坚实的精神底色"①。宁夏文学现实主义风格的形成，与《朔方》的强调和引导也是分不开的。新时期以来，随着文艺政策的调整和文学大环境的转变，《朔方》积极倡导和刊发现实主义题材的文学作品，强调要"扎根宁夏、立足西部、面向全国，坚持现实主义的办刊传统，强化刊物的地域特色，进一步紧紧拥抱火热的社会生活，追求时代性、现实性和可读性的和谐统一"（《朔方》1991年第1期"卷前语"）。正因为《朔方》一直秉持现实主义立场，在其有意引导下，《评论》栏目的规划设置、基本底色、内容主题和话语构建，始终保持与时代同步的发展轨迹。因而，我们观察到，随着"二张一戈"文学创作的引领，以及众多表现地域特色作品的发表，关于文学与生活、歌颂与暴露、社会主义时代能否写悲剧等文学与政治关系的基本问题，相关文章的批评讨论也渐次展开，诸如现实主义原则、浪漫主义创作手法、社会历史分析的方法等，也在新的文学实践和现实语境中获得了新的批评资源，批评家们的知识结构、批评观念、语言体系也有效策应着中国的思想解放与社会变革。不过，我们仍然需要清醒地认识到，这一时期宁夏文学批评理论化薄弱，大多停留在印象与感悟式的层面。例如《评论》栏目中的不少"作家论"是注重理解或欣赏的"现在时"批评，它们将当前的文学文本或创作现象视为一个独立、自足的体系，虽可感知论者的批评热情，但内容大于形式，批评话语单一，并未展现更多的思想和审美价值，甚至某些被当时流行的社会思潮、舆论化情绪所影响的"批评的事实"也存有武断的成分。

---

① 郎伟：《欲望年代的文学守护》，宁夏人民出版社，2012，第142页。

当然，笔者的研究并非质疑宁夏文学批评的历史价值，而是通过对当代地方文学批评资料的整理与阐释，尝试在文学批评构建的意义边界之外，发现批评对象更深层次的意义，进而探寻那些被"历史需要"遮蔽的文学史事实，构建一个更加多元、更加立体的新时期宁夏文学认知体系。

小　结　地方文学制度构建、地方性视野与中国经验

宁夏是草根作家茁壮成长的沃土，也是文学照亮生活的福地。这些草根作家带着泥土的芬芳，带着对生活的激情、向往，带着对生活深切的体验走进文学，为中国文坛注入了新鲜的血液和力量。2018年是宁夏回族自治区成立六十周年，为进一步繁荣宁夏文学事业，加强宁夏与全国文学的交流，12月20日，由中国作家协会和宁夏回族自治区党委宣传部主办，中国作协创研部、宁夏文联承办的"中国文学的宁夏现象"研讨会在京召开。与会评论家对宁夏文学的发展进行详细梳理和深入论证，宁夏回族自治区党委常委、宣传部部长赵永清指出，中国文学的宁夏现象可以突出地表现为"四小四大"，即小省区、大文学，小短篇、大成绩，小草根、大能量，小作品、大情怀。[①] 这次会议进一步扩大了宁夏文学的影响力和美誉度。作为新时期宁夏文学发展的参与者、记录者和推动者，《朔方》《六盘山文艺》《银川文艺》等，既是一面"镜子"，也是一个"窗口"，生动地映照出中国文学宁夏现象的"四小四大"，具体地显现了新时期

①红娟：《小省区大文学、文坛名家研讨"中国文学宁夏现象"》，《中华读书报》2018年12月26日。

宁夏文学发展的筚路蓝缕，以及持续迸发的新的创造力。结合新时期宁夏文学的基本情状、文学批评生产的独特景观与文艺发展的时代要求，本章选取宁夏本地作家和批评家，以及《朔方》的《评论》栏目等具体个案进行阐释，它们的文学史意义可以总结和归纳为三个方面：

第一，作为文学制度的重要侧面，文学批评承载着制度赋予的体制性功能，其发展隐含着当代宁夏文学制度与文学史变迁的诸多信息。文学批评在新时期的繁荣，不仅表征着文学制度重建的过程，更是文学制度修复与新变的结果。基于对历史的反思和对"现代化"的想象，"告别极左""走向世界"成为新时期主流社会的认知。社会转型大大地改观了文学批评的生态环境，破除极左方法论的影响成为新时期文学理论批评界的首要任务，文学批评自然要发挥引导、影响及修正文学创作方向的作用。根据前文所述，《朔方》是宁夏文学现实主义品格的积极倡导者，《评论》栏目的设置就是要引导文学批评从文学创作的具体时态、文学生产的基本走向、文学发展的总体过程中时刻关注文学现实。为了真正把文学批评与宁夏文学发展建立关联，尽可能地发挥文学批评的"当下性"，《评论》栏目下设置的《读者评刊》《争鸣》《朔方谈》《本区作品评介》《新作短评》《文艺讯息》等子栏目，以及宁夏作协召开的作家、批评家对话会等成为引导当代宁夏文学创作发展的重要力量，它们始终关注创作现场，积极介入文学生产，集中体现了文学制度的存在与影响。也正因为《评论》栏目昭示出的新的文学观念、思想意识，及批评标准、功能和方法，对新时期宁夏文艺界构建良性的文学批评氛围起到了很好的促进作用。高嵩的专著《张贤亮小说论》（1986年）、吴淮生和王枝忠主编的《宁夏当代作家论》（1988年）、宁夏文联与宁夏文学学会编选的《宁夏文学十年》（1989年）等，也因此成为宁夏当代文学批评史中的代表性成果。

第二，文学批评源于批评家之于文学与地方经验的再生产，换句话说，文学批评是批评家对身在其中的地方文学经验，以及地方文学所依赖的地域历史、文化和风土人情等的深度感应和理论处理。从某种意义上来说，艺术并非纯粹地从美学内在的观点来定义，它独特的艺术魅力向来都是"地方性"的表达，因此，"地方性"批评一方面能够将作品放在特定的社会生活模式的情境里，发现并努力呈现独特的文学生态，强调的是作品和特定地点的不可替代性；另一方面，它强调批评家"历史性主体"的自觉，即对自己所身处的历史位置，所能依凭的思想资源，以及需要承担的时代问题有着充分的认知。新时期宁夏文学批评不仅具有即时、当下的意义，更体现着批评家们具体、鲜活的生命经验，以及作为独特的"历史性主体"思想和审美感知的基础经验。在此情形下，"地方性"视野既可具体而微地渗入宁夏文学的发生发展现场，又能推动宁夏文学研究走向精耕细作。正如研究者所言："回到中国自身，有各种不同的路径，但是努力突破宏大的统一性的历史大叙述，转而在类似区域、阶层、族群、性别等领域钩沉历史的小故事，就是行之有效的选择。"①

第三，对地方文学创作和批评的认识，还在于探求它怎样

---

① 李怡：《成都与中国现代文学发生的地方路径问题》，《文学评论》2020年第4期。

表述中国经验和阐释"文学传统",进而重新认识"文学中国"的构成。在中华民族融合、演化以及发展过程中,逐渐形成由中国人创造和传承、反映中国人文精神和民俗心理的文化成果,塑造成为中国经验。简言之,中国经验生成于民族传承和价值延续的文化实践中,根植于大国崛起和社会变迁的历史转型,文学性、当代性与中国性是其关键。这不仅为文学温度与魅力提供了源源不断的动力,使中国文学作品更具广度和深度,很大程度上,更是为中华民族的交融提供了情感基础和文化认同,也是对多民族生活、多民族文化关系、多民族群体情感经验与心理体验的深度触摸,因而也使得文学创作与批评,更多地立足本土特色,汇入民族心理,融入中国经验,形成了中国文学独有的情怀和坚守。依循此路径观照宁夏当代文学,我们会更深刻地感受到,在岁月转换和时代变迁中,宁夏文学悄然而坚定地沉淀了一些天然地带有某种独特性与核心性的创作思维与气质,它们鲜明地构成了宁夏当代文学的历史传统——牢记文艺"为人民"的责任担当,坚守现实主义的创作精神和艺术品格;热爱家园、痴恋乡土的创作情怀;深厚而充沛的人文性;艺术视野上的开阔胸襟和创作中精益求精的工匠精神。①如此看来,地方宁夏的文学传统凝聚着中国人共同情感的故事,在其中可以看到我们这个民族的特性、命运与希望,体现了作为民族共同体的中国经验。新时期宁夏文学批评的中国经验诉求始终盘桓于文学现场,它的话语体系和言说实践在不同维度和层次上丰富且拓展着中国经验的表述内涵,既有对文学作品与传统文化、民间道

---

① 郎伟、许璁:《宁夏当代文学的历史传统》,《中国当代文学研究》2024年第2期。

德、地方知识、民族美学、家国情怀等复杂关联的揭示、清理和审视，同时也在与"他者"的碰撞对话和自省中不断更新。

当代文学的形成或发生并非出现了一种崭新的文学形态，而是多种文化成分、不同文学力量和文学关系之间的渗透、摩擦、调整、重组。新时期文学批评是社会文化的重要组成部分，其与各种政治力量、思想解放、启蒙理念、思维现代化等有着密切的关联，无不折射出一个波谲云诡的时代的总体情势和"人"的生存状态与个体的心灵状况。新时期宁夏文学批评不仅具有上述意义，而且所提供的历史信息在见证和记录宁夏文学发生发展的同时，也为宁夏文学研究保存了丰富的史料。源于此，笔者以文学批评对"张贤亮形象"的塑造、"二张一戈"的影响与引领，以及《朔方》的《评论》栏目为观察视角，深入探究新时期的批评实践如何参与宁夏当代文学的构建过程，其中又有哪些观念、方法、经验被批评家们提出与关注，这既是为了观察新时期宁夏文学"发生"的多种可能性，更是了解宁夏文学与国家文学所发生的交集与互动。在对批评史料的整理与阐释中，我们意识到，批评家在新时期文学场域中是一个非常强势的群体，他们依托"社会思潮""文学口号"和"知识话语"建立了一个"知识共同体"，并对此后的文学经典化、文学批评史、阅读史和课堂教学史产生深刻影响。不过，我们更应该意识到，当前的研究不少还处在这些"影响之中"。因此，分辨出"影响"和应该重新做的工作，在文学史的全局视野里发现具体作品解读和批评本身所包含的独特性，才能更具历史张力地认识当代中国和地方文学的关联，理解文学批评的话语实践和中国经验的构建表达。

第四章 新时期宁夏诗歌生态的
形成与构建

一部中国史，就是一部各民族交融汇聚成多元一体中华民族的历史，就是各民族共同缔造、发展、巩固统一的伟大祖国的历史。作为西部地区、民族地区，宁夏自古以来就是一个多民族聚居区，历史悠久，地貌多样，人文景观多姿多彩。元朝灭西夏后，以平定西夏、稳定西夏、西夏"安宁"之意，取名"宁夏"，宁夏因此而得名。一部悠久的宁夏史，就是一部各民族交往交流交融的历史，就是一部各民族共同开发建设宁夏、由多元迈向一体、团结统一不断进步的历史。在六盘山与贺兰山之间的大地上，黄河浩荡，奔流不息，各民族文化相互交流、相互融合，形成既有塞上之雄浑厚重，又有江南之清秀柔美的鲜明特色，成为中华文化的重要组成部分。

古代宁夏，文学体裁主要有诗歌和散文，内容具有一定的地域特色。宁夏古代诗歌的发展是渐趋兴盛的，无论是质量还是数量都呈上升趋势，从秦汉时期的寥寥几首到唐代的大量涌现，尤其是边塞诗蔚为壮观；经过宋夏元战乱的过渡时期，直接开启了宁夏明清诗歌的繁荣发展。宁夏古代诗歌既带有浓厚的地域文化特征，又有古典传统的美学范式，具有言微旨远、短小精悍、以小见大、寄托深远的特征。基于宁夏独特的人文环境、地理情状、传统风俗，诗歌产生的审美情趣及古典诗词理念潜移默化、悄然无息地浸润着诗人的思想感情和精神气质。故而，有论者言：“宁夏古代诗歌就代表了宁夏古代文学，或者说宁夏古代诗歌史就是一部宁夏古代文学史。”[①]

近现代宁夏，文学创作仍以诗歌和散文为主。在艺术方面，以秦腔为主流的戏剧活动兴盛于宁夏各地；宁夏音乐、舞蹈以花儿和民间歌舞为主；西方造型艺术传入宁夏，美术家们进行了种种尝试和探索；银川市达官显贵的私宅里出现了电影放映活动；宁夏第一家照相馆在银川开业；在银川设立的“中山俱乐部”，揭开了宁夏曲艺反映革命现实、斗争生活的新篇章。[②] 就诗歌而言，经历了从传统的古典诗歌到现代新诗的过渡。从形式来看，主要是旧体诗词，不过也出现了一些新变，比如长篇诗歌数量增多，组诗大量出现，格调声律偶有突破；在内容上，强调政治性和斗争性，但也呈现一定通俗化的倾向，为向新诗过渡准备了条件；从队伍构成来看，近代诗人数量不多，诗作传世也较为稀少，主要来自两个方面：既有从外地到任宁夏的官员，也有本地的知识分子，如锡麟、韩庆文、张维岳、杨巨川、叶超、张维翰、徐庭芝、段云、贾朴堂等。总体来说，宁夏近现代诗歌依然沉浸在古典诗歌的氛围之中，即使新文化运动引发的“诗界革命”如火如荼地在中国现代文坛展开，但现代白话诗歌这股强劲的“诗风”并未对宁夏诗歌界产生强有力的冲击。然而，这些诗歌中呈现出的中国传统诗歌理念、意趣和技巧等，如同一条纤细而未断流的诗脉，

①杨梓：《宁夏诗歌史》，阳光出版社，2015，第3页。
②崔晓华：《总序：千树写意，百花逐梦》，见杨梓《宁夏文学史》，阳光出版社，2020，第1页。

不仅保存了中国古典传统诗词的风貌，而且使宁夏诗歌传统得以传承。

第一节 "大风歌"、牧歌和飘香的"沙枣花"

由于西部地域和民族交流融合的影响，宁夏不同时期的诗人都具备一个鲜明的特征：创作内容多表现苍凉、辽阔的西部风情和生活场景，表现出对"地方"的深情咏叹；形式又汲取了信天游、花儿、民歌等元素，呈现出直抒胸襟的豪迈与旷达。新中国成立后，这一鲜明的特色依然在宁夏诗坛延续着，并且带来了一股与众不同的清新气息。

新中国成立后，《宁夏日报》文艺副刊《宁夏川》于1949年11月11日创刊，这是宁夏当时发表新诗的唯一阵地。1954年，宁夏划归甘肃省，《宁夏日报》也随之停刊。直到1958年宁夏回族自治区成立，《宁夏日报》于8月1日复刊，文艺副刊也更名为《六盘山》。1958年前后，从全国各地陆续来支宁的知识分子中有不少诗人和作家，其中包括在20世纪30年代就从事新诗写作的李震杰、在上海新文艺出版社当过编辑的罗飞、辽宁诗人高深、北京诗人吴淮生，以及来自革命根据地的朱红兵、姚以壮等。作为"拓荒者"，他们以《宁夏川》《六盘山》和宁夏文联创办的文艺刊物《群众文艺》为园地，即时发表新诗创作，形成了宁夏最早的现代诗人群体。

20世纪50年代，是一个名实相符的"颂歌"时代。文学的社会功能、思想情感、写作立场，被反复强调，且居于首位；文学服务于政治、服务于现实生活，反映并歌颂人民群众的生活和情感，是文学最核心的观念。许多作品无论何种体裁，哪种题材，都需要作者"深入生活"和"又红又专"，需要将其同祖国、集体、荣誉等联系起来，它是抒情和叙事共同的出发点和最终落脚点。具体到诗歌层面，文学创作实践中展开的以阶级斗争、革命战争意识为中心的革命现实主义叙事和以颂扬领袖、人民为主导的革命浪漫主义抒情，使得诗歌创作中"战歌"及"颂歌"成为主流。在此基础上，我们重返这一时期宁夏诗歌的历史现场。此时宁夏新诗的发展还处于萌芽阶段，"解放"所带来的喜悦与欢欣，极大地激励了支宁知识分子和少数民族诗人的创作热情，出现了一大批歌颂领袖、歌颂党、歌颂社会主义新中国和民族团结的诗歌。不论是诗歌的想象与表达方式，还是题材和意象的选择，都深刻地渗透了工农兵的审美趣味。以朱红兵、王世兴、李震杰、姚以壮、秦中吟等为代表的诗人队伍，通过信天游、花儿、民歌体的诗歌创作进行革命颂赞，歌颂新中国成立后呈现出的崭新面貌，以及翻身得解放的普通劳动大众对党和领袖的热爱之情，洋溢出一种强烈的喜悦和欢乐的情绪。除了政治抒情诗，诗人们还创作了不少歌咏工业、农业建设和西部自然、乡村的诗。例如诗人高琨创作于1955年的花儿《沙滩变良田》，该诗在《甘肃日报》发表，从宁夏生活的真实感受入手，挖掘西部地域文化所蕴含的人文精神，在地方民歌的基础上描摹宁夏乡土风情，讴歌时代新生活。此外，朱红兵的长篇叙事诗《沙原牧歌》，高深表现塞上风情的《羊皮筏子》，秦中吟发表在《诗刊》上的表现宁夏人民热爱党的《金线银线五彩线》等诗作，也是这一时期的诗歌力作。

诗歌是时代精神和情感抒发的先锋文体。20世纪60年代至70年代，诗歌裹挟在时代的洪流中，浓郁的乡土经验与真诚的政治抒情相结合的气息，弥漫在宁夏诗坛。比较突出的诗人有朱红兵、李震杰、王世兴、路展、罗飞、吴淮生、高深、高琨、秦中吟、丁文庆、贾长厚、马乐群、杨少青、刘国尧、肖川等。诗人们用激情的诗笔、火热的诗句、鲜明的形象，热情歌颂体现伟大时代革命精神的社会主义新生事物。1974年，《宁夏文艺》复刊，初发行时为双月刊，刊发的作品多以诗歌为主。在当年总计六期的刊物中，共发表诗歌一百三十八首。其中第5期为编辑部特别筹划编发的"诗歌专号"，包括《山山水水唱颂歌》《"批林批孔"炮声隆》《社会主义新事物赞》《步步走的大庆路》《塞上盛开大寨花》和《沸腾的军营》等六个栏目，发表诗歌四十六首；其他五期共刊发诗歌作品（包含花儿、儿童诗）九十二首。这些诗歌大致可以划分为三大类：第一类主要歌颂党、歌颂领袖、歌颂无产阶级和英雄人物。第二类是"批林批孔"。前两类诗歌在形式、内容和情感表达上具有极强的同质性。诗人们多以阶级、社会群体代言人的身份，使用鲜明直白的语言赞美革命、领袖、工农兵群众，引导、推动大众的情绪向着欢乐、激越与高昂的方向发展。第三类是赞美先进事迹，歌咏劳动、生产和学习。这一类型的诗作主要受1958年以来"新民歌运动"的影响，创作方法多为"革命现实主义与革命浪漫主义相结合"，在创作队伍上强调工农作家的主导地位，并着力在广大工农群众中发现和培养诗人，所以有很多诗人来自工厂车间甚至田间地头，其作品大多数采用民间口语，保持着浓厚的民间特色。^①同样在1974年，宁夏人民出版社出版诗歌集《彩霞万朵》，其中的诗歌作品"大部分在《宁夏日报》上发表过，还有少部分是业余作者的新作"（《彩霞万朵》出版说明），作者的身份大多为农民、工人和解放军战士，如《山花献给毛主席》的作者翟承恩是社员，组诗《在广阔天地里》的作者胡大雷是知识青年，肖川、刘国尧、万里鹏、郑正、杨继国等人是工人，还有少部分如吴淮生、秦克温等是在职干部。其中的诗作多以直白而热情的话语歌颂领袖，描绘新生活，赞颂新气象。如翟承恩豪迈地唱出："黄河长江浪滔天，浪头上竞发千帆。团结战斗建设新六盘，永不离毛主席的路线。"（《山花献给毛主席》）吴淮生深情地写道："听，印刷机放开嘹亮的歌喉，把毛主席革命路线的凯歌高奏；印刷工人满怀壮志豪情，把最新最美的诗篇印就！"（《印刷厂抒情》）这些诗歌反映着一代人的思想风貌与精神历程，镌刻着那个时代深深的痕迹。

结合上文所述，我们可以感知到，中国当代诗歌与当代文学的基本格局是现代与传统的对立、变革与保守的冲突，这一逻辑在更早的时候表现为革命与守旧的对立，尽管性质不同，但关于文学和诗歌的基本评价仍然以时间逻辑为标尺，谁在"新"的序列中占据了前沿，谁就占据了价值的制高点。于是，陈旧与现代、进步与落后、新生与腐朽、革命与反革命、激情与淡漠……这些对立的概念既暗藏了对文学的规训，也构成了一个个关于文学进步的时间神话。20世纪50年代到70年代

①倪万军：《特殊时代的文学景观——1974年复刊的〈宁夏文艺〉》，《朔方》2024年第4期。

的诗歌样貌同样遵从这样的逻辑。在这样一个历史轨迹中我们不难发现，诗歌确实一直在变，但却未必总是在"进步"。① 依循此路径，我们可以更好地理解时任宁夏作家协会副主席吴淮生的评断，他认为："从1958年到1978年的二十年间，宁夏没有产生出一位有全国声誉的作家和一部有全国影响的作品。"② 不过，我们依然有必要对新时期宁夏诗歌起源的"前史"进行细致爬梳。根据上文的分析，笔者以为，这二十年间宁夏诗歌的状貌可以用"三个'一'"来概括，即一首掀起批判浪潮的诗歌，一篇长篇叙事诗和一本诗歌集。

张贤亮充满激情"唱"出的《大风歌》以及引发的强烈批判，是宁夏当代诗歌重要的开端性的文学事件。1955年，张贤亮携母亲和妹妹从北京到宁夏，在星星农场当农民。由于较高的文化程度，他在1956年成为甘肃省委干部文化学校的教员（校址在如今的宁夏银川市）。这对二十一岁的青年张贤亮来说，不免有绝处逢生之感。他感受到了"新时代的来临"，保持着对生活的激情。在他看来，"1956年可说是中华人民共和国成立后形势最好的一年，毛泽东用诗人的语言表述了中共中央'百花齐放、百家争鸣'的'双百'方针。那时真正是人人心中舒畅，生活蒸蒸日上，如俗话'芝麻开花节节高'。"③ 在这一乐观昂扬、激情澎湃的情绪感染下，他字字铿锵地宣称："我要做诗人，我不把自己在一个伟大的时代里的感受去

---

① 张清华：《当代诗歌中的地方美学与地域意识形态——从文化地理视角的观察》，《文艺研究》2010年第10期。
② 吴淮生：《宁夏近十年文学评略》，见王枝忠、吴淮生《宁夏文学十年》，宁夏人民出版社，1989，第2页。
③ 张贤亮：《今日再说〈大风歌〉》，《诗刊》2002年第11期。

感染别人，不以我胸中的火焰去点燃下代的火炬，这是一种罪恶。""如果'不同的意见'相同了，一致认为我是'百花'中的'毒草'的时候，也可给人们认识什么是'毒草'，擦亮人们的眼睛。"① 1957年初，张贤亮创作的三首诗歌《夜》《在收工后唱的歌》《在傍晚时唱的歌》，在陕西文艺杂志《延河》的元月号、2月号和3月号上接连发表。这三首诗歌都抒发爱国之情，通过生产一线工人的视角，来歌颂祖国各项事业蒸蒸日上、生龙活虎的场景，表达了对时代的讴歌和未来的向往，洋溢着青年诗人的激情和活力。如同《夜》中的诗句，"工厂在喧闹，机器在嚎叫"，"布在织机下飞快地跑"，"一切都在活动，在前进，在诞生中唱着歌"，"我爱这支交响乐，因为他代表了我的祖国"。② 这里有一处细节值得关注，在《延河》3月号的目录中，仅有张贤亮的诗歌《在傍晚唱的歌》和吴强的小说《红日》（节选）用黑体做了特别标注，而且在该期的"编后随笔"中，编辑也特别推介了《在傍晚唱的歌》。由此可见，《延河》对青年诗人张贤亮的创作给予了很大的期望和鼓励，同时也提升了他在中国西北地区的知名度。1957年7月号的《延河》再次隆重推出张贤亮新创作的长诗《大风歌》，二十一岁的张贤亮在诗中将自己比喻为"无敌的""所向披靡的""新时代的大风"，"我把贫穷像老树似的拔起/我把阴暗像流云似的吹飞/……把一切腐朽的东西埋进坟墓/把昏睡的动物吹醒，我把呆滞的东西吹动"，"我要破

① 《延河》编辑部：《本刊处理和发表〈大风歌〉的前前后后》，《延河》1957年8月号。
② 张贤亮：《夜》，《延河》1957年元月号。

坏一切而又使一切新生呀"。① 无疑，这首诗充满激情和乐观地呼唤"新时代"的到来，整体风格豪迈、积极、乐观、激进，同时又不安、激动、思变，表现出一种特别的激昂和决绝的战斗姿态。诗人敏锐地关注到时代的脉搏与现实的境遇，通过对大风的赞美，来抒发涤荡旧事物迎接新生活的激情，表达一种渴望变革的强烈愿望。《大风歌》发表后引起轰动，同年9月1日《人民日报》发表了署名文章，对其进行猛烈批判，牵涉出多方面错综复杂的关系，如诗歌及其作者、《延河》月刊（编辑部）、《人民日报》（批判者）等，而且每一种外在事物（或机构）都牵扯不同的行为主体；反之，每个行为主体都代表了一定的团体或阶层，它们之间互相联系、互相影响，却只能单向制约，在话语权的博弈中各自扮演着不同的角色。②

因为《大风歌》的发表以及引发的风波，张贤亮在1958年被下放到银川西湖农场接受劳动教育，1961年被送入附近的南梁农场就业。他回忆说："在农场单身汉集体住的土坯房趁大家都熟睡了，在油灯下胡诌了一首诗给《宁夏文艺》寄去，题目好像叫《在废墟旁唱的歌》，笔名为'张贤良'。"这首诗歌不但发表了，而且还获得了数目可观的稿费。张贤亮诗兴盎然，创作了第二首诗歌，寄给《宁夏文艺》，再次得以发表并获得不菲的稿酬。③ 张贤亮言及的这两首诗歌分别是《春（外一首）》（"外一首"是《造林》）和《在碉堡的废墟旁》，

---

① 张贤亮：《大风歌》，《延河》1957年7月号。
② 马占俊：《"反右"运动中张贤亮及其〈大风歌〉批判始末》，《中国现代文学研究丛刊》2016年第12期。
③ 张贤亮：《我与〈朔方〉》，《朔方》1999年第10期。

分别刊载于《宁夏文艺》1962年第5期和第7期。它们延续了张贤亮在1957年创作的三首诗歌的主题，具有那个年代的鲜明印记，意象简单，情感明快，文字直白。诗歌的内容主要呈现劳动的欢乐与神圣，通过书写勤快的劳动场面，歌唱和平的景象、广袤的田野和牺牲的先烈，以此来表达对新生活的热爱。比如，在诗歌中，多以"春天"喻指希望和新生活，不论是不断变换的场景——从废墟到田野再到工地，还是多次转换的意象——从鲜血到红旗，都有意凸显饱满的劳动热情。正当兴致勃发的张贤亮准备"以更大的积极性和更多的业务时间投入诗歌生产的时候"，《宁夏文艺》编辑部却发现了他还没有"摘帽"的真实身份，从此与他断绝联系。[①] 张贤亮的诗歌写作也从此时起再次中断。

1979年3月6日，由宁夏文联第一届第三次全委扩大会议文学组代行代表大会职权，宣布成立中国作家协会宁夏分会。这次会议选出理事二十一人，没有设置主席和副主席，吴淮生担任驻会理事。一年后，中国作家协会宁夏分会第一次代表大会于1980年5月21日举行。出席会议代表六十七人。宁夏分会驻会理事吴淮生代表第一届理事会做了题为《我区文学事业三年多来的发展概况和我们的工作》的报告。会议选出理事二十四人，朱红兵当选为宁夏作家协会主席。朱红兵是一名老作家，1940年投奔延安参加革命，在青年干部训练班和鲁迅艺术学院文学系都学习过，这一时期创作的《我是农民的儿子》《劳动歌唱》等诗歌作品是其代表作。1949年后，朱红兵在宁夏宣传

---

①张贤亮：《我与〈朔方〉》，《朔方》1999年第10期。

和文教单位工作。1958年宁夏回族自治区成立时，朱红兵担任宁夏文联副主席。真诚地为他所热爱的祖国与人民歌唱，这是朱红兵遵循的创作原则。1960年，以宁夏盐池解放战争中盐池人民对敌斗争生活为题材，朱红兵创作了长篇叙事诗《沙原牧歌》（1960年2—4月），并在《群众文艺》连载，其重要意义在于填补了宁夏诗坛长篇叙事诗的空白。① 这首诗形象地展示了在中国共产党领导下，主人公王夫和秀兰投身革命、争取解放的历史画卷，歌颂了他们对革命及爱情的坚贞情怀。为使两位主要人物形象丰满、更具光彩，诗中大量使用对比、反衬和比兴的艺术手法。另外，该诗最突出的价值还在于一种"刚健、清新、生动、活泼、富于生活气息和地方特色的诗的语言"，增加了诗歌的生活气息和生活情趣，散发着浓郁的乡土风味。在诗中，朱红兵将宁夏大调、陕北信天游、戏曲说唱语言以及群众口头语言等融于一体，"以宁夏民歌七言四句为主，其间又错落使用信天游八言，在基本一致的句型上求得变化，造成了跌宕起伏的效果"②。

20世纪60年代至70年代，朱红兵、李震杰、王世兴、高深、秦中吟、吴淮生、肖川、丁文、刘国尧、路展、杨少青等诗人陆续在《宁夏文艺》《收获》《人民文学》《诗刊》上发表作品。1968年宁夏回族自治区成立十周年之际，宁夏人民出版社编辑出版了宁夏第一本诗歌集《飘香的沙枣花》。诗人们立足西部生活的真实感受，在地方民歌的基础上适度运用象征

①1982年，朱红兵对《沙原牧歌》进行了修订，1983年由宁夏人民出版社出版。
②余光慧：《真诚、质朴的歌者——朱红兵诗歌创作兼论》，见吴淮生、王枝忠《宁夏当代作家论》，宁夏人民出版社，1988，第281页。

手法描摹宁夏乡土的风情，挖掘地域文化所蕴含的人文精神，客观事物被诗人们赋予了强烈主观情感，呈现出一定的鲜明风格和地域特色。

第二节　"光辉永照宁夏川"

"新时期文学"和所有新文学的兴起相似，既要处理与以往的文学传统的关系，又要开启新的文学想象。由于新时期文学前后关联的现代文学三十年和1950—1970年巨大的历史落差，这种内部的辩证关系尤为复杂。在此意义上，笔者在上文中聚焦新时期宁夏诗歌的"前史"，即对1958年宁夏回族自治区成立后宁夏当代诗歌的起源和发展进行了细致梳理和分析。从20世纪70年代末开始，中国当代新诗进入一个与此前历史既有联系又有重要区别的新阶段，人们普遍认为，中国将进入一个"新时期"，而中国新诗的"复兴"与"重建"成为新时期初期诗人们的普遍愿望。

1978年4月30日，上海的《文汇报》在一个并不引人注意的版面上刊登了一首短诗《红旗》[①]，其意义并不是一首诗歌的发表，而是其作者艾青时隔二十一年后第一次在报刊上正式发表新创作的诗歌，从中释放的信息表明受难多年的作家们重新回归正常的社会生活，可以嘹亮地唱出一曲"归来的歌"

---

① 《红旗》刊出后，贵州青年诗人哑默（伍立宪）致信艾青："……我们找你找了20年，我们等你等了20年。现在，你又出来了，艾青！'艾青'，对于我们不再是一个人，一个名字，而是一种象征，一束绿色的火焰！——它燃起过一个已经逝去了的春天，此刻，它又预示着一个必将到来的春天。"后来，艾青在人民文学出版社1979年出版的《艾青诗选》自序中，特别摘录了"我们找你找了20年，我们等你等了20年"的话。

了[①]。"歌声"中混杂着伤痕、忧患、欣喜、期待、骄傲、补偿等"归来"情绪和"自传"色彩，成为复出诗人们的诗情核心。新时期初期的中国诗坛除了复出（或"归来"）诗人外，青年诗人群体也在诗歌复兴潮流中发挥着重要的作用。当时的青年诗人主要指二十岁左右到近四十岁的年龄段的作者，他们有的已在20世纪70年代初期或更早时候发表过作品，有的在新时期初期才开始创作，如雷抒雁、杨牧、芒克、北岛、舒婷、江河、杨炼、顾城等人。[②] 在社会现实的急剧变化和社会思潮的巨大冲击下，他们重新思考与现实的关系，有意在诗中以"一代人"（顾城《一代人》、舒婷《一代人的呼声》）的方式来表达一种青年的整体性想象，以此真实地记录和表现时代的情绪。无形中，这就赋予青年诗人的诗作表现出"申诉"和"道德审判"的思想品格，在主题上也具有两个不同的向度，即对社会问题的干预和对现代化进程的呼应。

1978年9月下旬的一天傍晚，在北京的北岛和芒克来到黄锐家吃过晚饭，三人围坐在院落大杨树下的小桌旁，喝了点白酒，聊起时局的变化，显得格外兴奋。北岛提议办个文学刊

[①]1980年，四川人民出版社出版了艾青复出后的第一部诗集《归来的歌》。

[②]1979年第10期的《安徽文学》以"青年"作为专辑的名目，集中发表了三十名作者的诗歌作品。1980年第4期的《诗刊》以《新人新作小辑》栏目，刊发了十五名青年诗人的创作。在该栏目的推介语中，时任主编严辰概括了他们作为"整体"的创作特点，在他看来，"今天诗坛成长起来的新秀……他们摒弃空洞、虚假的调头，厌恶因袭、陈腐的渣滓，探索着新的题材、新的表现方法、新的风格，给诗坛带来了一股清新的气息。"随后，《诗刊》又专门组织青年作者改稿会，将舒婷、江河、顾城、梁小斌、张学梦、杨牧、叶延滨、高伐林、徐敬亚、王小妮、陈所巨、才树莲、梅绍静等十七名青年诗人邀集一起，并在第10期专门推出"青春诗会"的特辑，集中发表了他们的改稿会作品。这些诗歌专辑、小辑，表现了新时期初期各种艺术倾向的青年诗人被当作整体来对待的情形。

物，芒克和黄锐齐声响应。于是他们迅速组建起七人编辑部，芒克提议刊名为"今天"，便着手创刊号的编辑。创刊号的英文名为冯亦代建议的"The Moment"，强调时间的紧迫性。1978年12月20日，创刊号首次开始印刷，编辑部几人轮流倒班，一直到22日夜间才完工，初印了近千册。1978年12月23日清晨，北岛、芒克、陆焕兴三位编委和其他成员痛哭告别之后，带着"油印"的《今天》出发。这一天，《今天》在北京"出版"。芒克后来描述，他们三人骑着车，挎着包，挂着糨糊桶，心里既紧张又从容，到达地点后，芒克刷糨糊，北岛贴，陆焕兴用扫帚刷平。[①] 作为新时期最早创办、影响广泛，并成为"新诗潮"标志的民办杂志，《今天》因地处北京而天然具有地理优势，同时因"朦胧诗群"而显现出鲜明的思想艺术特色，即"以鲜明的人道主义精神审判历史，鼓吹人性解放和人的尊严，以热烈的姿态呼唤未来"，因此，"'批判'与'呼唤'的双重色调"形成了《今天》所刊发的诗作的一个共同特征。[②]《今天》是中国当代新诗史上一份短暂的刊物，共出版九期，发表了《致橡树》（舒婷）、《回答》（北岛）、《相信未来》（食指）、《天空》（芒克）、《简历》（顾城）、《祖国啊，祖国》（江河）、《乌篷船》（杨炼）等朦胧诗的代表作。1980年9月，《今天》停刊。其后虽又成立了"今天文学研究会"，但很快也停止了活动。作为当代最早出

① 《今天》第一届编委有七人：芒克、北岛、黄锐、刘禹、张鹏志、孙俊世、陆焕兴。第一期印行后，编辑部意见相左，有五人退出。芒克、北岛重新牵头成立了第二届编委会。

② 程光炜：《中国当代诗歌史》（第2版），中国人民大学出版社，2019，第243页。

现的诗歌"民刊"，《今天》的意义在于其积聚起来的作者们，被视为具有诗歌"群体"性质的聚合，因之就有了"诗群"或"诗派"的提法。

对以《今天》为代表的"新诗潮"的评价，很快成为诗界的中心问题。1980年4月，全国诗歌讨论会在南宁、桂林召开。会议的核心话题是如何评价顾城、北岛、舒婷等年轻诗人及其诗作，以谢冕、孙绍振、刘登翰等大学教师、学者为一方，丁力、宋垒、李元洛等与作家协会关系密切的批评家为另一方，诗坛出现了较大争议。随后，"三个崛起"——谢冕的《在新的崛起面前》（《光明日报》1980年5月7日）、孙绍振的《新的美学原则的崛起》（《诗刊》1981年第3期）、徐敬亚的《崛起的诗群》（《当代文艺思潮》1983年第1期）引起了文坛的广泛关注和争鸣。1984年3月5日，《人民日报》发表徐敬亚《时刻牢记社会主义的文艺方向——关于〈崛起的诗群〉的自我批评》，意味着论争的暂时中止。实际上，朦胧诗论争的开端已经有了政治与审美的纠葛，然而，这场论争毕竟处于一个思想上更为宽松和自觉的新阶段，"新诗批评不再作为诗歌政策的阐释者，而是作为有鲜明艺术个性的思想者大声疾呼人的价值和尊严，冲破极左文艺路线的各种禁区，推动以朦胧诗为主体的青年诗人的创作潮流向前发展"[①]。

综上所述，在思想解放运动的推动下，以1978年艾青复出后发表的《红旗》、同年12月《今天》的创刊，以及朦胧诗及其论争为标志，新时期初期的新诗在诗歌观念上真正开始

[①]程光炜：《中国当代诗歌史》（第2版），中国人民大学出版社，2019，第262页。

了"新时期"。新诗重新获得了交流、沟通的条件，出现了对话、融合的可能，诗人群体和诗歌流派更是成了一道人文景观。那个时代的激情、狂热、冲动，如同经历一场盛大的精神洗礼仪式。诗歌此时构成了一种集体无意识，是公共体验的精神延伸，即便不参与其中，那种氛围也或多或少地影响了一代人的精神气质与思想立场，这使得诗歌创作在外在表现上"是丰富的、张扬的，它有意在打破某种既定规则，这种解构可能是出于一种推翻、颠覆的意气用事，其探索性多集中在如何解构"，因此，这一阶段的当代诗歌更多的是"一种体验性写作，从文学本体上来说其实是缺少难度的"①。

伴随着新时期初期诗歌浪潮的跌宕起伏，我们重返新时期宁夏诗歌的"起源"现场。对宁夏当代诗歌而言，在历史的转轨时刻，不同题材、体裁和多元风格的文学兴起，描绘着不同的历史图景与人性想象，指向着新的历史道路。因此，本章尝试深入新时期文学话语秩序的内部，仔细梳理它如何进行自我想象与指认、如何应对自身的规范化和秩序化，如何应对文坛诗歌创作、流派与论争，并从这些层面来探寻其中相互冲突、磨合、转换的话语形态之间的复杂关系，努力还原新时期宁夏文学的构建与发生情况。需要强调的是，当我们对新时期宁夏诗歌的"起源"进行真正有力量的讨论时，一个基本的前提是多种异质性的文化力量的冲突博弈，只有在这种张力中，才能更为有效地识别"起源"所牵动的历史叙事的文化政治内涵。

1978年7月，在宁夏回族自治区成立二十周年之际，宁夏人

---

①刘波：《启蒙与困惑：八十年代作为一种诗歌精神》，《扬子江评论》2015年第4期。

民出版社出版了《光辉永照宁夏川》。这本诗集编选了1958—1978年宁夏本地老中青作者的作品一百八十余首，诗作以花儿等宁夏民歌为主要载体，其情感基调是颂赞，具有比较强烈的时代精神，浓郁的地方特色和民族精神[①]。在笔者看来，《光辉永照宁夏川》比较直观地呈现了宁夏诗歌创作在特定时代氛围中的原生态，若进一步探究，也许不能仅仅把它看成一个诗歌选本，还应关注到围绕选本编纂展开的话语实践，也就是其中所蕴含的"经典、榜样、标杆、旗帜和方向"的内涵，其重要意义体现于两个方面：一是总结与呈现了新中国成立后宁夏当代诗歌的总体情形。从诗人队伍来看，老中青三代，以工农兵和知青为主，比如姚以壮、翟辰恩、吴淮生、朱红兵、肖川、何克俭、雷抒雁、秦中吟、贾长厚、刘国尧、马治中、杨少青、李增林等，他们既是宁夏诗歌的拓荒者，又通过不间断的诗歌写作，成为新时期前二十年宁夏诗歌创作总体力量的代表，继而为宁夏诗歌在新时期的重新"起步"奠定了基础。就诗歌呈现的内容而言，对重要重大活动的纪念和抒怀，对伟大领袖和国家的无限热爱，对宁夏山川、黄河流域的赞美，对社会主义建设、火热斗争生活的反映等等，选材广泛，精神状态昂扬乐观，具有强烈、鲜明的时代精神。另一个方面是在地方民歌、信天游的基础上描摹宁夏乡土风情，散发出花儿芬芳的气息。诗集中收录了宁夏民歌新作十四首，以及通俗的民歌体的颂赞诗十二首。这些新传唱的民歌大多采用民间口语，彰显出浓郁的民间特色。譬如诗集的代表诗作《光辉永照宁夏川》（宁

---

① 《光辉永照宁夏川》编者的话，宁夏人民出版社1978年版。

夏民歌，1964年10月创作），分为四个小节共二十四行，旋律悠扬，语言流畅，物象丰富。首先，每一小节最后一个字都押韵，"下、夏、瘩、呀、夸"，"丹、山、盘、川、换"，"兰、原、团、弯、赞"，"山、天、甜、川"，朗诵起来朗朗上口。其次，全篇语言清新通俗，结构"齐头齐尾"，"花里开花数牡丹/宁夏有个六盘山/长征时毛主席过六盘/光辉照遍宁夏川"，"毛主席指出了金光路/光辉永照宁夏川"。从这些诗句中，我们能明显感受到轻快明媚的韵律，民众颂扬社会主义新气象和革命领袖，情感质朴而热烈。再次，政治情感与风土人情、民俗物产紧密相连，充沛而优美。"沙枣子开花香天下/塞上江南好宁夏"，"四九年解放天地换/劳动人民从此坐江山"[1]，这些仿劳动号子的抒情诗句，闪现着社会主义发展的新景象。而黄河、贺兰山、六盘山、马莲花、二毛皮等"意象"并非生硬的罗列，似乎是从民众心窝里漫出，从火热的生产、生活场景中走来，带着山野泥土的芳香，体现了这一时期宁夏当代诗歌中浓厚的民间色彩和时代情感。

1980年第1期的《宁夏文艺》在内容编排和栏目设置上显然是经过精心筹划的。在目录页中，排在首位的是《小说》栏目，其中第一篇作品为张贤亮的短篇小说《在这样的春天里》，而期刊正文的头题则是本刊评论员的重磅文章《文艺的春天必将到来》。笔者还注意到，同期《蓓蕾》栏目又专门推出一位新人的新诗《春天来了》。仅从细心设计的形式看，就会发现与季节春天有关的修辞甚为醒目，一种新时期的新生感

---

[1]诗句皆出自《光辉永照宁夏川》，宁夏人民出版社，1978，第14-15页。

扑面而来。新时期，"文艺的春天"的修辞相当普遍，这不仅是由于"春天"总是意味着新生和开端，更寓意文艺事业与新时期的文艺氛围、时代感知和整体性历史进程密切相关。正如《科学的春天》（郭沫若1978年在全国科学大会闭幕式上的书面讲话）、《迎接社会主义文艺的春天》（巴金在1978年中国文联全委会扩大会议上的发言）、"三只报春的燕子"（1977年、1978年的三篇作品：白桦的《曙光》、刘心武的《班主任》、徐迟的《哥德巴赫猜想》）、《报春花》（1979年轰动一时的话剧）和《春之声》（1980年王蒙的获奖小说）等代表性作品都在构建和再生产这种指涉关系。这种指涉本身是被政治赋予的，因而也是一种稳固的修辞，其自身当然具有不言而喻的明确性。这种修辞策略是如此成功，以至张贤亮在1979年发表的小说《霜重色愈浓》中情不自禁地写道："自一九七六年十月以后，他总是把《天鹅》和'新时期'三个字连在一起，而且越到后来这种联想就越强烈。他觉得，'新时期'这三个字就像美丽悠扬的《天鹅》一样，使他感到春天来临的气息，感到到处弥漫着一种欣欣向荣的希望，感到在人民中间普遍地产生了和平与友爱的气氛。"[1] 可以说，这是改革及其所开启的"新时期"的修辞策略。"通过这一策略的反复操演，'新时期'获得了'春天'般美好的具象性与情感性，使人潜移默化地接纳'新时期'这一概念所内含的预设：'新时期'是与严冬般的'文革'对立的，是思想解放的和面向'四个现代化'的。"[2] 在这以"春

---

① 张贤亮：《霜重色愈浓》，《宁夏文艺》1979年第3期。
② 石岸书：《"季节的修辞"与"黄金时代"——在文学基层想象1980年代》，《探索与争鸣》2024年第6期。

天"为核心意象的"季节的修辞"中，我们分析新时期初期的一首诗作《致诗人》。这首诗发表于1980年第1期的《宁夏文艺》，获评第一届全国少数民族文学创作奖[①]优秀"短诗"（1981年）。其中的"诗眼"为：

当你凝视母亲的创痛时也不必哀伤，

从苦难中站立起来的巨人会格外坚强；

历史的脚印已经刻在九亿人民心上，

寒尽霜穷春伊始，有道是多难兴邦。

诗歌的作者为诗人高深，曾任《朔方》主编（1984—1988年），宁夏作家协会副主席（1984—1992年）。该诗具有鲜明的时代风貌，叙事与抒情相结合，我们明显可以体会到诗人对宁夏文艺春天到来的热情回应，它对创伤记忆的书写呼唤着新时期的历史主体，其意义生产与新时期的意识形态运作存在着彼此感应的关系。不过，诗歌是一种塑造形象的艺术，艺术以形象感人，只有典型形象才能深入人心。作为一首新时期初

[①]全国少数民族文学创作骏马奖是由中国作家协会、国家民族事务委员会主办的国家级奖项。作为少数民族文学奖最高级别的国家奖，宁夏文学不仅积极参与，而且每届都有获奖，从无缺席。获奖作品囊括诗歌、小说、散文、评论等多个门类，尤以小说和诗歌方面的成就最为突出，这也与新时期宁夏文学发展的整体情况相吻合。据统计，从1981年第一届到2024年第十三届，宁夏已有二十二位作家二十四次获得该奖，其中小说获奖十二人次，诗歌获奖六人次，散文获奖两人次，评论获奖两人次。诗人高深（第一届、第二届）、小说家石舒清（第五届、第八届）都曾两次获奖；从1981年第一届到1999年第六届，获奖类型主要是诗歌；1999—2016年，小说多获得青睐，如石舒清的《伏天》、马金莲的《长河》等；在2020年第十二届的评奖中，诗人马占祥凭借诗集《西北辞》获得诗歌奖；2024年第十三届的评奖中，青年作家马骏的《青白石阶》和作家阿舍的《阿娜河畔》分别获得散文奖和长篇小说奖。

期优秀的获奖之作，它与同期的"伤痕文学"一样，在诗中塑造了两个"经典"形象——经历伤痛与苦难的母亲（祖国）和坚韧刚强的巨人（中国）。这两个形象都在提示着一道潜在的精神创伤，隐约标识着无法消除的历史瘢痕，体现了与正在进行的社会历史发生互动，代表着文学介入历史实践的强度与深度。然而，新时期初期文学最鲜明的特征是"向后看"，即作家、诗人们应从历史的灾难中崛起和重新发现自我，投身历史巨变，在美好生活和伟大的社会实践中，发现和创造新意象新形象。因此，作为"致"诗人的意义核心，诗中"历史的脚印、人民的心声、寒去春来、多难兴邦"等特定词（短）语，构成了一种"感召"，也就是说，诗歌的要义并不仅仅是"致"（献给），而是一种精神和行动的"召唤"，要对价值秩序重建起到重要的促动作用。如此看来，与其说以这首诗为代表的作品是以"新时期"命名的中国新现代性的历史诉求，毋宁说它参与构建了新时期宁夏文学发生的历史想象机制。基于这种分析思路，我们再来讨论1980年第1期《宁夏文艺》的头题文章《文艺的春天必将到来》。

对宁夏文学而言，刚刚过去的1979年意义重大。这一年3月初，宁夏文学艺术界联合会（宁夏文联）"第一届第三次全委扩大会议"召开，会议宣布"宁夏回族自治区文学艺术界联合会正式恢复工作"，并确定了"当前摆在我们文艺工作者面前一个最重要的任务"，就是"满腔热情地为四个现代化谱写颂歌，唱出时代的最强音"。① 在这样明朗、期待和热烈的

---

①闻廉：《解放思想、加强团结，为实现四个现代化做出新贡献——记我区文学艺术界联合会第一届第三次全委扩大会议》，《宁夏文艺》1979年第3期。

氛围中，新时期的宁夏文学充满了希望。因而，《文艺的春天必将到来》在一开篇，评论员就深情地赞美春天："春来了！这是崭新的春天，八十年代第一个春天！""春天"喻指一个全新的时代。而"新时代需要新文艺"，新文艺又需要"新的题材、新的主题、新的人物、新的语言、新的形式、新的风格"，这"六新"实际成为新时期宁夏文学发生及发展的基本指向。如同该文所说，春天是美好的季节，"充满着阳光、生命、战斗、创造和欢乐的幸福"。[①] 新时期宁夏文学迎来了新起点，宁夏当代诗歌也踏上了新的征程，呈现出新气象。我们看到，宁夏本地的诗人们坚守现实主义的创作精神和艺术品格，或站在西北黄土地上反思历史、放歌时代春潮，或从往昔苦难的岁月当中撷取温暖人心的细节，于追忆中深切体会土地和人民的宽广胸怀。

第三节 "朦胧诗潮"的回应
与"新边塞诗"的兴起

　　1979年3月14日，诗人公刘创作完成了一篇关于青年诗人顾城的文章《新的课题——从顾城同志的几首诗谈起》（《星星》1979年复刊号），这篇文章被看作朦胧诗论争的开端。此后，逐渐扩大、加深甚至产生重大分歧的"古怪诗""朦胧诗""新诗潮"等论争构成了新的时代课题或精神词源。1979年9月9日，《今天》编辑部在紫竹院公园召集了一个作者、编辑、读者的漫

---

①本刊评论员：《文艺的春天必将到来》，《宁夏文艺》1980年第1期。

谈会，一批具有探索特征且有一定影响力的青年诗人参会，如北岛、芒克、江河、史康成、黄锐、徐晓、鄂复明、刘念春、黑大春、赵振先、刘建平、甘铁生、周郿英、王捷、万之等，他们已然在读者中产生了不小的影响甚至冲击波。大半年后，全国当代诗歌讨论会于1980年4月7日在广西南宁召开，史称"南宁诗会"。会议主题是评价北岛、顾城、舒婷等青年的诗歌，以及中国新诗现状和发展道路的问题。谢冕、孙绍振、洪子诚、刘登翰等朦胧诗支持派（当时被反对方指认为是"古怪诗"理论家）与传统派展开了激烈争论，论争随后扩散并辐射到全国。南宁诗会一个月之后，"三个崛起"的开篇之作——《在新的崛起面前》首发于1980年5月7日的《光明日报》。谢冕在文中对不拘一格、大胆借用西方现代派诗歌的表现形式，越来越多地"背离"诗歌传统的新诗人予以支持。他"以'历史见证人'的姿态，以理想的五四开放的文学精神作为标尺"，对"阻碍"诗歌新潮流发展的现象提出了尖锐批评。①

朦胧诗论争最初是在看懂和看不懂的层面上展开的，朦胧与晦涩是论争的一个焦点。进入1980年后，越来越多的刊物和报纸都参与到朦胧诗的争论中来。从当年下半年开始，关于诗歌的"朦胧""不懂""晦涩""古怪""传统"以及"朦胧诗""崛起"等成了热烈讨论的关键词。1980年8月号的《诗刊》刊发了在当时引发巨大争议和连锁反应的《令人气闷的"朦胧"》。随后，1980年9月20—27日，《诗刊》召开了全国诗歌理论座谈会，史称"定福庄会议"。在这次"热烈而冷

---

① 洪子诚：《〈朦胧诗新编〉序》，见洪子诚、程光炜：《朦胧诗新编》，长江文艺出版社，2004。

静的交锋"中，北京和外地的诗歌理论工作者以及《文艺报》《星星》《海韵》《诗探索》的代表共二十人参会。会前，诗评家吴思敬已在《北京日报》上发表《要允许"不好懂"的诗存在》，为青年诗人的创作呼唤生存的权利；会议中，吴思敬与谢冕、孙绍振一起站在少数支持朦胧诗的一方，为当时饱受争议的朦胧诗发声。

从南宁诗会到定福庄会议，从"三个崛起"到《令人气闷的"朦胧"》。在朦胧诗潮论争的同时，我们也注意到，关于新时期诗歌发展的两个重要问题也"浮出历史地表"：一是诗歌理论和评论工作的重要性。二是长期以来诗歌批评和研究队伍薄弱，并且诗歌批评的专业刊物也十分缺乏。于是，在这些纷繁复杂、交织缠绕的诗学争论所形成的诗歌生态和文化场域下，《诗探索》于1980年7月召开筹备会并成立编委会，12月宣布创刊。作为第一份以诗歌理论与批评为办刊方向的全国性刊物，它被视作"南宁诗会的副产品和'可持续发展'的学术平台"[1]，而且不容忽略的是，《在新的崛起面前》在《光明日报》首发后，又刊发在《诗探索》的创刊号上，而其作者谢冕正是该刊主编。谢冕强调《诗探索》之所以急匆匆地要赶在20世纪80年代的第一年问世，"是要为那个梦想和激情的年代作证，为中国文学艺术的拨乱反正作证，为中国新诗的再生和崛起作证。《诗探索》和'朦胧诗'理所当然地成为中国新的文艺复兴时代的报春燕"[2]。

---

①杨匡汉：《〈诗探索〉草创期的流光疏影》，《诗探索》2011年第2辑理论卷。
②谢冕：《为梦想和激情的时代作证——纪念〈诗探索〉创刊30周年》，《诗探索》2011年第2辑理论卷。

创办伊始，《诗探索》就对重要的诗学问题和诗歌现象予以格外关注，它与朦胧诗的话语谱系及诗歌史叙事共生且互动。在此过程中，《诗探索》陆续推出关于朦胧诗争鸣的文章，从而维护了诗歌实践以及诗歌批评作为一种"问题"和"探索"的有效方式。当然，我们深知，那一时期围绕着朦胧诗的论争并未取得广泛或深度的共识，而是"在不断深化、扩散又不断予以校正的'话语场'中加深了诗歌的现代性、现代主义的讨论和探索诗的写作实践"[①]。在经历了四五年的论争之后，朦胧诗不但没有销声匿迹，反而迅速成为诗坛主流，受到评论界和大众读者的高度评价，各种版本的朦胧诗选在图书市场上销售量猛增。[②] 当然，随着"崛起派"在诗坛和文学史上的"胜利"，朦胧诗以及相应的现代派、现代主义诗学的晦涩就获得了毋庸置疑的合法性，章明及其《令人气闷的"朦胧"》成为诗歌史的"笑料"，而由晦涩所应该引申出的更尖锐的冲突被搁置或含混地回避了。

新时期诗歌肇始于对现实政治与生活发声的需要；从采用的形式上说，是对现代汉诗的语言材料和组织方式重新进行探讨和实验。在此意义上，朦胧诗潮的思想内核是人道主义和个性主义，朦胧诗诗人们从人道主义和个性主义的价值角度，对苦难历史进行反思和批判，充分肯定个人价值和个人意义，表

---

①霍俊明：《〈诗探索〉与"朦胧诗"》，《中国当代文学研究》2021年第2期。
②由阎月君等人编选、谢冕作序的《朦胧诗选》（春风文艺出版社，1985）获1985年全国优秀畅销书奖。据统计，该书首印五千五百册，1986年10月印数为十三万五千五百册，1991年6月第八次印刷时累计达到二十六万四千五百册。参见万水、包妍《朦胧诗"起点论"考察兼谈其经典化问题》，《当代作家评论》2018年第1期。

现出鲜明的自我意识，"它所表达的对人性的呼唤、对人的尊严的悲歌，以及反抗迷信、专制、暴力和愚昧的理性精神，使之成为当代启蒙主义文学（文化）思潮的重要源头与组成部分"①。在审美艺术上，不少现代诗歌技巧，如曲折、隐晦、象征、通感、隐喻、变形、视角变换、意识流手法等，它们的广泛运用是造成朦胧诗之"朦胧"的最重要原因。当我们重返新时期初期的"朦胧诗潮"，既会看到它的发生边界、谱系、"前史"构造（包括"地下诗歌"、白洋淀诗群等）、诗人定位都与社会、政治、哲学等各种思潮交织在一起，同时也感知到，中国当代诗歌理论与批评正是在不断的论争、纠正、反拨和创造中向前发展的，而诗学和社会学的博弈从来都没有停止过。

在朦胧诗潮风起云涌之时，宁夏文艺界的反应仍显迟滞，直到1980年初才缓慢做出反应。1980年第1期的《宁夏文艺》、1980年第8期和1981年第5期的《朔方》总共刊发了诗人顾城的十二首小诗。② 在刊发作品外，宁夏文艺界并未对当时蹿红的诗人或影响甚广的诗歌进行专门推介，在包容接纳之余颇有几分保守观望的意味。1983年左右，宁夏的评论家最初只是遗憾于朦胧诗的"艺术的彩翼，往往飞得太高太远，使我们

---

①张清华：《"朦胧诗"·"新诗潮"》，《南方文坛》1999年第3期。
②1980年第1期《宁夏文艺》刊登了顾城的《露珠集》，包括《落叶》《忧天》《窒息的鱼》；1980年第8期《朔方》刊登了顾城的《诗五首》，包括《塔和晨》《天》《一月四日记》《大雁》《新的家》；1981年第5期《朔方》刊登了顾城的《你和我（四首）》，包括《等》《老树》《夜归》《避免》。这十二首诗歌中，《忧天》《等》《老树》《避免》创作于1979—1980年，属于朦胧诗；其余八首是顾城1968—1972年间的作品，类别属于早期的童话诗。

过于艰难地在生活的大地上寻找它的投影"，并把"缺乏内在的情理逻辑"的朦胧诗看作"歪七扭八的踢踏舞"。① 随着对朦胧诗潮的批判日益激烈，一度先锋的宁夏诗坛"把新诗的欧化风格看成是民族化的对立面，认为时髦的朦胧诗是新诗写作中潜在的欧化因素在新气候条件下的恶性发作，并借助诗歌评论的力量，引导诗人拒绝朦胧诗的影响"②。这种引导性的评价也鲜明地体现在对不同诗人诗歌创作的褒贬当中。譬如，宁夏贺兰山下毛纺厂的一名修补工刘秀凡，工作之余写作了不少关于工作及工友的诗歌，诗句简单朴实、主题明确，诗评者将其诗歌与朦胧诗比照后大加赞扬，指出其"写诗的时间不长，却不被风靡一时的'崛起论'所迷惑，决然在'心中秘密'以外的平凡劳动中开挖诗泉……她的创作路子端，步子正，起点也不低"③。赵福辰是新时期宁夏崛起的新一代诗歌作者，宁夏著名诗评家高嵩在评论他的诗作《少女》时指出，其作品"很受所谓'朦胧诗'的影响"，但他的诗"探索"并不像其他一些朦胧诗，"用歪七扭八的踢踏舞，把内在的情理逻辑踹得像碎片似的"，借该诗，高嵩提醒诗人们要"把艺术与生活之间的曲折层次减少一些……使自己的艺术语言，露出多数人的感受力容易接近并且喜欢接近的亲切笑脸"④。此后很长一

---

① 高嵩：《宁夏新诗点评（一）——在"塞上诗会"上的发言》，《朔方》1983年第2期。
② 沈秀英：《论朦胧诗在西部汉语诗坛的接受与影响》，《当代作家评论》2021年第3期。
③ 常播：《她的溪流开始歌唱了——刘秀凡组诗读后》，《朔方》1984年第3期。
④ 高嵩：《宁夏新诗点评（一）——在"塞上诗会"上的发言》，《朔方》1983年第2期。

段时期内，面对中国诗坛诸多花样不断翻新的诗歌创作，抑或诸多诗歌"争鸣"中持续、极端、叛逆的挑战，宁夏文艺界基本持"边缘"态度，有时甚至采取坚决批判的态度。

实际上，面对新时期初期的朦胧诗潮，宁夏诗歌界的回应主要集中于两个层面：一是"懂"与"不懂"。这方面的纠结长期占据诗歌论争的主导地位。二是对支持朦胧诗的"崛起论"的批评。1989年，新时期宁夏著名诗人贾长厚在对"宁夏新诗十年"的漫议中指出，虽然"宁夏是发表和扶持朦胧诗较早的地区之一"，但是"宁夏没出现专写朦胧诗的诗人，也没出现较有影响的朦胧诗，但学写的人并不少"。在他看来，新时期宁夏诗歌发展的十年间，"'不懂'在缩减，非诗倾向在削弱"，宁夏的诗人们"也在认同中进行调整"。① 由此可见，朦胧诗潮产生的不适感，以及面对朦胧诗提出难题时的无措，使得以"懂"与"不懂"来评判朦胧诗成为简单易行的做法。甚至到了20世纪90年代，宁夏作家协会召开宁夏诗歌讨论会，原本是想探讨诗歌技巧问题，不想"只有一天的会，更多的时间却纠缠在'读懂'与'读不懂'这一早有定论的老问题上"，"90年代中期也开过类似的讨论会，会上仍然纠缠着'懂'与'不懂'的老话题"②。一直到20世纪90年代末，宁夏的不少作家"还在纠缠能否读懂朦胧诗的问题"③。

总体来看，朦胧诗的"异质性"，以及在社会生活、诗歌

①贾长厚：《急待超越和释放——宁夏新诗十年漫议》，见王枝忠、吴淮生《宁夏文学十年》，宁夏人民出版社，1989，第59-60页。
②白军胜：《宁夏青年诗坛的窘境》，《朔方》1998年第7期。
③《交流与促动——〈朔方〉"七十年代出生作家座谈会"纪要》，《朔方》1999年第7期。

写作上对"个体"精神价值的强调，促使宁夏的诗歌写作思考新的生长可能，寻求深层突围，向地域的空间转移。由此我们看到一种不同于政治抒情诗，也有别于朦胧诗的"新"的诗潮出现在宁夏诗坛，它强调对地域风情的关注，具有雄健、粗犷、豪放、苍茫、大气的美学特征。诗人们既不满足于诗坛的反思之风，也不沉迷在象征朦胧之中，而是从现实主义和西部风物出发，书写和反映新时期西部地区的社会主义建设，并逐渐形成了风格迥异的诗歌群落，为诗坛注入了一股遒劲的写实之风。[1]这个明显具有地域性特征的诗歌流派先是以新疆的杨牧、周涛和章德益为代表，充满雄健悲壮之风的诗歌在西北大地初露锋芒，后来身处青海的昌耀，以其独特而又深沉的诗歌风格引起全国诗坛的关注，之后来自甘肃的诗人林染、李老乡、何来、李云鹏等诗人也相继加入这个队伍。这类诗歌因地域、选材、主题和艺术风格的相近，而被评论界称为"新边塞诗"。后来，西部各省区的诗人大都倾向于采用"西部诗歌"这一名称。[2]

1981年开年之际，《上海文学》准备推出新专栏《百家诗

---

[1] 丁帆：《中国西部新文学史》，人民文学出版社，2018，第159页。

[2] 新时期初期，"新边塞诗派"的代表诗人周涛曾提及："当时我的诗写到那个水平本来准备征服一下中国诗坛的，没有想到得另谋出路，也可以说在朦胧诗的压迫下寻找新的出路。没你选择的，一个是坚持这一套，一个是投降朦胧诗，搞一个二鬼子，但那个路我是不走的，我们的文化条件不具备写那种诗的要求。"参见周涛口述、朱又可整理：《一个人和新疆：周涛口述史自传》，花城出版社，2013，第130页。周涛在这本书中，坦承已有的写作资源和写作技巧已经不能应对这一切。从其话语中似乎也感知到，朦胧诗确实造成了"影响的焦虑"，从另一个层面而言，在"新边塞诗"生发的过程中，"朦胧诗潮"总是如影随形，透过这种相互影响的关系，可以窥见新时期初期部分地方刊物的处境与遭际，并借此映射出时代的面影。

会》，在专栏"启事"的预热中，编辑部激情放言："我们处在一个变革的时代。诗也面临一个亟需积极探索、努力创新的发展时期。诗歌创作的新繁荣，将是诗歌题材的新的开拓，各种流派的新的崛起。"① 从其宣言中我们看到，该专栏设置的目的在于要为各种不同类型的诗歌开辟一个园地，而从其后来所刊发的作品中，我们看到这一专栏独具匠心的地方主要在于"呈现"，即刊物并不对作品进行专门评价，仅仅是刊发出不同类型的诗歌，并配有该诗作者的创作心得。也正是这一专栏为"新边塞诗"的创作与评论提供了契机。1981年第3期和第8期的《百家诗会》专栏，先后刊登了新疆青年诗人章德益的组诗《天山的千泉万瀑》，杨牧的《我骄傲，我有辽远的地平线》以及周涛的《从沙漠里拾起的传说》（两首）。三个月后，1981年11月26日的《文学报》就迅速刊发了评论家周政保的诗评。对于这三位新疆诗人及其诗作，他认为："读他们在《百家诗会》上的诗，使我们想到他们近年来所发表的一系列作品，是不是可以这样说，一个在诗的见解上，在诗的风度与气魄上比较共同的'新边塞诗派'正在形成。"② 这篇文章提出的"新边塞诗派"被评论界视为全新的诗学概念，而且是首次命名。实际上，1980年第8期的《新疆文学》就已经设置了《边塞新诗》的栏目，而且这一年已经刊发了这三位诗人的多首诗歌，1980年第1期和第2期的《新疆文学》还分别附有章德益和周涛的"青年诗人简介"。自"新边塞诗派"在1981年正

① 《关于举办〈百家诗会〉的启事》，《上海文学》1981年第1期。
② 周政保：《大漠风度、天山气派——读〈百家诗会〉中三位新疆诗人的诗》，《文学报》1981年11月26日。

式亮相以后，谢冕、余开伟、高戈等评论家纷纷就"新边塞诗派"撰写理论文章，而章德益、周涛、杨牧等诗人也开始发文阐述创作理念，对"新边塞诗派"进行理论构建。1982年初，在周政保提出的"新边塞诗派"这一新的诗学概念的基础上，青年诗人周涛在题为《对形成"新边塞诗"的设想》的文章中，对于这个新的诗坛现象进行了更为丰富的阐释和精彩的补充。在他看来，"边塞诗人不是生活画面的摄影师"，而"更注重生活对一个人的气质精神、审美观念的培养"；"对世界、对人生、对各种事物的抒发，往往自然地带着生活基地留给他的与别人迥然不同的风采。"相比诗人的角色和作用，他更侧重于"写什么"。于是我们看到，周涛在该文中旗帜鲜明地提出"新边塞诗"的创作主张和构想：

> 既然是一支队伍，那就应该有自己的旗帜。没有旗帜的队伍，不可能组织得更持久，也不可能召唤更多的新鲜血液，更不能有明确的方向和留下重要的影响。对这支队伍，它的旗帜应该是：新边塞诗。
>
> ⋯⋯⋯⋯
>
> 新边塞诗的"新"，不仅仅在于与"边塞诗"相比它是用白话写成，它还应该有一切前人所不同的新的时代气息，新的社会节奏，新的思想意象，新的艺术手法。唯其如此，才可能对边塞诗有所创新和发展。①

从周涛的宣言中，我们明显感受到，"新边塞诗"的创作

---

①周涛：《对形成"新边塞诗"的设想》，《新疆日报》1982年2月8日。

者们大都主动将自身的本地经验与破旧迎新的时代氛围相调和，对边地景观和民俗风情的状写也多落脚于现代化的民族国家想象，深厚的本地体验与迫切的现代诉求的融通，并逐渐扩展至全国。因而，文中提及的新的时代气息、新的社会节奏、新的思想意象和艺术手法，其核心就是"在地性"，即托举地域因素，纵深文化地理意识，强化空间特征。首先，"新边塞诗"笔下的自然景象、生活风俗、西北风情等，不仅继承了古代边塞文学的优良传统，如驰骋疆场、慷慨捐躯的英雄气概以及悲凉、雄奇的美学意蕴，也延续并发展了20世纪五六十年代曾涉足于西部边地的先辈诗人们的诗歌特色，如复杂的人生经历、独特的命运感受、神奇的大漠戈壁景色等。其次，具有丰盈的地方色彩。"新边塞诗"的产生与崛起离不开苍茫、辽阔、严酷、艰难而又古老神奇的西部大地。当然诗歌中也并不仅仅是客观真实地描绘了边疆艰苦的现实、恶劣的环境、贫瘠的荒原，同时也真实地反映了西部人民在建设西部的艰难困苦中表现出来的豪壮英勇的精神。诗中充分表达了对开拓者的勉励，也表现了进取不息的精神。诗人们通过对自然景观和民众顽强奋进精神的发掘，发现了生活在这片辽阔大地上坚韧而又顽强的生命力量。最后，西部是一个多民族聚居区，这里不仅有悠久的历史文化，还有丰富多彩的民族、民俗文化，很多"新边塞诗"从民间深挖资源，吸收民歌、谚语等，作品接地气，中华民族共同体意识突出。

诗歌的"在地"书写就此几乎成为整个西部的选择。由于相似的边塞属性、地域环境和人文历史，宁夏诗人以极大的热情参与其中。《宁夏日报》《朔方》《夏风》《六盘山》等报刊发表了大量新边塞诗，引起热议。1982年第5期的《朔方》在《诗歌》栏目的头题位置发表了周涛、杨牧、章德益的诗歌，并将这组诗歌划归《我是天山、草原和沙漠的子孙》的子栏目中。在该期的"卷前丝语"中，编辑部大力推介这三位诗人及其诗作，解释了为何要将这组诗放置于首位。笔者以为，编辑部推荐语的主要意图并不是介绍诗人诗作，而是要表明宁夏文艺界对这一时期兴起的"新边塞诗"的态度，以及对其特征内涵的概括。首先，在《朔方》看来，这组诗好的原因在于"激越高亢、格调豪放"与"构思新巧、想象奇特"，这主要是强调艺术风格的"新、奇、特"。如"但激情是勒不住的，/也不该被勒住/热血之流呵，/只有死亡才能使之结冰！/我生于世，激情何其珍贵"（周涛《纵马》），"许是一次地裂，/地底腾起一柱熔岩，/冷却了，/但却不肯背叛初衷，/仍旧举着凝固的火焰。"（杨牧《天山，一个山的形象》）"我痴想，我会化成一条笑纹，/在地球的脸颊上凝固，/让后人，永记着这地球曾有过的幸福——/多少先驱者，以脚步之吻亲遍辽远的荒土。"（章德益《中国，我愿是您荒野中的一条小路》）另外，组诗好的原因还在于诗人生活的地域——大漠、天山、绿洲、草原，它们赋予了诗人"大漠风度"和"天山气魄"，从而使得诗歌具有较浓的地方特色（《朔方》1982年第5期"卷前丝语"）。总体来看，对宁夏诗坛而言，"新边塞诗"的"新"风，恰好与宁夏联通古今的大漠朔风、长城萧关等奇特瑰丽的塞上景观相契合，与"塞上江南"的自然、人文、地理、文化、民族交融等景观彼此映射，因而得到接纳和提倡。

除了刊发和推介代表性诗人的诗歌作品，宁夏也积极鼓励本地诗人进行"新边塞诗"的创作。据统计，"《宁夏文艺》1960年第7期—1982年第7期的100期杂志，其中新边塞诗达480首，创作者有220多位，涉及工农兵学商等不同行业"①。此外，宁夏唯一的省级文学期刊《朔方》还新设《塞上新诗》栏目，用于刊发新边塞诗。这一栏目从1983年5月开始不定期推出，是《朔方》在20世纪80年代持续时间最长、刊发诗作最多的诗歌栏目。另外，这一栏目培育了不少写作者，其中秦克温与肖川最为活跃且最具代表性，他们扎根塞上，倡导和积极实践西部诗歌。秦克温（笔名为秦中吟）主要从事新、旧体诗歌创作和理论研究工作，曾任宁夏诗词学会会长、《夏风》诗刊主编②、《宁夏日报》主任编辑等。其现代诗作多吸收生活化的口语，语言质朴真实，多方面表现塞上山川文物、田园风光及风土人情，比如，"每当听到南飞大雁的啼叫，/就觉那是她在把我深情呼唤。……/这绝非幻觉，也非敏感，/解放了的六盘确在把我召唤，/南返大雁掀来春天的喜讯，/也掀来乡亲炭火般热切心愿"③。这类诗歌既有对红色六盘山和革命文化的崇敬之意，又常常抒发对新生活的向往之情。在旧体诗词创作方面，秦克温擅用意象、象征、通感、时空交错等表现手法，

---

①党利奎、刘仁丽：《从新时期到新时代：宁夏新边塞诗的发生和开拓》，《新疆艺术》2024年第2期。

②秦中吟在《宁夏日报》担任编辑、主任编辑、高级编辑时，编辑了大量文艺作品。他在1988年中秋节牵头成立了宁夏诗词学会，担任副会长兼秘书长；又于1992年5月在《宁夏日报》开辟了两月一期的《夏风》诗词专版，后改为十六开本的《夏风》诗刊，为促进宁夏旧体诗词的发展不遗余力，做出了杰出的贡献。

③秦克温：《六盘山的召唤》，《朔方》1983年第5期。

将阔达情怀和浓郁情感化为旧体诗词的内蕴，使之空灵有致、意趣盎然。1990年，秦克温主编出版的诗词集《塞上龙吟》，热情歌颂宁夏壮丽山川及淳朴浓郁的民俗风情，填补了宁夏文坛诗词出版的空白。曾任宁夏文联副主席、宁夏作家协会副主席的肖川，既是宁夏"新边塞诗"的积极倡导者，也是西部诗歌的代表诗人。新疆的《绿风》诗刊曾在1986年专门开辟了《西部坐标系》栏目，集中刊发了肖川等十五位西部诗人的作品和评论文章，肖川也被《绿风》诗刊聘为评委。在肖川的诗作中，宁夏这块历史悠久而又贫瘠的土地，以及土地上的一草一木，都是他着重表现和赞咏的对象。例如，在诗歌《这巍巍山这沉沉瀚海这厚厚荒壤》中，他满怀激情和自豪地写道："精美的青铜造型与大西北之风采一起出土，/拭去岁月的斑锈，/无价之宝和无穷潜力/同时发出/诱人的光。/一切都不是幻想。/金川、龙羊峡、柴达木、准噶尔/连同昆仑石、天山雪/都走进蓝图，/开发，终于在西部找到重心，找到未来的希望。"① 这首诗真切地体现出雄浑、旷达、豪放、劲健的西部特质，同时传递了西部开拓进取、勇于创造的精神实质。肖川的诗歌清新明快，涉及的题材较为广泛，其歌咏宁夏风光的诗歌如《石嘴山》《古峡春雨》《沙坡头，微笑地走向世界》等，真挚而深沉地抒发对宁夏这片土地的热爱，而《春日寄语》《海河女儿》等反映工业、农业等其他战线题材的诗篇则充满了昂扬的格调，表现出年轻建设者的豪情，生发出一种豪放、壮观的崇高美。

---

① 肖川：《黑火炬》，宁夏人民出版社，1990，第2页。

综而观之，宁夏"新边塞诗"具有豪放、阳刚的主体风格，同时也散发着沙枣花和马兰花浓郁的清香[①]，反映了诗人们在新时期现代主义诗歌潮流中对地方性日益关注的艺术心态。

第四节　诗会、专栏、专号的筹办

曾任宁夏诗歌学会会长、《朔方》主编的杨梓细致地讲述过宁夏文艺界对诗歌创作的扶持和推动。他在为《肖川诗选》写的跋《醉里从为客，诗成觉有神》中说，《朔方》对于诗歌来稿会分成三组进行审校，审校的整体方针和基本方向是"约好稿、编好稿、发好稿，质量第一"。以此为基点，宁夏诗歌进行生发和延展，构建起多元的诗歌生态，呈现出了"五光十色的局面"——"现实主义和现代主义并存、传统诗和现代诗并存、西部诗和非西部诗并存……"[②] 这样一批优秀的作品"与整个西部（尤其是新疆、甘肃）粗疏、雄浑、豪迈的诗风形成合唱，构成了西部之于中国诗坛第一声嘹亮的高歌（虽然有些微弱）"[③]。

在新时期宁夏诗歌茁壮成长的过程中，宁夏各级文联、作协发挥职能优势，起到了不可替代的重要作用。策划诗歌创作、朗诵等活动，召开各级各类诗歌研讨会，在区内各级文学评奖中专设诗歌类奖项，这些举措使诗歌的传播方式更加多样

---

①杨梓：《宁夏诗歌史》，阳光出版社，2015，第87页。

②吴淮生：《宁夏近十年文学评略》，见王枝忠、吴淮生：《宁夏文学十年》，宁夏人民出版社，1989，第7页。

③倪万军：《新时期宁夏诗歌生态的形成与建构——以〈朔方〉为核心的考察》，《宁夏师范学院学报（社会科学）》2016年第1期。

化，也让更多的宁夏诗人得到支持和关注。此外，宁夏本地的文学期刊和报纸副刊为诗歌的繁荣起到了重要的推动作用。如前文所述，《朔方》在创刊、复刊、更名、改版等重要办刊实践中，《诗歌》栏目不仅持续，而且版面固定。从1981年开始，编辑部还坚持不定期以各种专辑、特辑、专栏的形式，如《原上草》《塞上诗踪》《朔方诗萃》《放歌大西北》《金色的沙枣花》《塞上新诗》《散文诗页》《黄河诗情》《六盘诗林》等栏目，发表具有浓郁的宁夏地域特色和西北风情的诗歌作品，又从地域、诗人群体等不同的角度展示宁夏诗歌创作的最新成就。在诗歌栏目的设置上，固原地区文联主办的《六盘山》始终坚持中华民族精神与地方乡土品质，在力推西海固诗人的同时，致力于扶持本地诗歌新秀。此外，银川市文联主办的文学季刊《新月》虽从创刊到停刊（1981—1987年）只发行了二十一期，但其注重民族团结和民族交融，侧重本地诗人及其作品的发表。1992年，银川市文联创办了新刊物《黄河文学》，该刊以双月刊形式出版发行，立足宁夏，集中刊发宁夏本地诗人的作品。特别需要提及的是，宁夏人民出版社于1985年创办了文学季刊《女作家》①，该刊着重把文坛新秀和前辈女作家的佳作集中起来，所刊作品既有小说、散文、诗歌，也

---

① 《女作家》的主编和副主编分别为罗飞（宁夏人民出版社编辑部主任）、刘和芳（宁夏人民出版社少儿读物编辑组组长）。编委团队由十六位国内知名作家组成：冰心、宗璞、杨沫、李子云、茹志鹃、黄宗英、陈祖芬、罗飞、刘和芳、柯岩、张抗抗、谌容、王安忆、铁凝、温小钰、戴晴。《女作家》创刊号在1985年出版时，康克清和冰心专门为刊物撰写了题词，希望"《女作家》在关怀培养青年女作家中发挥特殊作用；尤其对少数民族中的青年女作家，更要加倍爱护、关怀"。1987年，宁夏人民出版社出版了《女作家》季刊精装合订本，同年停刊。

有作家本人的创作谈、通信，以及"对有的作家和作品配发的评论文章和访问记"，每期刊发二十多位作者的作品。这样一个"发表女作家佳作的园地"一方面"可以满足不同读者的不同欣赏要求"，另一方面"可为文学史家、文学评论家们提供研究资料"（《女作家》1985年第1期"编后记"）。不到一年的时间，这本新创办的文学期刊就获得了不少来稿，特别是新秀来稿数量非常可观，这也使得不少宁夏文学新人犹如"色香宜人使大地生辉的花朵"被培育和发现（《女作家》1985年第4期"编后记"）。除了纯文学期刊外，宁夏的报纸副刊也积极参与到诗歌生态的形成与构建中。《宁夏日报》《宁夏青年报》《石嘴山矿报》《石炭井矿工报》《银川晚报》《银南报》《石嘴山报》等，经常在副刊发表宁夏诗人的诗作。特别是《宁夏日报》的副刊《六盘山》，每周刊出一期，以散文、诗歌、杂文、微型小说、文学批评等文体为主，兼及书画作品。该刊的《诗歌》栏目推出了不少诗歌佳作，也扶持了一大批宁夏诗人，如肖川、吴淮生、秦中吟、刘国尧等都从宁夏走向全国。值得一提的还有创刊于1985年1月4日的《宁夏青年报》，其中的主要专栏是《小白杨》，刊发的内容包括文艺信息、袖珍小说、诗歌、作家通信、作家创作谈、影视评介等。在对诗歌的推介上，该栏目有时会推出宁夏青年诗人的整版或半版的诗歌作品，如1985年4月26日的《爱情诗专页》，1985年8月9日的《散文诗专页》。所刊诗作不少都被安徽合肥的《诗歌报》转载，在宁夏青年诗人和读者群体中产生了一定影响。

作为宁夏唯一的省级文学期刊，《朔方》不仅是宁夏诗歌最为重要的发表园地，而且在诗人队伍的构建与壮大，中华民族共同体意识的张扬与凸显，宁夏诗歌潮流的倡导和引领，以及边地迈向全国等方面，发挥着桥梁纽带作用。因而，为进一步了解新时期宁夏诗歌的发生与构建，我们可选取《朔方》为具体案例。笔者对《朔方》1979—1989年间的诗歌发表情况进行了梳理。据统计，十一年间，《朔方》共计发表诗歌二千二百六十一首。① 其中前四年（1979—1982年），诗歌发表数量明显呈上升态势，此后几年间数量随当代文艺思潮上下波动，但都基本维持在每年二百首左右，平均每期刊发诗作十六首，推出诗人八位，1989年甚至首次一年突破三百首。这些情形清晰地表明，宁夏的诗歌生态在新时期逐步改善，"一大批出生于60年代的宁夏诗人崭露头角，与40年代、50年代出生的诗人一起开始重建宁夏的诗歌生态，并且创作出一批优秀作品，与整个西部粗疏、雄浑、豪迈的诗风形成合唱，构成了西部之于中国诗坛的第一声嘹亮的高歌。"② 诗人队伍的构建和扩充、诗歌数量的增多和质量的提升，与《朔方》对《诗歌》栏目的精心设计密切相连。其一，与习俗、节庆的"应和"。即对照重要节日、纪念日而刊发相应的诗歌。《五月的鲜花》（劳动节、青年节）、《给孩子们的礼物》（儿童节）、《问声祖国好》（国庆节）等栏目不仅"应景"，还及时关注了时代的气象、生活与故事，展示出富有诗意的内容。

---

① 具体发表数量如下：1979年九十九首，1980年一百八十首，1981年二百一十六首，1982年二百七十七首，1983年二百四十三首，1984年二百一十九首，1985年一百七十首，1986年二百首，1987年一百八十七首，1988年一百六十八首，1989年三百〇二首。

② 杨梓：《宁夏诗歌史》，阳光出版社，2015，第162页。

其二，通过栏目分类培育作者，壮大诗人队伍。例如，以《蓓蕾》《新花集》《新人诗页》等为代表的专栏侧重新人诗作的发表；而以《青年诗人作品与评介》《朔方诗萃》《春风第一枝》等栏目，不仅专门发表青年诗人的诗作，而且在诗作后还附有刊物编辑、诗评家对作品进行的细致分析与中肯评价。这些设计在鼓励和培养文学新人方面发挥了重要作用，既为青年诗人提供了稳定的发表平台，又营造了良好的诗歌创作和互学互鉴的氛围。其三，从专栏之名到诗作内容，都有意彰显地域特色和民族团结。譬如，《塞上新诗》《放歌大西北》等栏目发表的诗歌多反映西北风貌和宁夏的日常生活；而以《银北诗会》《诗会之花》为代表的栏目，及时报道了新时期宁夏文艺界举办的诗会，又集中展现了在诗会中产生影响的优秀之作，既包括宁夏本地诗人的作品，也刊发不少前来宁夏参加诗会的诗人作品，显示出宁夏诗坛与地方和全国进行"对话"的强烈意愿。其四，根据诗歌的长短、内容或体裁来设置。如《诗词掇英》专发旧体诗，《散文诗页》侧重散文诗，《原上草》《飘香的沙枣花》则偏向抒情短诗。这些栏目丰富且应时而变，还能使不同类型的诗歌创作得到立体展现。当然，历史化地研究新时期宁夏诗歌生态的形成与构建，并由此更为深入地呈现新时期宁夏文学的多元面貌，不应止步于文学刊物发表诗歌的数量及栏目设置，还需要对更多的地方文学材料，如诗会、专栏、专号/辑、诗歌评论等做进一步的梳理与阐释。

首先，新时期初期宁夏的诗歌作品、活动和事件，都会在当代宁夏诗歌史上留下重要的记录和痕迹，由此可以建立起一个立体的、全方位的文学话语和文艺观念生成的动态链条。

1981年伊始，针对宁夏诗歌发展的新情况，宁夏文艺界开始有计划、按步骤地在文学刊物上推出地域专辑、诗人群体专辑或小辑。在宁夏当代诗歌史上，第一个地方作品专辑是《朔方》在1981年第1期推出的"银北诗会"。该专辑共刊发了宁夏银北地区^① 马忠骥、闻钟、郑正、万里鹏、李彦斌、刘岳华、马东震、许传、李德明等九位诗人的十二首作品。整体来看，这一专辑的作品在内容上简单、稚嫩，如"妈妈紧搂宝宝/一口一声'娇娇'/在宝宝脸上吻个够/宝宝的圆脸变形了/宝宝'哇哇'地哭/妈妈'咯咯'地笑"（《吻》）；诗歌语言也稍显稚嫩与青涩，未做细腻的雕琢，如"清清的流水，/冲走我手上的污垢，/洗去我脸上的尘灰。/那晶莹透明的水呀，/成了一盆污浊。"（《水呀，水》）然而，其意义在于第一次以地域的形式推出诗歌小辑，集中刊发了当地作者的诗作，一方面对宁夏其他地区诗人的创作起到号召和鼓舞的作用，另一方面是宁夏文艺界坚持"力举作家，力推作品"宗旨的践行，是一如既往扶持基层作者的具体实践。

1982年8月27—31日，中国作家协会宁夏分会联合《朔方》编辑部在银川举办"塞上诗会"，这是新中国成立以来宁夏筹办的第一次大型诗会，也是新时期宁夏最早组织的新诗创

---

①宁夏是中国五个省级民族自治地方之一，下辖银川、石嘴山、吴忠、固原、中卫五个地级市，灵武、青铜峡两个县级市，永宁、贺兰、平罗、盐池、同心、西吉、隆德、泾源、彭阳、中宁、海原十一个县，兴庆、西夏、金凤、大武口、惠农、利通、红寺堡、原州、沙坡头九个市辖区。银北地区是在今宁夏回族自治区的北部，于1972年设立，行政公署驻石嘴山市大武口。原由自治区直辖的石嘴山市和平罗、陶乐、贺兰三县划归银北地区。1975年撤销该区，辖区分别划入银川市和石嘴山市。

作与研究的讨论会。诗会邀请了邵燕祥（《诗刊》副主编）、韩嗣仪（《光明日报》副刊编辑）、查干（《民族文学》编辑）、张央（四川《贡嘎山》副主编）、晓蕾（《延河》诗歌组组长）、师日新（《飞天》诗歌组组长）、赵亦吾（青海作协副主席）、昌耀（《青海湖》诗歌编辑）、邓海南（江苏诗人）、佟明光（辽宁诗人）、毛锜（陕西诗人）、李柏涛（兰州军区战斗话剧团创作员）等十二位知名诗人，另外，宁夏本地诗人、评论家、诗歌编辑和诗歌爱好者等六十多人也一同参会，如朱红兵、李震杰、肖川、罗飞、王世兴、汪宗元、何克俭、杨少青、陈葆梁、陈葆泉、高深、高奋、高琨、高嵩等。8月30日，邵燕祥做了题为《关于当前新诗创作情况和若干问题——在"塞上诗会"上的讲话》的报告，报告时长六个小时，深入分析了当时中国新诗创作的状况，内容涉及新诗领域的众多问题，提出了具体意见。[①] 在会议中，宁夏著名评论家高嵩分别做了题为《李白浪漫主义和杜甫现实主义的美学机制》和《宁夏新诗点评》的发言，不仅对宁夏新诗发展的状况进行了精彩的论述，还分析了马乐群、赵福辰、罗飞、李震杰、肖川、贾长厚、吴淮生、高深、马静、王庆、秦克温、刘国尧、丁文、屈文焜、万里鹏等宁夏主要诗人的作品。[②] 8月31日，与会者举行了热情洋溢的诗歌朗诵会，并宣告诗会闭幕。这次会议结束后，组委会专门编印了一本《诗会之花》，

---

① 邵燕祥报告的第三部分刊发于《朔方》1982年第12期，发表时题为《谈诗片段》。

② 高嵩对十五位诗人的点评，以《宁夏新诗点评——在"塞上诗会"上的发言》为题，分四次刊发于《朔方》1983年第2、3、4、5期。

收集了参加"塞上诗会"的宁夏诗人的新作，其中部分优秀作品刊发于《朔方》1982年第11期新开辟的栏目《诗会之花》。在第12期的同栏目中，又刊发了参加"塞上诗会"的外省区的十一位诗人的诗作（除李柏涛）。正如编委会在《诗会之花》的"卷前丝语"中说明的，不论是宁夏本地诗人的新作，还是已成名的外地诗人的力作，"这册小诗，汇聚着塞上的泥土、稻花之香，探索了黄河、沙漠之谜。许多诗，味在文字之外，情在生活之中……"而且，"这些诗，多是出于生活、战斗在第一线的业余作者之手，因此，通过诗行，能够感到扑面的生活气息，闻到浓郁的泥土芳香，也可以看到塞上四化建设的剪影，听到六盘儿女为振兴中华而奋勇前进的脚步声……"（《朔方》1982年第11期"卷前丝语"）作为新时期宁夏文艺界召开的一次盛会，"塞上诗会"不仅得到西部地区兄弟省市的鼎力支持，还登上了《人民日报》等主流媒体，在全国引起了较大关注。[①] 诗会的举办为宁夏诗坛带来了中国诗歌界新鲜的创作动态、诗歌理论和写作技巧，为宁夏诗人提供了交流学习的机会，增进了诗人之间的交流，开阔了视野，提高了眼界，激励了创作，更是宁夏诗坛从边地走向全国的一次积极有益的尝试。

其次，通过"银北诗会"和"塞上诗会"的成功推出，宁夏诗坛意识到诗人队伍的构建和扩大是诗歌繁荣的重点，因此挖掘并培育一批新诗人十分必要。1981年第2期的《朔方》设

---

①1982年11月28日，《人民日报》刊登了"银川举行塞上诗会"的新闻报道。另外，中国作协创办的《民族文学》、甘肃的《飞天》文学杂志等也对"塞上诗会"进行了专题报道。

置了《新人诗页》的新专栏，刊发了七位诗人的七首诗歌作品。这些"新人"虽然写作时间不长，但诗作不少。此次见刊的作品是从"他们多次来稿中选出来的"，有的描写自然风物，如《秋阳》《秋晨》《我也是一片雪花》；有的表达日常生活中的个体感悟，如《儿歌》《奔跑中的歌》；有的侧重抒怀情感，如《新生》《我干裂了的心啊！》。正如诗评家秦庚在对此期诗歌小辑的短评中所言，这些诗作"给诗坛吹进了一股新风，他们在内容和形式上都有新的探索"，但在情感表达上颇多相似，多是从个体感受开篇，中间流露出一些迷茫、忧伤的情绪，结尾又回到一种光明乐观、呼唤新生、渴望新生活的基调上。此外，秦庚在评论中指出，这几首诗的一个特点是"多半是写今天的"，也就是说，这些诗作没有让"'今天'继续留在'昨天'的阴影里"，而是通过书写"今天"，推动并歌颂"四化的真善美"。[①] 由这篇诗评可见，宁夏文艺界鼓励新人多创作，希望"青年诗作者加入诗的行列"，但其中还隐含着另一种意图，就是通过对青年诗人创作方向的引导，促使宁夏文坛尽快摆脱"昨天""阴天"的阴影，在"今天"（当下）加快速度，将文学创作引向多反映四个现代化建设的火热生活。《新人诗页》专栏推出的青年诗人，如马春宝（导夫）、马钰等，后来大都成为宁夏诗坛的中坚力量，长期活跃于宁夏诗坛。

除了《新人诗页》栏目的设置，《朔方》还陆续推出了其

---

① 秦庚：《创新与今天》，《朔方》1981年第2期。秦庚是宁夏诗人贾长厚的笔名，是宁夏新时期重要的诗人、诗评家，曾任《朔方》编辑、副编审。1961年开始发表作品，创作有诗集《海恋》《人生旅途》《爱的绝唱》等。

他栏目，用以挖掘、培养和扶持青年诗人。《朔方诗萃》是
1982年2期开辟的不定期专栏，着重发表宁夏三十五岁以下青
年作者的优秀作品，新颖之处在于每首诗作后都附有作者简
介。该栏目持续了两年，共编发五期，推出了十四位青年诗人
的作品。该栏目取消后，《青年诗人作品与评介》有效衔接，
该专栏于1984年第2期推出，同样也设置过五期。与《朔方诗
萃》相比较，这一栏目只是更换了一个全新的名字，专栏设置
的目的基本一致，即发表三十五岁以下青年诗人的新作。不
过，创新的地方在于"评介"，就是在作品后附有名家、名编
对诗作的点评，这一形式受到了习作者和读者的欢迎。如首期
刊发的作品是赵福辰的《一位厂长的故事》，其中包含四首诗
歌。赵福辰当时三十二岁，写诗却已有十余年，在宁夏区内外
十多个刊物发表了近两百首诗歌，有一半以上都是工业题材，
是青年诗人中的佼佼者。对其点评的则是宁夏著名诗人、诗评
家秦庚。他在文章中评论道，赵福辰"观察生活、选取素材是
现实主义的"，在表现手法上借鉴与运用了"时空与感情的双
重交叉"，因而"诗味清新而又浓郁"。[①] 这样一种"作品+
评论"的方式，被《朔方》应用于诸多栏目。1985年第2期的
《朔方》开辟了新专栏《春风第一枝》，虽然不是为诗歌专
设，但是有三期都是以刊发和点评诗歌作品为主（1985年第
2、5、12期）。这个栏目在扶持新人诗歌写作方面展现了三
个方面的特点：一是习作者的身份多样，来自各行各业。如中
学教师、机关干部、企事业单位工作人员、学生、农民、工

---

①秦庚：《时代的呼唤——读赵福辰的几首工业诗》，《朔方》1984年第2期。

人、待业青年、医药代表、银行职员等。二是刊发出来的诗作都是未经编辑修改的原作，"原汁原味原貌"，以便专家点评和读者参照。三是每期都有一位主持人进行细致点评。三期专为诗歌而设的主持人分别是肖川（《朔方》编辑部副主任）、高深（宁夏作家协会副主席）和何克俭（《宁夏群众文艺》编辑部主任），他们既是著名诗人，也是资深编辑，在宁夏文艺界既有影响力也具备权威性。在具体评点中，主持人客观公允地就诗论诗，不仅肯定诗作中的精彩之处，而且也能对写作中的问题进行较为深入的分析。正如肖川在《春风第一枝》开栏中所讲，"点评"并非"点铁成金""评判裁定"，而是在于"一道切磋诗艺，共同促进提高"①。《朔方诗萃》《塞上新诗》《金色沙枣花》《青年诗人作品与评介》和此前的《新人诗页》等栏目，不仅不拘一格地推出了大批文学新人，构建了文学创作梯队，为宁夏诗歌的发展储备了力量，而且通过对诗作的点评起到了一种示范效应，在鼓励文学新人持续创作的同时，营造出一种良好的诗歌创作氛围。

在不遗余力地推出文学新人的基础上，宁夏文艺界还大力扶持女诗人，取得了一定成效。1983年第9期的"女作者诗页"是《朔方》在新时期唯一推出的女诗人作品小辑，刊发了九位女诗人（其中八位为宁夏诗人）的诗作和韩畅的诗评《巾帼之诗别有情》。刊发的诗作"是从大量来稿筛选出的小部分诗作"，由"大量来稿"可见新时期初期有一定数量的宁夏女作者"不断加入诗歌创作行列"。② 对于这一现象，编辑部在

---

① 肖川：《前面的话》，《朔方》1985年第2期。
② 韩畅：《巾帼之诗别有情》，《朔方》1983年第9期。

当期"卷前丝语"中进行了特别推介，"一批女作者的崛起，是党的十一届三中全会后我区文坛新气象之一"，而"女作者诗页"就是要展现她们"不让须眉"的豪迈，以及女诗人们"细腻、婉约"的艺术特色。继"女诗人作品小辑"后，《朔方》在1984年3期推出了"女作者专号"，这是宁夏当代文学史上第一个为女作者专设的作品辑。其中的作品由小说、散文、诗歌和评论组成，大部分由宁夏本地女作家创作，有些作品"还是出自初学写作者之手"。这些作品"以女性独有的感受去思索，去认识人生，以独特的艺术构思表现社会主义的新时代"，集中展示了新时期初期宁夏女作家的创作成绩，也表明宁夏逐渐储备了"一支为数不少的女作者队伍"①。在《诗歌》栏目下，"女作者专号"刊发了十一位女诗人的诗作和一篇诗评。将这些诗作和"女作者诗页"中的作品综合来看，会发现宁夏女诗人们扎根塞上山川，"大都有巧思，有深情，具有女性敏感、细腻、委婉的抒情个性"②，表现出一种未经雕饰的原初感受，显得自然、质朴和率真。

既然"专号"产生的直接效果是发现、培养地方文学作者，提升创作实力，储备文学后备力量，促进本地作家"破圈"突围，全面展示文学期刊的办刊实绩，《朔方》乘势而进，继续酝酿筹划推出诗人诗作专号。1989年第5期和第11期的《朔方》推出两期"诗歌专号"，为"振兴诗坛，扶持新秀"，让更多的宁夏"青年作者脱颖而出"，而且还公开允诺，将会"开辟《纪实诗》专栏，为工矿企业发表诗报告"，

---

① 杨慧云：《节日话希望》，《朔方》1984年第3期。
② 韩畅：《巾帼之诗别有情》，《朔方》1983年第9期。

也"愿为各地文学社团和个人发表作品专辑"（《朔方》1989年第5期"启事"）。这两期"专号"设置了《名家近作》《青年诗人》《黄土情深》《苦涩的爱》《海外诗心》《短歌长吟》《诗苑新蕾》《五彩缤纷》《青年诗人》等诸多栏目，刊发了顾工、木斧、顾城、陆健、葛林、王跃英、孟虎、肖川、何克俭、杨梓、秦中吟、赵福辰等区内外名家和新人的作品，其中还配发了高嵩（读《空山中的我》《谈孟虎的诗》）、秦庚（《致刘中ABC》《由"感觉"想到的》）、常程（《李兆军的三首诗》）、马启代（《一只鸟穿过我的眼睛》）的诗评。如此集中且连续地以"专号"形式推出诗人诗作，在新时期宁夏文学史上尚属首次，在中国诗坛也产生了一定的反响。这种打包集束推出的方式"对内"鼓励了更多的诗人相互交流学习，创作出更多有质量的诗作。而且，对于需要抱团取暖的诗人群体来说，是一种莫大的鼓励。"对外"则展示了宁夏诗人的创作势头和创作实力，使他们的作品在全国范围内有机会"被看见"，并获得进一步关注。

再次，广袤的荒漠戈壁与水土优渥的平原并存，构成了宁夏丰富独特的地貌。宁夏诗人何克俭在《西海固的群山》中以"在这起伏的叠嶂里/听不到一眼幽鸣的山泉/找不到一棵懦弱的小草/看不到一架屈服的山峦"（《朔方》1982年第11期）来歌咏西海固山区的贫瘠、荒芜与坚韧；诗人田为民在《贺兰山寻春》中则以"地球粗犷的性格：/旋转的扭力，挤压的错动，/终于，爆发了向上的/摆脱一切束缚的激情！/大山才显得充满活力而年轻……"（《朔方》1982年第4期）来诉说巍巍贺兰的沧桑历史。西北部的贺兰山、南部的六盘山，以及从中卫入境的黄河，都为独具特色的地域书写提供了多种可能。针对不同的自然及人文风貌，《朔方》在1986年第3、6、8、9期分别为银川市、石嘴山市、银南地区①、固原地区特辟文学作品专辑，意在追求"宁夏文学的繁荣"，集中"显示各地、市文学发展的势头和潜在的力量"（《朔方》1986年第9期"卷首语"）。每一个文学作品专辑对应的诗歌栏目也与"地方"特征紧密相关。栏目名称及刊发诗歌数量分别为《唐徕诗韵》（"银川市专辑"，七首）、《煤城诗花》（"石嘴山市专辑"，十一首）、《黄河诗情》（"银南地区专辑"，二十首）、《六盘诗林》（"固原地区专辑"，十七首）。这些作品都以歌咏宁夏不同地区的自然景观与人文风物为主，通过诗歌展现出一幅幅丰富多彩的宁夏画卷。四个专辑共刊发宁夏六十八名作者的八十二篇（首）作品，其中七篇优秀作品（三篇小说、两首诗歌、一篇散文、1篇报告文学）在1986年9月举办的宁夏四地区（市）文学大奖赛中脱颖而出。屈文焜的《一九八六年夏天》（固原地区，1986年第9期）和马中骥的《唱给黄土高原》（石嘴山市，1986年第6期）获得诗歌类奖项。四地区（市）文学作品专辑刊发后，《朔方》又先后推出银川、石嘴山、银南地区、固原地区、同心、中卫、盐池、海原、青铜峡、西吉、灵武市、惠农、陶乐、彭阳等地市县作家作品专辑，有些地区还是多次刊发。这些作品特辑或专号基

---

① 银南地区位于宁夏中部，东接陕西省榆林市，西、北与内蒙古自治区的阿拉善盟、鄂尔多斯市相邻，南侧与甘肃白银、庆阳市相连，东南侧与固原地区（现固原市）接壤。1998年5月11日经国务院批准，宁夏回族自治区原银南地区被撤销，新设立了地级吴忠市。

本涵盖了宁夏区内各市县的作者群体。与此同时，《朔方》还聚焦行业领域，推出"诗歌与企业文化专辑"（1995年第12期）、"电力文学作品特辑"（2005年第12期）、"宁夏公安作者作品特辑"（2006年第11期）等专号。从这些专辑或专栏的作品来看，大多表现出对乡土及中华民族凝聚力的关注，饱含着对乡土的依赖与深情。共同的地理和文化空间的影响，使宁夏当代诗歌在美学特征上呈现出诸多共性，也彰显了独特的诗格与诗品。几个代际的多民族诗人以诗为媒，表现了新时期以来宁夏政治、文化和生活的巨大变迁，以及社会更替中丰富多元的价值观念、精神情感，他们根植于中华文化沃土，从时代之变、中国之进、人民之呼中提炼主题、萃取题材，以深刻的时代主题、丰富的地方性知识与多民族生活经验，汇入中国多民族文学。总体来看，诗歌、母语和民族文化之间的对应和呈现关系并非明确的直线，而更像是血液与河流的关系。少数民族诗人对语言、文化、生命的虔敬成就了宁夏诗歌特殊的成色。中华民族共同体意识成为当代宁夏诗歌的诗意中轴，既是历史选择，更来自宁夏少数民族诗人们对于国家的内在认同。综上所述，这些丰富多彩的专辑将宁夏地域、行业、民族的诗人群体以集中的形式呈现给读者，既充实和丰富了刊物内容，也拓展和提升了诗人与刊物的知名度与影响力。

这里还需特别提及由宁夏固原文联主办的文学刊物《六盘山》。它的发展基本与新时期宁夏文学同步，宁夏西海固地区的大部分作家诗人都是从这里起步的。对于诗歌生态的构建，《六盘山》致力于扶持本地诗歌新秀，为此，在诗歌栏目的设置上始终坚持地方性与乡土性，为新时期宁夏诗歌的发展与壮大注入特别的美学元素。具体表现在如下三个方面：第一，经常刊发已经成名或者有一定影响的诗人作品。为了确保刊发诗歌作品的层次和质量，《六盘山》在创刊号中就开辟《萧关诗苑》栏目，刊发屈文焜、丁文、冯汉兴、李云峰、罗存仁五位诗人的十首（组）诗作，他们在当时宁夏诗坛已有一定影响；同时开设《花儿与少年》栏目，刊发高琨《回汉民携手一条心》、岳秉义《党的政策甘露酒》、佘贵孝《尕日子越过（是）越甜》等三位诗人的花儿诗。还有如《宁夏诗人方阵》《现代汉诗》《诗歌风景线》等栏目，引领了诗歌作品的审美追求。第二，刊发大量的新人新作，如《春来发几枝》《离离原上草》《校园星座》等栏目，为宁夏诗人队伍培养后继力量。第三，策划推出各种诗人小辑、专栏等，如《女诗人》《70年代出生诗人》《新生代诗人》等专栏，旨在推动诗歌发展的多元化。①

最后，考察新时期宁夏诗歌的发生与发展，不仅要考察诗人诗作的水准、质量和特色，同时需要认真研究文学批评具有的价值和意义。一个良好的文学生态中，创作与批评必然是互为支撑、互相砥砺、缺一不可的。如何呈现宁夏诗歌创作所取得的重要成就和多元文化景观？如何概括并提炼这些涉及时代、生命、文化、地域、历史、民族的诗歌带有向传统致敬的本源性特质？如何从诗人与地方的深度互动，来探究宁夏诗人所延续的抒写标志性的民族团结与交融，以及标识化的地方景观的路径？对于这些关乎新时期宁夏诗歌创作及理论的重要命

①杨梓：《宁夏诗歌史》，阳光出版社，2015，第158页。

题，宁夏的文学批评和文艺评奖做出了积极的回应。《朔方》在刊发诗作的同时还发表了大量的诗歌评论。例如高嵩的《宁夏新诗点评——在"塞上诗会"上的发言》，这是宁夏当代文学史上第一篇全面细致评价宁夏诗歌创作现状与诗人个案的文章。该文对李震杰、肖川、贾长厚、吴淮生、高深、赵福辰、罗飞、屈文焜等十五位宁夏诗人的创作风格和艺术特色展开分析。全文分四次刊发于《朔方》1983年第2、3、4、5期，在当时产生了广泛影响。同时《朔方》的《评论》栏目还刊登了诗人、诗评家的诗歌理论、评论、书信、创作谈等近百篇，这些都有力地推动了宁夏诗歌的创作和评论阵地的建设。此外，为推动新时期宁夏诗歌创作和评论的繁荣发展，进一步发挥优秀诗歌作品、评论在讴歌时代、温润心灵、启迪心智方面的重要作用，宁夏文艺界自1979年12月起设立的宁夏文学艺术奖对宁夏诗歌的发展起到了重要的推动作用。自奖项设置以来，宁夏共举办了十届评奖工作[1]，共有二百多首诗歌作品获得奖励，

①第一届于1980年1月8日评定，文学类共评出一百一十一件（其中一等奖十件、二等奖三十八件、三等奖六十三件）；第二届于1982年5月25日评定，文学类评出小说二十六篇、剧本十四部，这次评奖未设立奖项等级；第三届于1983年12月24日评定，文学类奖共评出一百四十一件；第四届于1985年11月25日评定，文学类奖共评出六十五件；第五届于1998年8月26日评定，文学类奖共评出九十四件（其中小说二十六件、诗歌二十二件、散文十七件、报告文学十三件、文学评论十六件）；第六届于2003年3月17日评定，文学类奖共评出六十一件（其中小说二十件、诗歌十件、散文十二件、报告文学七件、文学评论十二件）；第七届于2006年1月18日评定，文学类奖共评出五十八件（其中小说十八件、诗歌十件、散文十八件、报告文学四件、文学评论八件）；第八届于2009年12月31日评定，文学类奖共评出五十七件（其中小说十四件、诗歌十五件、散文十八件、报告文学四件、文学理论与评论六件）；第九届于2019年1月15日评定，文学类奖共评出三十六件（其中小说十二件、诗歌七件、散文六件、报告文学五件、文学评论六件）；第十届于2022年6月10日评定，文学类奖共评出二十九件（其中小说九件、诗歌五件、散文六件、报告文学三件、文学评论六件）。

几乎包括宁夏所有展现了创作实力的中青年诗人，极大地激励了诗人对文学的诚挚热爱。总体而言，宁夏文艺界的评奖和颁奖是围绕促进诗歌发展、激励诗歌创作、扶持诗歌新人这个初心、中心和重心而展开的，在新时期诗歌生态的构建中，切实发挥了弘扬诗歌传统、繁荣诗歌文化、提高诗歌质量的作用。

小　结　　"地方"的文学表征及其意义阐释

一个地方文学成就的形成、孕育，根植于当地的文化沃土，是本地文学家精神创造的结晶。文学的"地方性"追求是不同地域自我发现、激活自身创造力的一种方式。对于作家创作而言，地方本身已经不是集中表达的内容，超出地方的更深的关切才是有意包含的主题。基于地方文学的发展与实绩，地方文学史关注本地政治、经济、文化、社会等方面，实际也应包含思想史、文化史、社会史等内容。

宁夏诗歌史犹如西北边地精神变迁的编年史，在诗人那里，"诗"与"歌"比肩同在、相互融合。新中国成立后，宁夏诗坛的文学地理伴随文学制度的变动也在嬗变之中。诗人们或立足西北黄土地、塞上山川，在对历史的反思和对人民新生活的热情赞美中，抒发新时代的最强音；或在往昔的追忆中撷取温暖人心的瞬间，展示这片土地的广阔胸怀和世道人心的丰富多彩；或在诗歌界的潮起潮落中，不为时尚所左右，有的侧重于从外部世界的感受中表现心灵，有的偏重从内在的情绪体验中展示自我。综而观之，宁夏文学的创作基本属于现实主义写作。诗歌话语普遍趋向于细小化、片段化、情绪化，而题材朝向整体、阔大、历史纵深感的变化。从宁夏诗人个体主体性和创作个性来说，每一位诗人又从情感、经验、语言、技艺等方面提供了差异性的多元化空间。这些时代之诗、现实之诗、地方之诗、人民之诗，为新时期宁夏诗歌的繁荣带来持续的活力与深刻的启示。源于以上因素，本章对新时期宁夏诗歌生态的形成与构建的讨论，就是"要记录塞上及宁夏诗人不屈不挠的思考、探索和心血，要记录宁夏诗人精神成长的历练、蜕变和突破，要记录宁夏诗人对地域和民族的一贯重视，要记录宁夏诗歌艺术的逐步成熟和风格的多样化趋向"[①]。

文学书写离不开具体的"地方"。"地方"在这里不仅是美学的和修辞的，更可以视作一种行动的与实践的观念。因此，文学作品不是针对某个具体地理环境所做的地方志和风俗记录，并非仅仅以描写"地方"的自然特征为目标，而是要通过生活在这里的人的活动和行为，通过人与"地方"之间的互动关系，揭示人类生活实践的意义和价值。在对新时期宁夏诗歌的梳理中，笔者发现宁夏诗歌的写作无论是在地方元素、日常处境、生活情景、民族交融、情绪基调、母题意识还是在语言方式、修辞策略、抒写特征以及想象空间上，它们的基调始终表现出对生存、生命、文化、历史、民族、心灵甚至诗歌自身的敬畏态度和探寻的精神姿态，并努力尝试将个体经验、现实经验、地方经验最终提升为中华民族经验、中国经验。也正是在这一过程中，当代宁夏诗歌成为宁夏文学中与小说一样有力腾飞的一支翅翼，成为备受外界关注的一张响亮名片，成为

---

①杨梓：《执毫品塞上，舞墨言春秋——〈宁夏诗歌史〉跋》，《诗探索》2015年第2期。

宁夏文化建设和发展的一个重要组成部分。

综上所述，"地方"已然成为一种正在生成中的具有方法论意义的当代理念。正如研究者所言，"地方"的文学表征在确立"地方"意义的过程中起到了重要作用，并在很大程度上参与了意义的传承和定型化。文学的写作与阅读并非仅仅是透过文字来体验不同"地方"的风俗传统，了解不同"地方"的自然样貌，而是把握人在与"地方"互动过程中的相互构建，从而在人与"地方"的关系、人与他人的关系、人与自我的关系等相互关联的关系网中更好地洞悉人的行为动机和身份认同机制，并经由话语构建转变为有关"地方"的多种表征，也因此赋予"地方"以不断生成的意义。①

①刘岩：《"地方"的文学表征及其意义阐释》，《国外文学》2022年第1期。

结语 当代文学地方材料的
整理与阐释

　　1959年5月16日，四开八版半月一期的油印小报《群众文艺》在宁夏首府银川创刊发行。这份小报由宁夏回族自治区文学艺术工作者联合会筹备委员会创办，旨在推动繁荣宁夏的文艺事业。若从文学的"历史化"研究而言，其意义直接且紧密关联着宁夏当代文学的生成与演进。1960年1月，《群众文艺》改为十六开三十六页的月刊，同年7月，更名为《宁夏文艺》。宁夏的当代文学期刊与文学发展之间相互依存，表现出一种同步性特征。伴随着社会主义建设的滚滚热潮，创刊之初的《宁夏文艺》与时代的变化息息相关、密不可分。由于地域偏远和文化落后的局限，当时的作家和读者队伍都还显得较为薄弱，即使出现了哈宽贵、翟承恩、徐兴亚、林楠等勤奋的写作者，但宁夏文学在中国文坛的声音却是微弱的，甚至是无声的。这一情状虽与宁夏的地理位置偏远有关，但就创作的实际水准和实力来看，宁夏文学还处于筚路蓝缕、以启山林的阶段。不过，作为原创性文学作品快捷的传播平台，省级文学刊物《宁夏文艺》发挥其敏锐把握时代脉动的"轻骑兵"的作用，第一时间呈现地方文学创作的最新动态，发表了大量新民歌、歌剧、曲艺、革命回忆录以及文学作品，用文学艺术及时地反映社会现实，展现各族人民群众当家作主的新生活和新情感。宁夏文学艺术的春天，被一份小报吹绿了。

新时期，文艺的春天阳光普照。宁夏文坛人才辈出，其显著标志便是"宁夏出了个张贤亮"。1979年的《宁夏文艺》在第1、2、3、5期的头题位置刊出张贤亮的短篇小说《四封信》《四十三次快车》《霜重色愈浓》和《吉普赛人》。时间不久，他的短篇小说《在这样的春天里》《邢老汉和狗的故事》又在《宁夏文艺》1980年第1、2期的头题位置刊出。1980年4月，《宁夏文艺》更名为《朔方》。同年9月，《朔方》又一次在头题位置推出张贤亮的短篇小说《灵与肉》。正是从《朔方》起步，张贤亮五年间连续三次荣获全国优秀小说奖，作品被翻译成三十多种文字在世界各国出版发行，成为享誉中国和世界文坛的作家。而《朔方》的发行量也一度增至每期五万份。《朔方》一直是宁夏作家们创作的主阵地之一，在这片沃土的栽培下，宁夏文学领域内的一大批中青年实力派作家也从《朔方》"展翅"，相继在中国文坛崭露头角。随着宁夏作家们的成长，《六盘山》《黄河文学》和《宁夏日报·六盘山》等报刊、版面成为宁夏作家们创作的又一乐土，它们的创办与发展，使宁夏的文学新人们有了更多展示自我的平台。

随着文学新人的不断涌现，文学基础的不断夯实，宁夏文学走上中国文学的前台。21世纪之初，宁夏文学翻开了崭新的一页。1999年8月，首届西部作家笔会在宁夏召开。这次笔会由宁夏回族自治区党委宣传部、宁夏文联、《朔方》编辑部联合举办。会议邀请了《人民文学》《中国作家》《诗刊》《文艺报》《小说选刊》《小说月报》《十月》等著名刊物的资深编辑，"群贤毕至"，这无疑给发展中的宁夏文学打了一剂强心针。2000年6月，宁夏回族自治区党委宣传部、宁夏文联、《人民文学》杂志社、《小说选刊》杂志社与《朔方》编辑部，在北京联合举办了宁夏青年作家陈继明、石舒清、金瓯作品研讨会。宁夏新生代作家第一次在全国集体亮相，同时也意味着，以"三棵树"为代表的宁夏青年作家群受到更广泛的关注和赞誉。2002年5月，《中国作家》《文艺报》《人民文学》《小说选刊》在中国作协联合举办宁夏青年作家作品研讨会，十余名宁夏青年作家在京集体亮相。2006年7月，宁夏青年作家作品研讨会再次举办。这次参加的宁夏青年作家扩展为二十余人。这是以中国作协的名义为一个省区的青年作家群举办的高规格的研讨会，在国内尚属首次，因而"宁夏青年作家群"在全国开始产生广泛的影响。坚持培养本地作家，不遗余力地发现、扶持和培育文学新人，是宁夏文艺界的中心工作。2009年第4期的《朔方》更是以二百四十页的特大号，隆重推出"宁夏青年作家专号"，这是"宁夏青年作家群"在文学刊物上的一次集体亮相，像生长在黄土地上的一片葱郁的树林，成就出一道令人瞩目的文学景观。

从新时期"好大一棵树"张贤亮的横空出世，"二张一戈"（张贤亮、张武、戈悟觉）的声名鹊起，到新世纪"三棵树"（石舒清、陈继明、金瓯）和"新三棵树"（季栋梁、漠月、张学东）的崛起，直至新时代蔚然成"林"、万木同春的"文学宁军"（郭文斌、马金莲、了一容、火会亮、阿舍、马骏、田鑫、赵磊等），宁夏作家群一步步"向全国进军"，他们都是从西北丰厚的土壤中生长出来的美丽的文学之树，这些"树"不仅卓然而立，而且花朵繁盛，芳香四溢。新时期以来，宁夏文学创作渐入丰产期。据统计，截至2024年，宁夏共获得三十六项国家级文学奖项，其中，三名作家获鲁迅文学奖，二十二名作家二十四次获得全国少数民族文学创作骏马奖，三名作家的作品获中宣部精神文明建设"五个一工程"奖，六部作品获全国优秀小说奖、全国优秀儿童文学奖等，一部作品获全国儿童广播剧金猴奖；五十余篇（部）作品被翻译成英、法、俄、日、德、希腊、蒙古等多种文字，在三十多个国家出版发行。宁夏西吉县被命名为中国首个"文学之乡"、被授予中国作家"深入生活、扎根人民"新时代文学实践点；宁夏同心县、固原市原州区被授予"中国诗歌之乡"称号；宁夏银川市西夏区被授予"中华诗词之乡"称号；银川市被授予首个"全国生态文学创作基地"称号。"中国文学的宁夏现象"的影响力越来越大、受关注度越来越高，呈现出"五小五大"（小省区、大文学，小短篇、大成绩，小草根、大能量，小作品、大情怀，小作协、大作为）的文学样态。①

---

① 前文指出，在宁夏回族自治区成立60周年之际，由中国作家协会和宁夏回族自治区党委宣传部主办，中国作协创研部、宁夏文联承办的"中国文学的宁夏现象"研讨会于2018年12月20日在北京召开。宁夏回族自治区党委常委、宣传部部长赵永清在会议中指出，中国文学的宁夏现象可以突出地表现为"四小四大"，即小省区、大文学，小短篇、大成绩，小草根、大能量，小作品、大情怀。时至2024年，结合宁夏文学的丰硕成果，宁夏文艺界提出新的"五小五大"，在原来基础上增加了"小作协、大作为"，意在突出作协的重要地位和引导作用，如"上下联动、区域互动、平台带动"的"三动联调"机制。也就是说，通过前文对地方材料的整理爬梳，我们可以清晰地看到，在宁夏作家协会的鼓励、支持、保护和培养下，宁夏作家习练写作、发表作品、被读者熟知，然后走向全国的过程；也可通过作家们成长过程的个案，管窥宁夏作家协会培养文艺新人的实践途径和生产机制。

宁夏文学的出现，使"宁夏"这一地理名词变成了一个丰富生动、充满内蕴的文学形象和文化想象；宁夏文学所形成的特质与魅力，如厚重的"乡土情结"、深沉的"善美情怀"、本真的"个性心理"等，又使宁夏作家的创作具有很高的辨识度，他们始终把创作的根深深扎进西北这片热土之中，个人的命运起伏、喜怒哀乐总是同中国社会和时代的发展变迁有着千丝万缕的血缘关系；他们用艺术彩笔描绘"山海情""母亲河""草方格""煤制油""石榴籽"的故事，其作品仿佛社会历史生活的剪影，但一旦连缀起来，却依然可见生活的无穷事象和人性的繁复变化。

　　对宁夏新时期以来的文学成就进行复盘，是为了说明宁夏文学如何应时而变取得的显著成果，如何用心用情用力抒写铸牢中华民族共同体意识的宁夏故事。当然，本书并非在文学性意义上评价作家创作的优劣，或是去评估作品产生的影响和效应，而是期冀以一种历史化的研究方式来解读"历史中的文学"。在笔者看来，文学研究的核心不仅是对作家作品意义的分析阐释，还应将文学创作、评论等相关的文学制度、期刊文献史料、人物本事等都应被纳入研究视野，它们共同成为考察地方文学坚实的基础支撑。此外，在将更为宽广的社会历史视野纳入考察范围的同时，微观的历史细节也将成为我们重新揭开文学史图景的试金石。因此，所谓"历史化的研究"，其内涵在于两方面：一是回到新时期宁夏的历史情境、尊重具体历史事实，对"文学周边"细致触摸，尤其是根据宁夏文学实际发展的不均衡特点，着重展现宁夏文学的发展状况与历史轨迹，集中反映宁夏文学的复杂性、开放性和包容性。二是通过对地方性文艺报刊、地方文化资料汇编、地方经验、地方风物、文学讲习所、文学会议、文艺评奖、作家圈子等地方材料的整理与阐释，系统研究宁夏当代文学的创作源流、基本成就、发展历程、创作经验、发展规律、文学共性与个性等问题。

近年关于"地方文学"的讨论似乎成为一种"显学"，这或许可以理解为一种批评场域的言说策略，或者看成各个地方争夺话语与表达空间的积极行动。由此延展出的"地方路径"研究，是将"地方"作为路径与方法，重置地方与整体的关系，倡导从"地方"入手重新发掘和呈现"文学中国"，以史证文、以地释文、以文论史、以文解地，为文学发展演化的复杂历程和内在规律提供诸多的细节，从而达成中国现当代文学史的重新书写。对于本书开展的关于"地方"宁夏的文学研究，毋宁说是文学研究历史化的落地。它是从微观、边缘的视角介入新时期宁夏文学的诸多现象，但这不仅仅为了还原这一时期的文学活动，或只是对现有叙述的缝缝补补，其目的是将其纳入更为广阔的历史时空，呈现其中的发生与变化机制，挖掘其中所内蕴的能动性与把握现实的潜能。在探究与考察中，笔者着重处理四种关系：地方与地方及中心；宁夏历史、作家生命体验与文学表达；文学话语形态与其背后的知识范型及文化语境；"文学性"重建与"历史化"路径。

无论是历史化研究，还是地方路径，其阐释及成果都应指向文学史的叙述。以往的文学史书写，发生在地方的文学现象大多作为文学思潮探讨或创作阶段性变化的注脚，仍然需要服膺于文学史写作的整体视野。譬如，关于宁夏当代文学史的研究，在现有研究成果基础上，本身就是一个值得深入探究、扎实考量和细致梳理的领域。当然，我们可以对宁夏的小说、诗歌、散文、文学批评、儿童文学与报告文学等进行全景式的解读，采用一种整体观照的视角整合宁夏文学的作家及群体、作品、现象、思潮，在强调地域文化、民族团结的同时提炼出宁夏当代文学的美学特征与社会价值。不过，我们更要认识到中国当代文学业已出现的内部沉淀与析离的新现实与复杂性。这指的是，随着"新时期"的时间跨度超过四十年，当代文学的对象与性质已悄然变化，其中部分文学慢慢下沉、积聚到一片辽阔茂盛的"田野"之下，蕴藏着多少"历史研究"所不知道的文学史矿藏。因此，我们对新时期以来的文学进行处理时，可以是优美、深刻的批评文字，但更宜采取文学史研究的方法。文学史研究是要将"历史深处的研究对象拉伸、扩展、问疑、补充，在田野调查的地表下面，再用锄头深深地挖下去，最后开出一个很大的历史遗址，一个文学的考古场地"，然后像地方志所指示的那样，"'修通史'、'纂方志'、'绘地图'、'制图表'、'编字典'和'辑丛书'，或了解把握那里的风俗、民情、方言、古迹，以及疆域和人物"。[1]也正是在此意义上，当代文学研究从唯有文学批评演变为以批评为主、文学史研究为辅的新格局，这是一个自然演变的新趋势，对我们的探究不无裨益。

综上所述，"当代文学地方材料的整理与阐释"就是吁请我们寻找贴切的言辞和线索，去寻求"地方"（地方路径）与"材料"（文学史）之间的并存与互补、参酌与互动、促进

---

[1]程光炜：《从田野调查到开掘——对80年代文学史料问题的一点认识》，《中国现代文学研究丛刊》2017年第2期。

与互融。在这种视角下，"地方"不再只是一个文学发生的场所，而变成了一个自觉言说的主体。例如，发现"宁夏文学"，并不是要去重复说明在宁夏发生了怎样的文学实践，而是探讨新时期的文学实践如何在宁夏发生，且承载了怎样的地方文化特性。此外，既取文学史研究方法，则重视史料即为其中不言自明之理："文学史既是文学史，又是文学史；既然是'历史'，史学研究上的'版本、目录、校勘、考证、辨伪、辑佚之学'，自然也是重要工作，是它的基础，也需要有操作上的规范。"① 材料的发掘与整理首先是史料研究的基础工作。虽然史料的范围广泛，诸如作家身世经历、文坛交游掌故、文学事件内幕、文本生产与传播等皆属于其列，但文学性应成为文学史料发掘与整理的指南，有关本事家世、作家交游、人事纠葛、组织变迁、出版沿革、文学地理等史料的发掘，若不能勾连到文本生产机制来分析，与文学性阐释关系微弱，也应适可而止，不必过于持续、深入。史料发掘、搜集后，则需考虑整理与研究，既要妥当处理"碎"与"通"、史料与阐释的互动关系，也要"注意实证与会通的融合"，"注重借鉴当代批评对中国当代社会文化的深刻观察"，以免沦为"烦琐无趣的'饾饤之学'，或先入为主的曲解附会之研究"，这样才可能真正地夯实当代文学史料研究并有效地推动古典学术传统的创造性转化和创新性发展。②

---

① 王贺：《当代文学史料的整理、研究及其问题——北京大学洪子诚教授访谈》，《新文学史料》2019年第2期。
② 张均：《关于当代文学史料发掘与研究若干问题的反思》，《文学评论》2024年第5期。

文学关乎人，指向本体、本根、本原，是关于终极关怀的永恒话题。文学也是窥见世界的显微镜，作为映射现实之光的文学，始终与脚下的土地紧密相连。作家则是一个全新的媒介，扎根人民、深入现实，记录和讴歌这个伟大的时代。由此看来，在作家作品、文学批评和地方材料里呈现的"宁夏"，既显时代之音，更现勃发之势。

附　录

一、宁夏作家获全国少数民族文学创作骏马奖情况
（第一届—第十三届）

　　全国少数民族文学创作骏马奖是中国作家协会和国家民族事务委员会共同主办的国家级文学奖，与茅盾文学奖、鲁迅文学奖、全国优秀儿童文学奖一道，是中国文学界的重要奖项之一。在历届骏马奖的评选中，宁夏作家屡获殊荣，不仅获奖数量不断增加，获奖作品的种类和质量也在不断提高，这充分展示了宁夏文学的独特魅力，也为中国当代文学注入了新的活力和元素。

附表1-1　宁夏作家获全国少数民族文学创作骏马奖情况
（第一届—第十三届）

届次（年份）	获奖作家作品	奖项类别	发表刊物/出版社
第一届（1981年）	高深《致诗人》	诗歌	《宁夏文艺》（今《朔方》）1980年第1期
	丁一波《哈大妈的盖碗子》	散文	《宁夏日报》1980年1月12日

续表

届次 （年份）	获奖作家作品	奖项类别	发表刊物/ 出版社
第二届 （1985年）	高深《军人魂》	中篇小说	《民族文学》 1983年第9期
	查舜《月照梨花湾》	中篇小说	《新月》 1982年第2期
	那守箴《大雪歌》	短篇小说	《朔方》 1982年第2期
	沙新《祖国，请为他们记功》	诗歌	《民族文学》 1984年第10期
第三届 （1988年）	杨云才《大西北恋歌》	诗歌	《民族文学》 1985年第8期
第四届 （1992年）	高深《大漠之恋》	诗歌集	四川民族出版社 1989年3月
第五届 （1996年）	石舒清《苦土》	小说集	百花文艺出版社 1994年9月
	杨少青《大西北放歌》	诗集	宁夏人民出版社 1994年8月
第六届 （1999年）	马宇桢《季节深处》	短篇小说集	百花文艺出版社 1996年12月
第七届 （2002年）	马知遥《亚瑟爷和他的家族》	长篇小说	宁夏人民出版社 2000年12月
	金瓯《鸡蛋的眼泪》	短篇小说集	花山文艺出版社 2001年4月
第八届 （2005年）	石舒清《伏天》	中、短篇小说集	中国文联出版社 2004年5月
	郎伟《负重的文学》	文学评论集	宁夏人民出版社 2002年3月
第九届 （2008年）	了一容《挂在月光中的铜汤瓶》	中、短篇小说集	作家出版社 2007年5月
第十届 （2012年）	李进祥《换水》	中、短篇小说集	漓江出版社 2009年8月
第十一届 （2016年）	马金莲《长河》	中篇小说	《民族文学》 2013年第9期
第十二届 （2020年）	马占祥《西北辞》	诗歌集	作家出版社 2019年8月
第十三届 （2024年）	阿舍《阿娜河畔》	长篇小说	《民族文学》 2022年第11期
	柳客行《青白石阶》	散文集	作家出版社 2023年11月

附录

239

二、《朔方》（原《宁夏文艺》）大事记
（1977—2000年）

1977年

开辟《火热的第一线》（第1期）、《向雷锋同志学习》栏目（第2期）、《投枪集》（第3期）、《新苗》（第4期）、《创作杂谈》（第5期）、《读诗随笔》（第6期）等栏目。

设置《小说》《诗歌》《散文》《小演唱》《评论》栏目编排内容（第2期）。

7月，召开全区文艺创作会议。

10月6日，召开银川地区短篇小说创作座谈会。

第6期刊发"《庆祝宁夏回族自治区成立二十周年》征文启事"，"应征作品"的形式包括小说、诗歌、散文、戏剧、曲艺、报告文学、革命故事、歌曲、美术和摄影作品等。

1978年

1月22—26日，召开部分小说、评论作者座谈会，专门讨论其时宁夏短篇小说创作中的题材狭窄、构思雷同、风格单一、形象贫乏等问题，以及如何正确评价当代文艺以及形象思维等问题。参加座谈会的有工农兵业余作者和大学、中学教师，共三十余人。

第4期刊发"短篇小说特辑（征文）"，并在《散文》栏目中，首次刊发"宁夏风物志·征文"，对外宣传介绍宁夏的风物人情，也从中发现了一批新的作者，扩大了散文创作队伍，如杨森翔、牛达生、郑正能、杨声领、钟侃、吴文贵等都是这个栏目的积极撰稿者。

1979年

宁夏文学艺术界联合会正式恢复活动。3月6—10日召开了第一届第三次全委扩大会议，宣布"宁夏回族自治区文学艺术界联合会正式恢复工作"。《宁夏文艺》划归宁夏文联管理。

8月下旬—9月初，宁夏回族自治区党委宣传部召开文学、戏剧、电影创作座谈会，着重讨论文艺如何为"四化"服务、创作题材和创作队伍建设等问题。参会者有专业和业余作者共七十余人。

10月15—16日，中国作家协会宁夏分会举行文学创作座谈会。参加者有银川地区的作家、诗人、文学工作者和业余作者共五十余人。

第1、2、3、5期在头条位置刊发张贤亮的短篇小说《四封信》《四十三次快车》《霜重色愈浓》《吉普赛人》。

第2期《读者评刊》栏目刊载两则读者短评文章。

第4期在头条位置刊发张武的短篇小说《三叔》。

第5、6期刊发戈悟觉的短篇小说《记者和她的故事》和《邻居》。

1980年

由双月刊改为月刊发行，由综合性文艺刊物转为纯文学期刊。

第1期刊发本刊评论员文章《文艺的春天必将到来》。

第1、2期在头条位置刊发张贤亮的短篇小说《在这样的春天里》（与邵振国合写）、《邢老汉与狗的故事》（后改编拍摄成电影《老人与狗》）。

从第4期开始，《宁夏文艺》更改刊名为《朔方》，期刊封面也发生了显著变化。同期发表编辑部文章《文艺作品要美——代改刊

词》，阐明新的审美立场和办刊理念；在《评论》栏目中首次开辟
《朔方谈》子栏目。

第9期在头条位置刊发张贤亮的小说《灵与肉》（该小说获1980
年全国优秀短篇小说奖、宁夏第二届文艺评奖小说奖，并改编拍摄
为电影《牧马人》）。

1981年

《朔方》页码增至80页。

第1期在头题位置刊发阎纲的评论文章《〈灵与肉〉和张贤
亮》，第一次提出"宁夏出了个张贤亮！"的口号；在《诗歌》栏目
中推出"银北诗会"；首次刊登"本刊承接广告业务启事"。

第2期的《诗歌》栏目推出"新人诗页"。

第3期推出"本区新人新作小说特辑"，发表作品六篇。

第5期的《评论》栏目刊发三篇关于《灵与肉》的争鸣文章。

第6期开辟"卷前丝语"板块，目的在于向读者介绍重点作品，
表明编辑意图；推出"农村小说特辑"，发表作品六篇；推出"献
给孩子们"小辑，发表作品五篇；刊发达奇的评论文章《塞上无处
不飞花——回顾我区近两年来的文学创作》；首次刊载"九省区
文学期刊联合广告"，对《朔方》《山花》《广西文学》《飞天》
《边疆文艺》《西藏文艺》《青海湖》《草原》《新疆文学》等刊
物进行宣传。

第9期的《诗歌》栏目推出《原上草》子栏目。

第10期在头题位置刊发戈悟觉的短篇小说《筛子》；在《诗
歌》栏目中推出《塞上诗踪》子栏目，发表作品十一首。

第11期在头题位置刊发张武的短篇小说《瓜王轶事》；在《评

论》栏目中推出《本区作品评介》子栏目。

第12期在头题位置刊发张贤亮的短篇小说《陇上秋色》。

1982年

2月，发布"《朔方》一九八二年举办优秀小说评奖启事"。在1982年《朔方》上发表的小说都在评选之列；评选由群众推荐与专业人员评议相结合，最后由评选委员会讨论审定。1983年第6期公布了最终获奖名单：那守箴的《大雪歌》（1982年第2期）、阿耀的《序奏》（1982年第11期）、马知遥的《老烈》（1982年第1期）、马治中的《三代人》（1982年第9期）、高深的《清真寺落成的时候》（1982年第8期）。

3月底，在石嘴山市和平罗县召开座谈会。座谈会邀请部分矿工、业余作者和文学工作者，就那守箴的短篇小说《大雪歌》进行座谈讨论。

8月15—18日，宁夏文学艺术界联合会第二届全体委员会第二次会议在银川召开。

8月27日，中国作家协会宁夏分会和《朔方》编辑部，在银川联合举办"塞上诗会"，来自全国各地的七十多位诗人、诗歌作者和诗歌评论者参加会议。

11月26—28日，中国作家协会宁夏分会第二届第四次理事（扩大）会在银川举行。会议的中心议题是讨论研究如何开创宁夏文学创作的新局面。

12月15—18日，《朔方》编辑部邀请部分评论作者，召开文学评论座谈会。会议对宁夏的文学评论成果和存在的问题进行了认真总结，并讨论了如何开创宁夏文学评论新局面等问题。

第1期再次刊发"农村小说特辑"，发表作品六篇。

1983年

1月12日，《朔方》编辑部召开出版工作座谈会。会议决定缩短印刷周期，适当扩大发行，以满足边远地区读者和农村读者的需要；并表示要在刊物的版式、封面设计等方面进行革新和提高。

第2、3、4、5期连载高嵩的长篇评论文章《宁夏新诗点评——在"塞上诗会"上的发言》，该文对宁夏十五位诗人的诗作进行了深入分析，是新时期宁夏文艺界关于诗人及诗作的重要评论文章。

第2期刊登"'心灵美'征文启事"，凡是着意塑造社会主义新人形象，努力表现人的共产主义思想和高尚道德情操，突出反映人们崭新精神风貌的小说、报告文学、散文、小叙事诗，均可应征。

第4、5、11期的《评论》栏目推出"本区作家与作品评介小辑"。

第6期刊发儿童文学小辑"给孩子们的礼物"，发表作品十六篇。

第9期推出《女作者诗页》专栏，发表作品十首。

1984年

2月9—11日，中国作家协会宁夏分会召开全区诗歌座谈会，讨论和分析三个"崛起"。

4月16—17日，中国作家协会宁夏分会、宁夏《文联通讯》编辑室与《朔方》联合召开关于《绿化树》的座谈会。

7月27—31日，宁夏回族自治区文学艺术工作者第三次代表大会在银川举行。出席会议的有四百五十余人。大会选举出了宁夏区文联第三届委员会。

第1期的《诗歌》栏目推出"放歌大西北"和"金色的沙枣花"

小辑。

第2期的《诗歌》栏目推出"青年诗人作品与评介"小辑，不定期刊发并评介宁夏本地三十五岁以下青年诗人的新作。

第3期推出"女作者专号"。

第6期推出"儿童文学专辑"。

第7期的《诗歌》栏目推出"塞上新诗"小辑。

第7、8期的《评论》栏目推出"《绿化树》笔谈会"小辑，共刊发九篇争鸣文章。

第9期的《诗歌》栏目中推出《散文诗页》专栏，发表作品十一章。

第10期刊发"本区业余作者小说专辑"，发表作品八篇。

第11期《朔方》刊载了投稿和订阅的启事。启事重申了办刊立场，计划增设创作辅导专栏信箱，并决定自1985年起开设创作辅导专栏《春风第一枝》，发表习作者的小说、散文、诗歌等作品，并加以点评。

第12期的《小说》栏目推出"短小说一组"小辑；《评论》栏目推出"新作短评"小辑，发表作品四篇。

1985年

2月，《朔方》编辑部借在北京参加"1984年短篇和中篇小说的评奖选拔"工作的机会，专门邀请十余家文艺期刊和出版社的编辑们举行小规模座谈会，对改版后的《朔方》内容、编排、风格，以及进一步提高刊物质量等建言献策。座谈会内容以《祝愿〈朔方〉越办越好——全国部分期刊编辑座谈〈朔方〉》为题，刊发于第4期。

6月初，宁夏文联文艺理论研究室和中国作协宁夏分会联合召开戈悟觉作品讨论会，宁夏三十多名文艺理论工作者参会。

10月21—23日，宁夏文联文艺理论研究室、中国作协宁夏分会和《朔方》编辑部联合召开中年作家张武作品讨论会。宁夏评论家、作家、高校教师、编辑共四十余人参加会议。

11月22—25日，宁夏回族自治区党委宣传部、宁夏文联、《朔方》编辑部联合召开全区青年文艺创作座谈会。参加座谈会的代表有一百三十三人，特邀代表四十七人。

12月9日，《朔方》编辑部会同中国作协宁夏分会和宁夏文联文艺理论研究室，召开青年作家郑柯作品讨论会。

第1期新开设《朔方笔会》栏目，刊发了冯骥才、李国文、从维熙、张贤亮、陈骏涛等作家的理论短文；推出《宁夏作家论》栏目，刊发高嵩的批评文章《脱毛之隼在长天搏击——论张贤亮的小说》。

第2期开设《春风第一枝》栏目，每期由宁夏知名作家、评论家、诗人、编辑主持，共推出小说四期、诗歌三期、散文二期，共刊发三十七名文学新人的处女作，编者未做修改，以便主持人点评。《宁夏作家论》栏目刊发薛迪之的批评文章《论张武》。

第6期刊发陈学兰的文章《反映改革的时代音响——一九八四年〈朔方〉短篇小说漫评》。

第7期目录版式设置为竖版，并在扉页上设置"要目"，向读者推荐本期重要篇章。

第9期《宁夏作家论》栏目刊发两篇评论文章——江河水的《当人失去平衡以后——谈〈静悄悄的银幕〉的结构支点》，张九阳的《论张武小说的语言特色》。

第10期与《十月》《个旧文艺》《当代》《北京文学》《花城》《钟山》《故事会》《萌芽》《清明》等四十二家文学刊物编

辑部共同刊载"联合启事"，以保障作者和文学期刊编辑部的正当权益。《宁夏作家论》栏目刊发两篇评论文章：李镜如的《论戈悟觉小说的创作特色》、郎伟的《普通人心灵美的追求者——戈悟觉作品讨论会侧记》。

1986年

3月6—7日，宁夏文联文艺理论研究室、《宁夏社会科学》编辑部和《宁夏教育学院学报》编辑部联合，召开宁夏首次文艺学与方法论讨论会。宁夏近八十名文艺理论工作者、社会科学工作者、作家和编辑参加会议。

5月26—27日，宁夏回族自治区文学艺术界联合会第三届委员会第二次全体会议举行。宁夏文联委员五十七人出席会议。

9月2—6日，西北五省区文学期刊编辑工作座谈会在兰州举行。

9月29日，中国作家协会宁夏分会、《朔方》编辑部联合举办的"宁夏四地区（市）文学大奖赛"评选结果揭晓，三篇小说、二首诗歌、一篇散文、一篇报告文学获奖。当日在银川市举办了颁奖大会，宁夏回族自治区党委宣传部副部长杨杭生、宁夏文联主席张贤亮、宁夏文联党组书记杨锡琳等分别讲话，中国作协宁夏分会副主席、《朔方》主编路展介绍了评选情况。

第1期为报告文学开设《在西部的土地上》专栏。

第3期推出"银川市文学作品专辑"。这是编辑部首次按照地区推出专辑，并决定分别为银川市、银北、银南、固原地区特辟作品专辑，将部分作家、作者的新作集中介绍给读者，并在此基础上举办"宁夏四地区（市）文学作品大奖赛"。

第6期推出"石嘴山市文学作品专辑"。

第7期《宁夏作家论》栏目刊发江河水的评论文章《郑柯小说的情境建构》。

第8期推出"银南地区文学作品专辑"；开辟《黄河诗情》栏目。

第9期推出"固原地区文学作品专辑"，《宁夏作家论》栏目刊发江河水的评论文章《从写诗到写小说——漫评高深的小说创作》；开辟《六盘诗林》栏目。

第11期《宁夏作家论》栏目刊发陈学兰的评论文章《献身者的悲歌和壮歌——论阿耀的小说创作》；刊发《宁夏文艺期刊编辑部负责人座谈会纪要》。

1987年

第1、2期合刊，推出"宁夏少数民族文学讲习所学员创作选辑"。为了培养宁夏创作人才，繁荣文学事业，宁夏回族自治区党委宣传部和宁夏文联联合开办少数民族文学讲习所，于1986年8月招收第一期学员二十六人，他们学习期间创作的作品在本期刊发。

第3期《宁夏作家论》栏目刊发汪宗元的评论文章《宁夏的文化小说——重读马知遥部分小说有感》。

第4期《诗歌》栏目推出"宁夏电力系统诗辑"；《宁夏作家论》栏目刊发高嵩的评论文章《在旋动的空心球体里——论刘国尧》。

第5期《宁夏作家论》栏目刊发高嵩的评论文章《善与美的颂歌——谈吴淮生同志的新诗近作》。

第7期推出"祝贺内蒙古自治区成立四十周年小说专辑"，发表作品六篇。

第11期刊登"报告文学征文比赛",由宁夏文学艺术界联合会、中国作家协会宁夏分会和《朔方》联合举办;推出"宁夏电力系统文学作品小辑"。

第12期推出"中卫文学作品小辑"。

1988年

5月16日,宁夏部分作家、评论家、编辑共同研讨宁夏报告文学创作的现状、存在的不足,以及今后发展的趋势。会议后形成《迎接报告文学的新潮——宁夏报告文学创作八人谈》的文章,刊发在第8期。

6月1—18日,《朔方》编辑部和宁夏少数民族文学讲习所联合举办改稿会,参会作者有十四人,大多是在文学刊物上发表过的有一定质量的作品、创作上有潜力的青年作者。改稿会期间,修改出一部中篇小说,十三篇短篇小说,两篇散文,三十首诗歌,其中部分作品陆续在《朔方》发表。

第1期刊发"'中国潮'报告文学征文百家期刊联名启事",推出"宁夏少数民族文学讲习所第二期学员作品选辑",发表陈继明的小说处女作《那边》。

第2期《宁夏作家论》栏目刊发秦庚的评论文章《北国,太阳般明亮的希望——读青年诗人贾羽的诗》,在《评论》栏目中推出《书海选萃》专栏。

第3期《宁夏作家论》栏目刊发李镜如的评论文章《试论王洲贵的小说创作》。

第10期推出"宁夏作品专号";推出"'改革潮'报告文学辑",发表作品三篇。

第11期《宁夏作家论》栏目刊发高嵩的评论文章《诗格与人格的交辉——论贾长厚》；在《小说》栏目下开辟《新蕾》专栏，刊载初学写作者的作品，发表作品三篇。

第12期《宁夏作家论》栏目刊发秦庚的评论文章《走出大山的大山之子——论青年诗人屈文焜》。

1989年

4月下旬，举办首届宁夏通俗文学讨论会。会议由《通俗文艺家》《朔方》《六盘山》编辑部，宁夏人民出版社文艺编辑室，宁夏文学学会，宁夏文联文艺理论研究室联合召开，宁夏文艺理论工作者、作家、文艺期刊编辑和党委宣传部、宁夏新闻出版局等有关部门人员共计五十余人参加。

9月23日，宁夏首届少数民族文学创作评奖颁奖大会举行，有七十余人参加。五名作家获一等奖，十九名作家获二等奖，七名作家获三等奖。

12月1日，宁夏回族自治区党委宣传部召开全区文艺刊物负责人座谈会，参加会议的有三十余人。会议围绕文艺刊物的指导思想和办刊方针、办刊宗旨以及如何提高刊物质量、更好地加强队伍建设和改进编辑作风等问题进行了认真座谈。

第2期推出"宁夏青年作家小说辑"之"张冀雪新作"，刊载其一个中篇小说、一个短篇小说，以及一篇作家自白；《宁夏作家论》栏目刊发荆竹的评论文章《在蝉蜕、裂变中梳理羽毛——论马钰诗歌审美意象的嬗变》。

第3期推出"宁夏青年作家小说辑"之"李唯新作"，刊载其一个中篇小说、一个短篇小说，以及一篇作家自白。

第5期推出"诗歌专号",设置《名家近作》《青年诗人》《黄土情深》《苦涩的爱》《海外诗心》《短歌长吟》《诗苑新蕾》等栏目。

第9期推出"'文学与社会改革'报告文学辑",发表作品四篇。

第11期推出"诗歌专号",设置《五彩缤纷》《青年诗人》《苦涩的爱》《海外诗心》《短歌长吟》等栏目;刊载"'宁夏一日'有奖征文"。

第12期《小说》栏目设置《域外三题》专栏,刊载三篇外国小说。

1990年

7月10—12日,宁夏文联召开地市县文联工作座谈会。

12月27—28日,《朔方》编辑部召开宁夏小说作者座谈会,主编王世兴、副主编赵福顺,小说编辑都沛、李春俊、吴善珍,理论编辑吴江等,以及近年来涌现出的部分年轻新作者参加会议,副主编潘自强主持会议。

第3期推出《朔方》"出刊200期纪念专号",曾在刊物工作过的二十二名编辑撰写了纪念文章;本期刊发了高嵩的文章《带汗的船——写在〈朔方〉出刊200期》,文章重点论及《朔方》的办刊历史和对宁夏作家的意义;为提倡短小的优秀小说作品,刊发"宁夏微型小说征文"启事,应征作品的篇幅在千字之内。

第4期推出"宁夏青年作家小说辑"之"施原钰新作",刊载一个中篇小说、一个短篇小说、一篇作家自白。

第5、6期刊发"'宁夏一日'征文获奖作品选登",发表作品十二篇。

第10期《评论》栏目刊载了李之评论石舒清的文章；发布《微型小说征文评奖揭晓》的消息，获奖作品共二十六篇。

第12期《小说》栏目推出《小小说》专栏，发表作品三篇。

1991年

2月，宁夏首届文艺理论征文评奖揭晓。此次征文活动由宁夏回族自治区党委宣传部、中国作家协会宁夏分会、宁夏文联文艺理论研究室、《朔方》编辑部、《宁夏日报》文艺部、宁夏人民广播电台文艺部、《宁夏社会科学》编辑部联合举办，最终有十六篇文章获奖。

4月10日，《朔方》编辑部召开读者座谈会，主要听取读者意见，及时总结经验，不断提高刊物质量。《朔方》副主编虞期湘主持会议，副主编潘自强向与会者报告了《朔方》在坚持正确办刊方针的基础上，调整内容、增加栏目、改进版面的设想。

4月25—27日，中国作家协会宁夏分会、宁夏文联文艺理论研究室、《朔方》文学月刊编辑部联合举行宁夏新诗、小说创作研讨会，有关文学评论家、学者、编辑、作家近百人出席。会议评估了宁夏近几年新诗及小说创作的现状及发展态势，对宁夏近几年创作较为突出的部分青年作家的作品及创作思想进行了分析与评论。宁夏文联主席、著名作家张贤亮出席并讲话。

第1期"卷前语"说明办刊方针，即《朔方》将继续扎根宁夏、立足西部、面向全国。坚持现实主义的办刊传统，强化刊物的地域色彩，进一步紧紧拥抱生活，追求时代性、现实性和可读性的和谐统一；开辟《在西部的土地上》栏目；刊发"宁夏首届微型小说征文获奖作品"，发表作品三篇。

第3期头条位置刊发陈继明的短篇小说《村子》；推出"女作者散文小辑"，发表六位作家的作品。

第5期推出"宁夏新作者散文小辑"，发表作品八篇；刊载李三郎的文章《近年〈朔方〉散文述评》。

第6期开辟《文学与社会改革》栏目；《宁夏作家论》栏目刊发白崇人的评论文章《读了〈静静的月亮山〉之后——兼谈马知遥的小说创作》。

第10期推出"散文专号"，刊发"吴淮生散文辑"和"王庆同散文辑"。

1992年

2月24—26日，宁夏文学艺术界联合会第四次代表大会召开。出席大会的代表共一百七十人，张贤亮做工作报告。大会选举出宁夏文联第四届委员会主席、副主席、主席团委员、委员会委员，以及各文艺家协会主席、副主席、秘书长。

5月19日，为纪念《在延安文艺座谈会上的讲话》发表五十周年，宁夏回族自治区党委宣传部、宁夏文化厅、宁夏文联等单位联合举行座谈会。同天，由宁夏回族自治区党委宣传部、宁夏文联、宁夏作家协会、《朔方》编辑部等单位联合举办的"金驼杯"文学理论与"中房杯"微型报告文学、诗歌征文评奖揭晓，并举行了颁奖大会。

第1期开辟《千字小说》栏目，全年刊发千字小说三十八篇；刊载"宁夏诗歌有奖征文"，参赛作品风格题材不限，均为现代诗。应征作品应未发表，诗作以三十行为限；刊载"《塞上文谈》征文启事"，征文内容主要是文艺理论文章，字数不超过六千字。

第2期刊载"'金驼杯'文学理论评奖征文"，征文内容主要是文艺理论文章，字数不超过六千字。

第3期开辟《创作心态录》栏目，发表作品两篇。

第4期《宁夏作家论》栏目刊发高洪波的评论文章《追求天籁——读高耀山的散文》，《创作心态录》栏目发表石舒清的《些许感受》。

第8期刊发"纪念《讲话》'金驼杯'、'中房杯'、诗歌征文获奖作品选"，《宁夏作家论》栏目刊发刘绍智的评论文章《万里鹏的沉郁》。

第10期刊发"'中房杯'微型报告文学征文获奖作品选"，刊登作品三篇；《宁夏作家论》栏目刊发荆竹的评论文章《寻觅在艺术的王国——论张涧的散文创作特性》。

第11期《宁夏作家论》栏目刊发冬梧的评论文章《歌吟者的战叫——简评秦克温的文艺理论研究》。

第12期《宁夏作家论》栏目刊发雨闻的评论文章《执着的追求——对刘贻清的评论的评论》。

1993年

3月6—7日，宁夏文联文艺理论研究室、《宁夏社会科学》编辑部和《宁夏教育学院学报》编辑部联合召开宁夏首次"文艺学与方法论讨论会"。宁夏近八十名文艺理论工作者、社会科学工作者、作家和编辑参加会议。

9月11—13日，召开作家笔会。参加笔会的有来自全国十二个省、自治区、直辖市的作家、编辑和专家、学者百余人。

第2期推出"宁夏作家散文特辑"，张贤亮、张武、戈悟觉、马知遥、吴淮生、虞期湘、查舜、陈继明、郭文斌等宁夏知名作家发表文章。

第4期推出"石舒清小说辑"，发表作品有一篇中篇小说《赶山》，两篇短篇小说《招魂》《逝水》，一篇作家自白《闲话几则》，一篇责任编辑吴善珍所写的编后记。

第5期《宁夏作家论》栏目刊发刘贻清、马东震的评论文章《扎根于民族文化的土壤里——简评井笑泉的诗》。

第7期推出《宁夏小说一束》，发表作品九篇。

第9期推出"宁夏回族自治区成立三十五周年专辑"，发表作品三篇。

第10期推出"九三散文特辑"，设置《西窗独语》《人在旅途》《怀人之什》《如烟往事》《尘海拾零》《米兰之珠》《异域风情》等栏目。

1994年

12月15日，《朔方》编辑应邀参加宁夏大学团委、学生会举办的文学与青年座谈会，参加座谈会的有主编杨继国、常务副主编赵福顺，编辑部副主任吴善珍，小说编辑、青年作家陈继明，以及宁夏大学《绿风》文学社全体成员，西北第二民族学院、宁夏工学院、宁夏教育学院文学社同学和部分文学爱好者等二百余人。座谈会对跨世纪文学青年起到了一定的激励作用。

第4期推出"陈继明小说辑"，发表作品有一篇中篇小说《邪恶一次》、一篇短篇小说《东西》、一篇小小说《荒诞三题》、一篇作家自白《大脑、身体及血》、一篇吴善珍所写编后记《不屑于玩》。

第9期开辟《同力文学窗》栏目，发表北京同力制冷设备公司员工的诗歌、小小说和散文。

第10期推出"中华人民共和国成立四十五周年专稿"。

第11期推出《散文九家》专栏；并刊发评论家李春俊、白草、郎伟的《陈继明近作小议》。

第12期推出"微型小说三十四家"，设置《人物春秋》《情感波澜》《世态写真》《带刺玫瑰》等栏目。

1995年

2月18日，《朔方》编辑部召开青年小说家座谈会。宁夏文联主席张贤亮到会并发表了题为《高扬精神，面对挑战》的讲话。

10月6日，《朔方》编辑部获得"宁夏出版系统先进集体"称号，是受表彰的十个先进集体中唯一一家文学期刊社。

第1期刊载"《朔方》向全区院校学生征稿"启事，说明将陆续开辟《院校之友作品特辑》专栏，进行辅导，举行评奖活动，郑重推出一批有潜质有前途的文学青年和少年。

第2期《散文》栏目推出"新人新作小辑"，发表作品十二篇。

第3期推出"青年小说家新作"小辑，发表了九名作家的新作，如石舒清、马宇桢、季栋梁等，同时还在《青春沙龙》栏目中刊发八名宁夏著名评论家关于小说创作的批评文章，如杨继国的《小说：现象中的现实》、郎伟的《〈朔方〉的未来与希望》。

第6期推出"同心县作品小辑"，发表小说二篇、散文一篇、诗歌二首。

第7期推出"散文专辑"，设置《西窗闲话》《苍茫人海》《雪泥鸿爪》《如烟往事》《百味人生》《散文诗》等栏目。

第8期推出"女作家特辑"。

第9期推出"纪念抗日战争胜利50周年特辑";刊发"纪实文学专辑"。

第12期推出"诗歌与企业文化专辑"。

1996年

4月23日,宁夏部分评论家、编辑家、作家杨继国、冯剑华、杨云才、马宇桢、郎伟、白军胜、白草、陈继明等,就宁夏小说创作现状,尤其是青年小说家的创作现状等问题,进行了深入交流,并形成了对谈文章《宁夏小说创作八人谈》,发表在第7期。

5月14日,杨继国、冯剑华、马宇桢、杨云才、杨森君、白草、白军胜、陈继明等八位作家、评论家、编辑围绕散文的文体、写法、语言等进行了讨论,形成了对谈文章《宁夏散文创作八人谈》,发表在第8期。

第2期头条位置刊发陈继明的短篇小说《月光下的几十个白瓶子》;刊发"中卫县作品小辑",发表小说二篇、散文二篇、诗歌二首。

第6期推出《献给儿童的礼物》专栏。

第8期推出"宁夏文联采风团作品特辑"。

第11期推出"李唯作品小辑",发表其小说四篇、创作谈一篇;推出"盐池县作品小辑",发表散文五篇、诗歌六首。

1997年

1月21日,《朔方》编辑部和宁夏日报社《小龙人报》编辑部联合主办刘岳华儿童文学作品研讨会。宁夏文联主席张贤亮，主办单位的主编、副总编以及各界评论家五十余人参加会议。

5月21日，宁夏回族自治区党委宣传部，宁夏文联，宁夏海原县委、政府联合在海原县召开纪念毛泽东同志《在延安文艺座谈会上的讲话》发表55周年暨《朔方》海原作家作品特辑座谈会。宁夏回族自治区党委副书记马启智、宁夏回族自治区党委宣传部副部长张怀武及固原地委等领导出席座谈会。参加座谈会的还有海原县、固原县的作家们。《朔方》主编杨继国、副主编冯剑华和编辑陈继明参加了会议。根据会议整理的《纪念〈讲话〉55周年暨〈朔方〉"海原作家作品特辑"座谈会发言纪要》刊发于第7期。

10月16—17日，宁夏回族自治区党委宣传部、宁夏文联主办，宁夏回族自治区党委宣传部文艺处、《朔方》编辑部承办的"贯彻十五大精神，繁荣文学创作作者座谈会"召开。来自宁夏各地的八十多名骨干作者参加了会议。《人民文学》副主编、著名诗人韩作荣应邀参加，并做了三场报告。梁晓声、李国文、刘心武、刘恒、刘震云等作家发来贺电。《朔方》主编杨继国主持会议，常务副主编赵福顺、副主编冯剑华分别介绍了《朔方》的办刊计划和创作队伍状况。

12月16—19日，《朔方》编辑部召开青年作家改稿会。近三十名青年作家参加了会议。与会者在传阅、修改稿件的同时，还就宁夏青年作家的创作现状和所面临的困境等问题，展开深入细致的讨论。根据会议讨论整理的《〈朔方〉青年作家改稿会谈话摘要》刊发于1998年第4期。

12月22日，冯剑华、马青、李凝祥、吴善珍、丁朝君、于秀兰、虞期湘、哈若蕙等八位女作家、评论家、编辑家围绕"女性文学"进行对谈。根据对谈整理的文章《女作家八人谈》刊发于1998年第3期。

第1期刊登期刊宣传广告《文学投稿？请投〈朔方〉》，提出"力塑'扶持文学新人，倾向无名作者'的个性形象"，在以后两年内，会增大发稿幅度，增加文学新人发稿比例，加大编辑力量，增强约稿、改稿、退稿服务。

第4期推出"海原作家作品特辑"，发表了石舒清、梦也、左侧统、牛川、冯雄、雷建孝、彦妮等作家的小说、小小说、散文、诗歌、创作谈等，《朔方》副主编还为此特辑撰写了《西海固星群》的评论文章。

第6期推出"青铜峡市作者作品小辑"，发表一篇小说、一篇微型小说、四篇散文、两首诗歌。

第7期推出"固原作家作品特辑"，发表三篇小说、两篇创作谈、一篇散文、两组组诗，作家有郭文斌、火会亮、虎西山、王怀凌等。

第8期推出"散文特辑"。

第11期推出"杨森君作品小辑"，发表五篇随笔、一组短诗、一篇创作谈。

第12期推出"葛林作品小辑"，发表一篇小说、一组组诗、一篇创作谈。

1998年

12月2—4日，宁夏文学艺术界联合会第五次代表大会召开。二百六十五名代表出席大会，张贤亮做工作报告。大会选举出宁夏文联第五届委员会主席、副主席、主席团委员、委员会委员。

第1期推出"漠月作品小辑",发表一篇小说、一篇散文、一篇创作谈。

第2期推出"荆竹作品小辑""巴可成小说小辑""刘建芳小说小辑"。

第3期推出"女作家作品特辑",叶广芩、舒婷、毕淑敏、哈若蕙、吴善珍、丁朝君等作家发表了作品;推出"莫叹作品小辑"。

第4期推出"青年作家专号",发表了红柯、石舒清、季栋梁、了一容、郭文斌等作家的作品;刊发郎伟的评论文章《困境与突围——漫说宁夏青年作家的创作》。

第6期刊发"'民化杯''我与宁夏'有奖征文"启事。征文要求写法不拘一格,字数一千字左右,主要呈现"我与宁夏"的种种情感与情结;刊发"'咱老百姓'短篇小说主题征文活动启事",主要呈现"贴近百姓生活的优秀短篇小说"。

第7期推出"导夫诗歌小辑""白军胜评论小辑";刊发中共固原地委委员、宣传部部长李克强的评论文章《肩负起时代的使命》,主要对西海固文学现象进行了分析与探讨。

第9期推出"庆祝自治区成立四十周年专号"。在《我们宁夏好地方》和《〈我与宁夏〉征文获奖作品选登》两个栏目中刊发作品十七篇。

第10期推出"西吉县作者作品特辑",发表了火会亮、古原、郭文斌、了一容等作家的作品;刊发"杨建虎作品小辑",发表一篇散文、六首诗歌、一篇创作谈。

第12期推出"宁夏回族自治区第五次代表大会特辑""贾羽诗歌小辑""惠农县作者作品小辑",发表了吴善珍、潘春生、王登明等作家的作品。

1999年

1月20日，宁夏石嘴山市召开"全市文学创作会"，六十余名文学作者参加会议。《朔方》编辑部副主编冯剑华，编辑陈继明、杨梓应邀参加会议。

3月19日，《朔方》编辑部召开《朔方》1999年1—3期评刊座谈会，会议由《朔方》常务副主编冯剑华主持，与会的贾羽、高耀山、马青、郎伟、荆竹、白草等作家、评论家就1999年1、2、3期的《朔方》的栏目、内容、编排、设计、经费等提出了建议。根据讨论整理的座谈会发言纪要刊载于第5期。

5月7日，《朔方》编辑部召开70年代出生作家座谈会，《朔方》常务副主编、副主编、编辑，郎伟、荆竹、白草、白军胜等评论家，以及了一容、张丽芳、穹宇、张学东、金瓯、导夫、杨梓等作家参加会议，就宁夏70后作家的作品创作、评介和编辑等情况进行了深入讨论。根据讨论整理的座谈会发言纪要刊载于第7期。

5月22日，中国作家协会、中华文学基金会、百花文艺出版社在北京联合召开"21世纪文学之星丛书"（1997—1998卷）首发式暨座谈会，《朔方》编辑、青年作家陈继明的小说集《寂静与芬芳》入选该丛书，并参加了会议。

8月25日，宁夏文联、《朔方》编辑部等联合主办的"首届西部作家笔会"召开，来自宁夏、陕西、内蒙古的八十余名作家参加了笔会。会议邀请著名评论家、《人民文学》一编室主任李敬泽，著名编辑家、《小说选刊》高级编辑冯敏，著名青年作家红柯到会讲学。与会来宾与作家主要就小说的现状、发展趋势和小说的语言等问题进行广泛深入的交流与探讨。根据会议整理的《首届西部作家笔会发言纪要》刊载于第11期。

《朔方》在宁夏社会科学期刊第二次质量评估中荣获优秀期刊奖。

第1期刊发《开年的话》。编辑部在文中重申了办刊任务——培养本地作者，扶持文学新人，以及基本方针——立足宁夏，面向全国，浓墨重彩，突出西部特色，兼容其他。此外，编辑部还将对栏目进行较大幅度调整，新开辟《西部作家》《今日作家》《未来作家》《名家新作》《佳作赏析》《批评与思考》等栏目。本期《佳作赏析》刊发石舒清的短篇小说《清水里的刀子》，同时刊发郎伟的评论文章《简洁当中的丰富——读石舒清小说〈清水里的刀子〉》。

第3期刊发陈继明的两篇小说《青铜》《城市的雪》，同时刊发郎伟的评论文章《人生困境的发现者》。

第5期推出"七十年代出生作家特辑"，发表了张九鹏、金瓯、彦妮、胡琴等作家的小说、散文和诗歌作品。

第6期推出"石嘴山市作者作品特辑"，发表了三篇小说、三篇散文、三首诗歌。本期刊载石舒清的《节日》，同时刊发郎伟的评论文章《有味道的小说——读石舒清短篇新作〈节日〉》。

第8期推出"灵武市作者作品特辑"，发表两篇小说、六篇散文、三首诗歌。

第9期推出"青春诗会专辑"；刊载陈继明的短篇小说《在毛乌素沙漠南缘》。

第10期推出"庆祝建国五十周年，宁夏解放五十周年专号"；刊载张贤亮的散文《我与〈朔方〉》、石舒清的小说《开花的院子》。

2000年

6月22日，《人民文学》杂志社、《小说选刊》杂志社、宁夏回族自治区党委宣传部、宁夏文联、《朔方》编辑部联合举办"宁夏青年作家陈继明、石舒清、金瓯作品讨论会"在北京中国作家协会召开。宁夏文联党组书记、《朔方》主编杨继国，宁夏文联主席张贤亮，《朔方》常务副主编冯剑华，《文艺报》《人民文学》《小说选刊》《民族文学》等期刊主编、编辑，以及《人民日报》《光明日报》《中国青年报》《中华读书报》《文艺报》《宁夏日报》等多家新闻单位的记者，共五十余人参加会议，《人民文学》副主编肖复兴主持会议。根据会议整理的《西部有风景，宁夏"三棵树"——"陈继明、石舒清、金瓯作品讨论会"纪要》刊载于第8期。

7月12日，宁夏回族自治区党委宣传部、宁夏文联和《朔方》编辑部联合举办第二届西部作家笔会和全区中短篇小说创作座谈会。著名作家梁晓声，《十月》主编王占军、编辑王洪先，《人民文学》编辑部主任李敬泽，著名青年作家、《雨花》编辑毕飞宇，以及《小说选刊》和《钟山》的编辑应邀到会，重点就宁夏文学事业的繁荣和发展。宁夏中短篇小说创作的现状和趋势，和来自全区的近百名作者进行交谈。根据会议整理的《第二届西部作家笔会和全区中短篇小说创作座谈会纪要》刊载于第9期。

第1期开始将栏目设置恢复为《小说》《散文随笔》《批评与思考》等；刊发王正伟的《"西海固文学丛书"总序》，《朔方》常务副主编冯剑华的访谈录《新一年里的〈朔方〉》。

第2期头条位置转载张贤亮的短篇小说《青春期》（原载于《收获》1999年第6期），并刊发陈继明（《朔方》编辑、青年作家）就这篇小说采访张贤亮的访谈文章。

第5期推出"西部作家专号",发表陈继明、石舒清等作家的小说,红柯、张武等作家的散文随笔。

第7期推出"'5·23'采风特辑"。

第8期推出"'三棵树'特辑",刊载王正伟的《在陈继明、石舒清、金瓯作品研讨会上的讲话》、李敬泽的《遥想远方——宁夏"三棵树"》;在《宁夏诗歌新人》栏目中刊载马占祥的组诗《又唱散曲》。

第9期推出"西部笔会中短篇小说座谈会特辑",刊载王正伟的《在第二届西部作家笔会、全区中短篇小说创作座谈会上的讲话》。

第10期推出"庆祝石嘴山建市四十周年专辑",发表三篇小说、两篇散文、两首诗歌、一首散文诗。

第11期推出"'三棵树'作品特辑",刊载陈继明、石舒清、金瓯的作品及创作谈。

第12期推出"固原地区特辑",发表火会亮、了一容、郭文斌、牛川、安奇、韩聆、火仲舫、朱世忠、单永珍、虎西山、泾河、钟正平、一凡等作家的作品;刊载中共固原地委委员、宣传部部长李克强《在西海固文学"双十星"命名暨创作研讨会上的讲话》。

三、"二张一戈"评论统计
——以《朔方》（1979—2000年）为中心

附表1-2　"二张一戈"评论文章统计

作家	序号	作者	评论文章	期数	数量
张贤亮	1	潘自强	像他们那样生活 ——读短篇小说《霜重色愈浓》	1979年第4期	47
	2	刘佚	文艺要敢于探索 ——读张贤亮小说想到的	1979年第5期	
	3	李凤	初读《吉普赛人》	1979年第6期	
	4	李震杰	塞上文苑一枝春——试评《霜重色愈浓》	1980年第7期	
	5	罗飞	为"争鸣园地"叫好！	1980年第11期	
	6	黎平	邢老汉之死琐议	1980年第12期	
	7	陈学兰	有感于真实的力量——也谈邢老汉的形象	1980年第12期	
	8	阎纲	《灵与肉》和张贤亮	1981年第1期	
	9	汤本	一个浑浑噩噩的人——评小说《灵与肉》 的主人公许灵均的形象	1981年第4期	
	10	胡德培	"最美的最高尚的灵魂"——关于 《灵与肉》的主人公许灵均的形象剖析	1981年第5期	
	11	李镜如 田美琳	也评《灵与肉》——兼与汤本同志商榷	1981年第5期	
	12	孙叙伦 陈同方	一个畸形的灵魂 ——评《灵与肉》的主人公许灵均	1981年第5期	
	13	何光汉	要尊重作家的创作个性 ——与否定小说《灵与肉》的同志争鸣	1981年第6期	
	14	税海模	《灵与肉》的成败及其缘由试析	1981年第8期	
	15	杨致君	一个新时期的革新闯将——《龙种》读后	1982年第2期	
	16	张贤亮	深入生活与学习理论	1982年第5期	
	17	纪过	让更多的人才破土而出——从张贤亮谈起	1982年第5期	
	18	陈文坚	一个进攻型的新人形象——《龙种》初探	1982年第7期	

作家	序号	作者	评论文章	期数	数量
张贤亮	19	张贤亮	以简代稿谈《龙种》	1983年第2期	
	20	陈文坚	魏天贵、贺立德与郝三 ——《河的子孙》人物浅析	1983年第8期	
	21	刘贻清 马东震	高尚的爱情才是美好的 ——评《河的子孙》爱情情节的艺术构思	1983年第8期	
	22	陈漱石	"半个鬼"的团圆与"这一个"的价值	1983年第8期	
	23	郎业成	给人以信心和力量——评《肖尔布拉克》	1983年第11期	
	24	周致中	试论《河的子孙》和《肖尔布拉克》中爱情关系的描写	1983年第11期	
	25	张贤亮	学习毛泽东文艺思想的笔记	1983年第12期	
	26	光 群	《男人的风格》浅议	1984年第5期	
	27	高 嵩	章永璘灵魂的裂变	1984年第7期	
	28	王勃威	野性美与崇高美	1984年第7期	
	29	陈学兰	可喜的突破	1984年第7期	
	30	闫承尧	赤子情深	1984年第7期	47
	31	张 涧	读完《绿化树》致张贤亮	1984年第7期	
	32	远 铃	浅谈马缨花的形象塑造	1984年第7期	
	33	弘 石	读《绿化树》	1984年第8期	
	34	曾文渊	坦诚的自我解剖精神 ——读张贤亮的《绿化树》	1984年第8期	
	35	钟 虎	作为起点的《绿化树》	1984年第8期	
	36	汪宗元	心中要有大目标	1984年第9期	
	37	张贤亮	西部文学与宁夏文学	1985年第1期	
	38	高 嵩	脱毛之隼在长天搏击——论张贤亮的小说	1985年第1期	
	39	张贤亮	中国当代作家在艺术上的追求	1986年第2期	
	40	刘小林	张贤亮与高尔基、艾芜笔下之流浪汉形象比较	1986年第6期	
	41	张贤亮	《宁夏文艺》与我——为《朔方》200期而作	1990年第3期	

作家	序号	作者	评论文章	期数	数量
张贤亮	42	张贤亮	加快改革步伐、繁荣宁夏文艺——在宁夏文联第四次代表大会上的工作报告	1993年第5期	47
	43	张贤亮	高扬精神，面对挑战 ——在青年小说家座谈会上的讲话	1995年第3期	
	44	高 嵩	儒商张贤亮	1996年第3期	
	45	张贤亮	我与《朔方》	1999年第10期	
	46	张贤亮 陈继明	就《青春期》访张贤亮	2000年第2期	
	47	张贤亮	请用现代汉语及现代方式批判我	2000年第3期	
张武	1	杨建国	发人深思的典型形象 ——读《看"点"日记》	1980年第7期	11
	2	汪宗元	试谈张武小说的艺术风格	1982年第1期	
	3	毛仿秋	漫步常乐镇——《瓜王轶事》的随笔	1982年第6期	
	4	张 武	开掘生活中的美 ——《瓜王轶事》的题外话	1983年第1期	
	5	光 群	张武小说漫谈	1983年第5期	
	6	张 武	多写为中国老百姓喜闻乐见的作品	1984年第4期	
	7	冬 梧	读《红豆草》随想	1984年第9期	
	8	薛迪之	论张武	1985年第2期	
	9	张 武	大鼓劲促进大繁荣	1985年第2期	
	10	张九阳	论张武小说的语言特色	1985年第9期	
	11	张文楹 闻 频	反映西北生活的两套"拳路" ——张武作品讨论会侧记	1986年第2期	
戈悟觉	1	章仲锷	略谈《客人》的人物形象	1980年第8期	8
	2	章仲锷	感受生活的真谛——漫谈戈悟觉的小说	1981年第11期	
	3	戈悟觉	文学的职责	1983年第4期	
	4	陈文坚	性格和世俗偏见的冲突 ——读戈悟觉的《她和她的女友》	1983年第4期	
	5	戈悟觉	为知识分子唱一支新歌	1985年第2期	
	6	江河水	当人失去平衡以后 ——谈《静悄悄的银幕》的结构支点	1985年第9期	
	7	李镜如	论戈悟觉小说的创作特色	1985年第10期	
	8	郎 伟	普通人心灵美的追求者 ——戈悟觉作品讨论会侧记	1985年第10期	

四、《朔方》的《评论》栏目（1977—1984年）部分专栏文章目录

（一）《读者评刊》专栏

附表1-3　《读者评刊》专栏文章及作者

作者	文章名称	期数
伊　彬	要重视文学插图	1979年第1期
萧　音	我爱《宁夏川之夜》	1979年第2期
林秦渭	不要忽视细节真实	1979年第5期
刘守刚等	更期百花艳，寄语四方来	1981年第6期
刘哲等	读者评刊（五则）	1981年第12期
阎豫昌（河南）	远远不止是这些——漫谈《交》	1983年第10期
徐思华（江苏）	发人深思的忘年交	1983年第10期
江显珠（江苏）	在消失之前放射出光芒	1983年第10期

（二）《争鸣》专栏

附表1-4　《争鸣》专栏文章及作者

作者	文章名称	期数
竹　人	小议"文人相轻"	1980年第1期
晏　旭	歌颂与暴露要有主次	1980年第1期
于继增	过头宣传应该停止	1980年第1期
弓　柏	暴露·转移·歌颂	1980年第2期

续表

作者	文章名称	期数
商子雍	作家与政治家	1980年第2期
荆 竹	暴露的对象应该转移	1980年第3期
慕 岳	歌颂与暴露是对立的统一	1980年第4期
肖 吴	歌颂为主是时代的要求	1980年第4期
林锡纯等	关于歌颂与暴露——读者来信摘编	1980年第6期
晏 旭	"框框"及其他	1980年第6期
杨 淀	对动乱十年的暴露是否已经够了？	1980年第7期
长 龙	浅谈歌颂与暴露	1980年第7期
黎 平	歌颂光明，暴露黑暗	1980年第8期
胡德培	"最美的最高尚的灵魂" ——关于《灵与肉》的主人公许灵均的形象剖析	1981年第5期
李镜如 田美琳	也评《灵与肉》——兼与汤本同志商榷	1981年第5期
孙叙伦 陈同方	一个畸形的灵魂——评《灵与肉》的主人公许灵均	1981年第5期
税海模	《灵与肉》的成败及其缘由试析	1981年第8期
曾镇南	灵与肉，在严酷的劳动中更新 ——谈《灵与肉》内在的意蕴	1981年第9期
江河水	探索不应盲从——读《无可厚非的探索》质疑	1983年第1期

(三) 《朔方谈》专栏

附表1–5 《朔方谈》专栏文章及作者

作者	文章名称	期数
张定源	文学应给人信心和力量	1980年第4期
葭 荐	不要因人废文	1980年第4期

作者	文章名称	期数
杨继国	"琢玉"与"琢文"	1980年第5期
肖文苑	岑参的边塞风情	1980年第6期
高 信	"总为从前作诗苦"	1980年第6期
项 河	希望有更多的新人——罗存仁的几首诗读后	1980年第7期
武培真	爱情是文艺的"味精"吗？	1980年第7期
伏 枥	谈谈《朔方》	1980年第7期
唐 瓘	朔方古诗	1980年第8期
高进贤	"过头"与"回头"	1980年第8期
孟 起	尝百草精神不可丢	1980年第9期
刘 佚	赞作家的自信与自重——有感于"旗亭画壁"的传说	1980年第9期
陈葆梁	有了"自家娃"以后	1980年第9期
黎 生	"出名"琐谈	1980年第10期
查富山	"百家"一解	1980年第10期
荆 竹	"厚积"与"薄发"	1980年第10期
罗 飞	为"争鸣园地"叫好！	1980年第11期
吴士余	从"池塘生春草"说开去……	1980年第11期
徐志福	郑板桥与竹	1980年第11期
李兴华	朱陈往事增惆怅 眼底风云赋新篇 ——读陶铸同志的《登庐山》	1981年第1期
薛炎文	"磨刀石"与"绊脚石"	1981年第1期
熙 雍	何以摇头？	1981年第1期
狄遐水	让它们自由竞赛吧	1981年第2期
杨 淀	诗人眼中的骆驼	1981年第2期
卢 金	以非对非 不足为训	1981年第3期
荆 竹	"独创性是最美丽的花朵"	1981年第3期

作者	文章名称	期数
金占祥	由情歌和美人画想到的	1981年第3期
赵 捷	贵在新奇	1981年第4期
陈 炳	"笑"的艺术魅力	1981年第4期
潘自强	作家要有"生活根据地"	1981年第5期
赵鲁云	诗要有色彩美	1981年第5期
杨继国	流感与流言	1981年第7期
朱光树	妙在似与不似之间	1981年第7期
黎 平	我们需要坦率的文艺批评	1981年第7期
解洛成	写出有特色的人物语言	1981年第7期
张德明 张晓林	"正午牡丹"和"胸有成竹"	1981年第7期
慕 岳	从"理论是灰色的"谈起	1981年第10期
朱 璞	"立体刻划"与环境烘托	1981年第10期
唐 骥	要刻苦读书——从《狂人日记》的写作想到的	1982年第1期
草 云	"对镜握笔"及其他	1982年第1期
肖文苑	金字塔	1982年第2期
王彦魁	稿件未采用怎么办?	1982年第2期
阿 茂	批评家的雅量	1982年第3期
丁国成	究竟可笑的是谁?	1982年第3期
陈葆梁	这个"老调"还是要唱下去	1982年第4期
应国靖	小议反面人物的塑造	1982年第4期
荆 竹	文艺评论贵在准确	1982年第5期
纪 过	让更多的人才破土而出——从张贤亮谈起	1982年第5期
张德明	漫议报告文学的真实	1982年第6期
丁国成	歌德让路——诗坛趣闻	1982年第6期
刘贻清	标准 态度 方法——文艺批评小议	1982年第7期

作者	文章名称	期数
陈葆梁	从败笔谈起	1982年第7期
赵 捷	要有整体的艺术观念——罗丹砍手的启示	1982年第8期
毛剑白	让"胖娃娃"健康成长——我区文艺百花园一瞥	1982年第9期
杨小林	观察生活也需要想象	1982年第9期
海 地	"学我者生，似我者死"	1982年第10期
李少柏	处理好"业"和"余"的关系	1982年第10期
王英志	先道"人人意中所有"——诗歌"新意"一解	1982年第11期
余凤强 刘国尧	无可厚非的探索	1982年第11期
罗 飞	使读者成为诗人——读两首短诗有感	1982年第12期
荆 竹	灵感——智慧的火花	1982年第12期
瑰 湲	不要忘了孩子们	1983年第1期
薛炎文	入兴贵闲	1983年第1期
钟 法	一竹多姿和千人一面	1983年第2期
杨继国	民族特点与时代特点	1983年第3期
李先铎	浅谈散文意境的开拓	1983年第3期
汪宗元	加强对本区作品的评论与研究	1983年第3期
双 雨	闪光的焦点	1983年第6期
杨振喜	"以三石为九石"的启示	1983年第6期
可 人	艺术家的勇气与群众	1983年第7期
滕 云	由孔明之胆说到罗贯中之胆	1983年第9期
丁国成	从苏轼的所为析诗人相重	1983年第9期
任文锁	自强不息	1983年第10期
阿 红	形象和意象及其他——和诗习作者通信	1983年第11期
钟 法	"暗示"技巧	1983年第11期

续表

作者	文章名称	期数
周　斌	突变手法小议	1984年第5期
高松年	说细节	1984年第5期

(四)《本区作品评介》专栏

附表1-6　《本区作品评介》专栏文章及作者

作者	文章名称	期数
马乐群 高　嵩	不是童话的童话——评路展的《雁翅下的星光》	1981年第11期
章仲锷	感受生活的真谛——漫谈戈悟觉的小说	1981年第11期
罗　飞	可喜的收获——读高嵩的《李白杜甫诗选译》	1981年第12期
毛仿秋	漫步常乐镇——《瓜王轶事》的随笔	1982年第6期
吴　音	独具魅力的童话世界 ——浅谈中篇童话《雁翅下的星光》	1982年第6期
阿　茂	一曲英雄主义的赞歌 ——本刊编辑部召开座谈会讨论《大雪歌》	1982年第6期
陈文坚	一个进攻型的新人形象——《龙种》初探	1982年第7期
江　涌	旨远　意新　情真——读杨森翔的风物志	1982年第7期
王　湛	为瓜王"这一个"喝彩 ——琐谈《瓜王轶事》的人物塑造	1982年第8期
可　人	质朴自然　格调高昂——读贾长厚的爱情诗	1982年第8期
何光汉	"做击水的人，唱奋进的歌"——评肖川诗歌新作	1982年第10期
黎　平	生活总是向前的——读短篇小说《三代人》	1982年第12期
王志英	"开拓"的诗，"拼搏"的歌 ——简评诗会之花（之一）部分作品	1983年第4期
陈文坚	性格和世俗偏见的冲突 ——读戈悟觉《她和她的女友》	1983年第4期

续表

作者	文章名称	期数
杨 淀	生活的主旋律毕竟是美——评阿耀的《序奏》	1983年第4期
慕 岳	诗意的构图——谈《序奏》的结构	1983年第4期
光 群	张武小说漫谈	1983年第5期
高 嵩	宁夏新诗点评（四）——在"塞上诗会"上的发言	1983年第5期
哈若蕙	素朴深情的歌——读《序奏》	1983年第5期
郎业成	给人以信心和力量——评《肖尔布拉克》	1983年第11期
周致中	试论《河的子孙》和《肖尔布拉克》中爱情关系的描写	1983年第11期
陈学兰	小草之歌——喜读《无名草》	1983年第11期

（五）《笔谈会》专栏

附表1-7　《笔谈会》专栏文章及作者

作者	文章名称	期数
闪一昌	留取丹心照汗青——读报告文学《要为真理而斗争》	1980年第10期
吉 平	为真理而战	
何克俭	作家要有识有胆——读《要为真理而斗争》有感	
刘德一	小说好，电影也好	1983年第2期 故事片 《龙种》 笔谈会
慕 岳	塞上风情入画来	
刘贻清	时代要求理想的闯将	
张贤亮	以简代稿谈《龙种》	
高 嵩	章永璘灵魂的裂变	1984年第7期 《绿化树》 笔谈会
王劾威	野性美与崇高美	
陈学兰	可喜的突破	
阎承尧	赤子情深	
张 涧	读完《绿化树》致张贤亮	
远 铃	浅谈马缨花的形象塑造	

五、《朔方》的《诗歌》栏目（1980—1988年）设置情况

附表1-8 　《朔方》《诗歌》栏目文章及作者

类型	栏目名称	期数
新人新作类	蓓蕾	1980年第1期
	新花集	1980年第9期
	新人诗页	1981年第2期
	新苗	1981年第7期
	新蕾	1982年第6期
	情之所钟（新人短诗）	1987年第6期
	处女地	1987年第7期、1987年第9期
应时而作类	五月的鲜花	1981年第5期
	唱给母亲的歌	1981年第7期
	献给小朋友的诗	1982年第6期
	建设者之歌	1982年第7期
	献给党的十二大	1982年第9期、1982年第10期
	给孩子们的礼物	1983年第6期、1985年第6期
	问声祖国好	1984年第10期
根据诗歌本身（如长诗/短诗、新体诗/旧体诗、散文诗/叙事诗）进行归类	抒情与思考	1980年第7期、1980年第12期
	诗词掇英	1983年第4期、1983年第12期、1984年第4期
	散文诗页	1984年第9期、1984年第12期、1985年第6期、1985年第12期、1986年第2期、1986年第10期、1988年第12期
	抒情短诗	1986年第7期、1986年第10期、1986年第12期、1987年第1期、1987年第2期、1987年第5期

续表

类型	栏目名称	期数
	短笛	1981年第7期、1988年第11期
	原上草 （短诗辑）	1981年第8期、1981年第9期、1981年第11期、1981年第12期
	短诗一束	1982年第3期、1982年第4期、1982年第5期、1982年第6期、1982年第7期、1982年第8期、1982年第10期、1983年第1期
	金色的沙枣花 （短诗辑）	1983年第3期、1983年第4期、1983年第10期、1983年第11期、1984年第1期、1984年第2期、1984年第4期、1984年第5期、1984年第9期、1984年第12期、1985年第1期、1985年第2期、1985年第4期、1985年第8期、1985年第9期、1985年第12期
	扫帚梅 （短诗辑）	1987年第3期
	季节的风 （短诗辑）	1988年第5期
青年诗人培养类	朔方诗萃	1982年第2期、1982年第4期、1982年第8期、1983年第2期、1983年第6期
	青年诗人作品与评介	1984年第2期、1984年第4期、1984年第6期、1984年第10期、1984年第12期
	习作与点评	1984年第8期
	春风第一枝	1985年第2期、1985年第5期、1985年第12期
诗会成果类	银北诗会	1981年第1期
	塞上诗踪	1981年第10期
	诗会之花	1982年第11期、1982年第12期
中华民族共同体意识及地域特色类	少数民族诗页	1980年第2期
	贺兰山短笛	1983年第8期
	放歌大西北	1983年第12期、1984年第1期、1984年第2期
	塞上新诗	1983年第5期、1984年第7期、1985年第1期、1985年第3期、1985年第4期、1985年第5期、1985年第6期、1985年第7期、1985年第9期、1985年第10期、1985年第12期、1986年第1期、1986年第4期、1986年第5期、1986年第7期、1986年第11期、1987年第9期、1988年第1期

参考文献

一、报刊资料

《群众文艺》、《宁夏文艺》、《朔方》、《六盘山》、《银川文艺》、《新月》、《黄河文学》、《宁夏群众文艺》、《通俗文艺家》、《女作家》、《宁夏日报》文艺副刊《六盘山》、《宁夏文联40年》、《人民文学》、《文艺报》、《作品与争鸣》。

二、著作类（按作者姓氏音序排列）

白草：《张贤亮的文学世界》，作家出版社，2018。

程光炜：《八十年代文学史料研究》，中国社会科学出版社，2019。

程光炜：《大众媒介与中国现当代文学》，人民文学出版社，2005。

程光：《当代中国小说批评史》，中国社会科学出版社，2019。

程光炜：《史料的前途》，中国社会科学出版社，2024。

程光炜：《文学讲稿："80年代"作为方法》，北京大学出版社，2009。

程光炜：《中国当代诗歌史》（第2版），中国人民大学出版社，2019。

丁帆：《中国西部新文学史》，人民文学出版社，2019。

贺桂梅：《"新启蒙"知识档案：80年代中国文化研究》，北京大学出版社，2010。

洪子诚：《中国当代文学史》，北京大学出版社，1999。

洪子诚：《作家姿态与自我意识》，北京大学出版社，2010。

黄发有：《文学传媒与文学传播研究》，南京大学出版社，2013。

黄发有：《中国当代文学传媒研究》，人民文学出版社，2014。

郎伟：《负重的文学》（纪念版），宁夏人民出版社，2024。

郎伟：《欲望年代的文学守护》，宁夏人民出版社，2012。

李杨：《50—70年代中国文学经典再解读》，山东教育出版社，2006。

李生滨：《当代宁夏诗歌散论》，中国社会科学出版社，2021。

李生滨：《宁夏文学六十年（1958—2018）》，宁夏人民教育出版社，2018。

李生滨：《审美批评与个案研究：当代宁夏文学论稿》，阳光出版社，2016。

刘大先：《千灯互照：新世纪少数民族文学创作生态与批评话语》，暨南大学出版社，2017。

罗岗、孙晓忠：《重返"人民文艺"》，上海人民出版社，2019。

罗岗：《人民至上：从"人民当家作主"到"社会共同富裕"》，上海人民出版社，2012。

倪万军：《叙述的困境：宁夏文学观察》，宁夏人民教育出版社，2017。

宁夏政协文史和学习委员会：《宁夏文史资料（第29辑）》，宁夏人民出版社，2015。

牛学智：《文化自觉与西部现代性》，社会科学文献出版社，2021。

邵燕君：《倾斜的文学场：当代文学生产机制的市场化转型》，江苏人民出版社，2003。

孙纪文、许峰、王佐红：《新时期宁夏小说评论史》，阳光出版社，2015。

王秀涛：《中国当代文学生产与传播制度研究》，文化艺术出版社，2013。

王枝忠、吴淮生：《宁夏文学十年》，宁夏人民出版社，1989。

吴淮生、王枝忠：《宁夏当代作家论》，宁夏人民出版社，1988。

武新军：《报刊史料与当代文学史研究》，中国大百科全书出版社，2023。

吴秀明：《中国当代文学史料问题研究》，中国社会科学出版社，2016。

谢其章：《创刊号风景》，北京图书馆出版社，2003。

许峰：《新时期以来的宁夏文学批评研究（1978—2018）》，中国社会科学出版社，2023。

杨梓：《宁夏诗歌史》，阳光出版社，2015。

杨梓：《宁夏文学史》，阳光出版社，2020。

岳凯华：《文学会议与中国现当代文学的发生》，知识产权出版社，2020。

查建英：《八十年代访谈录》，生活·读书·新知三联书店，2006。

张均：《中国当代文学制度研究（1949—1976）》，北京大学出版社，2011。

张均：《中国当代文学报刊研究（1949—1976）》，北京大学出版社，2022。

张贤亮：《张贤亮选集（一）（二）（三）（四）》，百花文艺出版社，1995。

中共中央文献研究室：《改革开放三十年重要文献选编》，中央文献出版社，2008。

柄谷行人：《日本现代文学的起源》，赵京华译，生活·读书·新知三联书店，2006。

佛克马、蚁布斯：《文学研究与文化参与》，俞国强译，北京大学出版社，1996。

雷蒙·威廉斯：《文化与社会：1780—1950》，高晓玲译，吉林出版集团有限责任公司，2011。

罗贝尔·埃斯卡皮：《文学社会学》，王美华、于沛译，安徽文艺出版社，1987。

皮埃尔·布尔迪厄：《艺术的法则：文学场的生成与结构》，刘晖译，中央编译出版社，2011。

三、论文类（按作者姓氏音序排列）

蔡震：《张贤亮预言：200年后文学是"做"出来的》，《扬子晚报》2012年6月6日。

程光炜：《材料改变叙述——关于当代文学史料应用的思考》，《扬子江文学评论》2024年第5期。

程光炜：《从田野调查到开掘——对80年代文学史料问题的一点认识》，《中国现代文学研究丛刊》2017年第2期。

程光炜：《当代文学研究：问题和史料》，《现代中文学刊》2023年第2期。

程光炜：《魔幻化、本土化与民间资源——莫言与文学批评》，《当代作家评论》2006年第6期。

程光炜：《批评对"贾平凹形象"的塑造》，《当代文坛》2010年第6期。

程光炜：《谈谈当代文学的"历史化"——答〈上海文化〉问》，《上海文化》2022年第2期。

程光炜：《再谈抢救当代文学史料》，《中国当代文学研究》2021年第3期。

程光炜：《怎样研究新时期文学》，《当代作家评论》2018年第5期。

崔道怡：《第三个丰收年——短篇小说评奖琐忆》，《小说家》1999年第2期。

红娟：《小省区大文学、文坛名家研讨"中国文学宁夏现象"》，《中华读书报》2018年12月26日。

洪子诚：《〈绿化树〉：前辈，强悍然而屏弱》，《文艺争鸣》2016年第7期。

黄发有：《九十年代以来的文学期刊改制》，《南方文坛》2007年第5期。

黄发有：《论文学期刊与中国当代文学思潮的互动关系》，《文艺研究》2020年第10期。

黄发有：《论中国当代文学稀见史料开掘的意义与方法》，

黄发有：《文学编辑的文学史意义——以中国现当代文学为中心》，《中国社会科学》2022年第12期。

黄发有：《文学刊授活动与八十年代文学的公共性——以史料挖掘为基础》，《扬子江文学评论》2023年第3期。

黄平：《"新时期文学"起源考释》，《文学评论》2016年第1期。

霍俊明：《〈诗探索〉与"朦胧诗"》，《中国当代文学研究》2021年第2期。

郎伟、许璟：《宁夏当代文学的历史传统》，《中国当代文学研究》2024年第2期。

郎伟：《新世纪前后中国文学版图中的"宁夏板块"》，《宁夏社会科学》2012年第5期。

李剑：《"歌德"与"缺德"》，《河北文艺》1979年第6期。

李娟：《文学期刊的通俗化与通俗化的文学期刊——以"小小说现象"为例》，《中州学刊》2009年第6期。

李怡：《成都与中国现代文学发生的地方路径问题》，《文学评论》2020年第4期。

李怡：《"地方路径"如何通达"现代中国"——代主持人语》，《当代文坛》2020年第1期。

李永东：《中国现代文学研究的地方路径》，《当代文坛》2020年第3期。

刘波：《启蒙与困惑：八十年代作为一种诗歌精神》，《扬子江评论》2015年第4期。

刘大先：《改革开放以来少数民族文学关键词概述》，《扬州大学学报》（人文社会科学版）2021年第2期。

刘大先：《论改革开放以来中国少数民族文学的主体变迁与认同建构》，《文艺研究》2020年第6期。

刘岩：《"地方"的文学表征及其意义阐释》，《国外文学》2022年第1期。

马占俊：《"反右"运动中张贤亮及其〈大风歌〉批判始末》，《中国现代文学研究丛刊》2016年第12期。

沐阳：《在严峻的生活面前——读张贤亮的小说之后》，《文艺报》1980年第11期。

倪万军：《开创宁夏文学批评的新空间——宁夏文学期刊与宁夏文学的关联研究》，《青年文学家》2010年第7期。

倪万军：《新时期宁夏诗歌生态的形成与建构——以〈朔方〉为核心的考察》，《宁夏师范学院学报（社会科学）》2016年第1期。

牛学智：《黄河文化与宁夏文学》，《大西北文学与文化》2020年第2期。

牛学智：《文学期刊"主持人化"与当代文学批评》，《中国当代文学研究》2020年第1期。

牛学智：《"西部形象""西部话语"与文化现代性失落》，《中国当代文学研究》2019年第3期。

沈秀英：《论朦胧诗在西部汉语诗坛的接受与影响》，《当代作家评论》2021年第3期。

石岸书：《"季节的修辞"与"黄金时代"——在文学基层想象1980年代》，《探索与争鸣》2024年第6期

王贺：《当代文学史料的整理、研究及其问题——北京大学洪子诚教授访谈》，《新文学史料》2019年第2期。

韦君宜：《一本畅销书引起的思考》，《文艺报》1985年12月28日。

吴俊：《当代文学史料问题的多维视野考察》，《文学评论》2020年第6期。

吴俊：《批评史、文学史和制度研究——当代文学批评研究的若干问题》，《当代作家评论》2012年第4期。

吴俊：《文献史料之义与教学科研的引导》，《文艺争鸣》2023年第9期。

吴俊：《新世纪文学批评：从史料学转向谈起》，《小说评论》2019年第4期。

吴秀明：《史料学：当代文学研究面临的一次重要"战略转移"》，《中国现代文学研究丛刊》2012年第2期。

吴秀明：《一场迟到了的"学术再发动"——当代文学史料研究的意义、特点与问题》，《学术月刊》2016年第9期。

谢冕：《为梦想和激情的时代作证——纪念〈诗探索〉创刊30周年》，《诗探索》2011年第2辑理论卷。

谢冕、史成芳等：《〈我的菩提树〉读法几种》，《小说评论》1996年第3期。

许峰：《40年砥砺前行：新时期以来宁夏文学批评考察》，《宁夏大学学报》（人文社会科学版）2021年第5期。

曾镇南：《深沉而广阔地反映时代风貌——张贤亮论》，《文学评论》1984年第1期。

赵兴红：《张贤亮小说的戏剧性》，《南方文坛》2015年第2期。

张富宝：《宁夏文学六十年：历史、现状与问题》，《朔方》2019年第10期。

张均：《报刊体制与中国当代文学的发生》，《文艺理论研究》2014年第5期。

张均：《当代文学史料利用中的问题意识》，《文艺争鸣》2016年第8期。

张均：《档案所见若干当代文艺接受史料》，《文艺争鸣》2024年第5期。

张均：《关于当代文学史料发掘与研究若干问题的反思》，《文学评论》2024年第5期。

张均：《转换与运用：本事批评与中国现当代文学》，《中国社会科学》2021年第1期。

张清华：《当代诗歌中的地方美学与地域意识形态——从文化地理视角的观察》，《文艺研究》2010年第10期。

张清华：《"朦胧诗"·"新诗潮"》，《南方文坛》1999年第3期。

张贤亮：《从库图佐夫的独眼和纳尔逊的断臂谈起——灵与肉之外的话》，《小说选刊》1981年第1期。

张贤亮：《关于〈习惯死亡〉的两封信》，《当代作家评论》1990年第6期。

张贤亮：《今日再说〈大风歌〉》，《诗刊》2002年第11期。

张贤亮：《满纸荒唐言》，《飞天》1981年第3期。

张贤亮：《牧马人的灵与肉》，《文汇报》1982年4月18日。

张贤亮：《西部文学与宁夏文学》，《朔方》1985年第1期。

周涛：《对形成"新边塞诗"的设想》，《新疆日报》1982年2月8日。

后　记

这本书是我的第二本学术专著。如果说，第一本著作是对我硕士、博士求学期间苦修内功的质检和致敬，那么，第二本著作的撰写和出版对我而言，其独特性体现于两方面：一方面，就写作的"当下性"而言，总结和展望仍然进行中的学术研究。毕业工作后，在繁忙的日子里，我需要耐住寂寞，利用可能的间隙到各个图书馆去搜集、摘抄、整理文学史料，然后又在深夜倾注于对材料的阐释、作品的研读和史实的分析，其间的枯燥与乏味、动力与热爱紧密交织。另一方面，从写作对象的"地方性和历史性"来看，这本书的酝酿、撰写和修改，是对我童年、少年和青年时期的生活，以及伴我一路成长的亲人、梦想、执着、习性和民俗的热切而又迷恋的回应。正所谓：念念不忘，必有回响！

在我第一本专著的后记中，我谈及过我的"文学研究观"，就是基于不断积累着的个体经验、文化记忆和生活体悟，深入研究对象，充分尊重作家和作品，并尝试建立文学、生活和历史的关联。实际上，这些年我的研究依然是该理念的践行与丰富，其核心问题就是如何保持理论批评和历史语境之间的互动，怎样回应时代的文学境遇和现实关切。据此而开展研究的方法和路径则是在"历史化"的基础上重建文学性，并构建以批评为主、以史料研究（文学史研究）为辅的新格局，具体成果就是如今呈现在师友面前的拙作

《中国当代文学地方材料的整理与阐释——以新时期宁夏文学为中心的考察》。

"历史化"的研究方法深深影响着我。从求学到工作，它一步步扩展为我学术研究的常规思维之一，甚至逐渐成为一种主导性范式。在我的理解中，首先，"历史化"是一个不断自我反思、自我更新的过程，它在处理历史与当代、研究与批评、历史化与文学性等诸多关系时需要更多元、辩证的立场和方法。其次，"历史化"并不必然有悖于文学性和当代性，也并不一定祛除批评，它可以超越文本批评，力图实现从文本、事件、现象到文学史研究的全景式观照。再次，"历史化"不仅仅是为了回应文学和历史的关系，同时，也是为了建立一套新的文学价值评判话语体系。它借鉴知识考古学、文学社会学等方法，紧密依靠生活现实，紧贴文本，评价具体作家作品的历史价值；在审美鉴赏、生命体悟的基础上生产知识，钩沉文学生产的历史场域，将古今中外各种理论本土化、时代化，进行有效的创造性转化和创新性发展。最后，"历史化"从来都不是大量历史知识碎片的堆积，而是通过甄别、选择、整理、概括这些材料，构建清晰的文学史图景。言而总之，我的研究的重心是从描述"是什么"转变为回答"为什么"。也就是说，尝试将思考探入思潮、事件、作品背后的发生机制，将各类文学现象置于当时的文学现场，追踪文学事件的来龙去脉，寻找文学缝隙的蛛丝马迹，充分结合文学"周边"与文学本身来解决现实问题。

本书开展的关于"地方"宁夏的文学研究，毋宁说是文学研究"历史化"的落地。宁夏当代文学的发展既是新中国文学的重要组成部分，亦是地方经验的审美呈现，而宁夏当代文学的高光时刻出现于春风骀荡、千帆竞发的新时期。在我看来，历史化地理解新时期宁夏文学的发生与展开，不应只是评述那些书写西北地域风貌、乡土历史叙事、日常生活表述和中华民族共同体意识的文学作品，也并非止步于评估作家和批评家们产生的影响和效应，或只是对现有叙述的缝缝补补，抑或仅仅为了还原这一时期的文学活动；它还应该从微观、边缘的视角介入新时期宁夏文学的诸多现象，将其纳入更为广阔的历史时空，重新激活一些具有特殊意义的文学个案，呈现其中的发生与变化机制，挖掘其中所内蕴的能动性与把握现实的潜能，以鲜活的、具体的、被日常经验遮蔽的事实，凸显文学演进的各种形态。于是，我尝试以"地方材料的整理和阐释"为路径和方法，选择《朔方》、"二张一戈"、文学批评、诗歌写作等典型案例，探究其背后多种文学力量之间的相互角逐、较量与规划，呈现更多别样且新鲜的地方经验和文本内涵。这并不仅仅是中国文学地方性意识的一种深化，而是进一步推进"史料与思想"或曰"事实与意识"之间的互渗互融，呈现宁夏文学与中心区域、周边区域或国家文艺环境、文艺政策的互动互鉴，更为深入地描绘地方文学发生与构建的复杂和微妙。

当然，"地方"宁夏与我的联系并非只是研究对象，它还是承载着爱、承载着温暖、承载着眷恋的我的故乡。我出生在宁夏银川，在这里度过了童年、少年、青年，读大学时，离宁赴京。时光流转，一别已有二十余载。这些年有幸父母兄弟在我身边，我时刻能感受到家庭给予我的鼓励、支持与温暖，但同时也很少再回银川了，偶尔因工作或差务回去，住酒店，吃自助，像一个过客，来去匆匆，似乎从未感觉到来自故乡的美丽的羁绊。可是，当我开始搜集、挖掘和整理史料，写作这个主题下的第一篇文章《新时期宁夏文学的发生——以〈朔方〉杂志（1976—1985）为中心》，一直到本书各章节的完成，几年间，伴随着研究对象的丰富、地方材料的充实、文学现象的复杂，一旦进入写作中，曾经在银川生活时的诸多往事，不同的人、事、物、食、地、景等都纷至沓来，就像一部电影，每个瞬间都充满了故事和情感，从而促使我将追索的触角更加深入地探触到历史时空的幽微之处。于是，"故乡是即便回不去也依然是故乡的那个地方"的话在我心里第一次泛起了涟漪，我明白，故乡是另一种思念，不管时光如何更替，那种思念，永远都会存留在内心的最深处。故乡当然还在，我们还可以回到故乡，用记忆和经历，创造新的感悟。当本书付梓之际，我又突然想到，回头的地方越清晰，向前走的道路就会越坚定，这可能就是故乡的意义。

正因为和"地方"宁夏连着血脉，所以在本书写作的过程中，我就下定决心，书稿完成后交由宁夏人民出版社出版。实际上，我和宁夏人民出版社的渊源由来已久，在我年少时就有不少接触。那时候，母亲工作的单位与出版社一路之隔，又同属出版系统，业务交集较多，所以在我印象中，母亲常带我到出版社。她工作或开会时，会将我暂时交给相识的编辑看护，抑或把我放置于堆满书籍的仓库，让我肆意地"畅游"在书海中。我依稀记得，有一次母亲来仓库接我回家，看我正津津有味地捧着书阅读，就感慨地说："真希望能看见我儿子的著作也由宁夏人民出版社出版。"多年后，我实现了母亲的愿望，不枉父母常年的奔波，以及对我倾其所有的培养和关顾。是机缘，似乎也是注定，2024年3月底，在中国作家协会参加一场学术研讨会的时候，我结识了宁夏人民出版社社长、总编辑何志明先生和责任编辑陈浪老师。会议间隙，大家愉快地攀谈，他们得知我也来自宁夏，已有相关宁夏文学研究的成果产出，便热情鼓励我能继续深入拓展，形成专著，并期待合作。这满怀真诚和善意的期许无疑给我带来了勇往直前的动力。会后，我一直与陈浪老师保持着紧密联系，向他报告写作进度、请教出版事宜、及时提交文稿，陈老师不仅耐心解答，而且提供了很多专业且精准的审读建议，为拙作的出版倾注了心血和智慧，在此特别致谢。

感谢我的博士导师程光炜教授。程老师在"重返80年代文学"课堂上传授给我的"技能"（思维、视野、方法、行文等）就像一把钥匙，引领我打开了一扇扇值得探究的文学之门。不能忘记的是，关于"地方"宁夏文学研究的第一篇文章，就是在程老师的推荐下，有幸发表在《文艺争鸣》杂志。更应该感激的是，我请程老师为拙作写点感想，程老师研究任务繁重，依然抽空读完书稿，并写成一篇不短的序言。师恩如火种，点燃我前行的热望。

感谢宁夏大学郎伟教授。郎老师既是我进入中国现当代文学专业的启蒙先生，又是我进行宁夏文学研究的榜样和仰望的高峰。从"文学宁军"的提出，到"中国文学的宁夏现象"不断深化，宁夏文学离不开郎老师多年来的持续研究、精准引领与强力推动。在我加入宁夏文学研究的队伍后，郎老师给予我诸多鼓励和鞭策，这让我有信心继续尝试更多的研究领域与路径。

这本著作的部分章节在《现代中文学刊》《文艺争鸣》《中国语言文学研究》《北方民族大学学报》《朔方》等刊物发表。感念并感激中国人民大学的张洁宇、杨庆祥、王秀涛教授，华东师范大学的罗岗、黄平教授，中国社会科学院大学的张跣、刘艳教授，吉林大学的张涛教授，河北师范大学的李建周教授，北京师范大学的张莉教授，中山大学的张均教授，首都师范大学的傅光明教授，北方民族大学的李小凤教授，宁夏大学的任淑媛教授，《朔方》

的杨梓、火会亮主编，《当代文坛》的赵雷先生，《南方文坛》的曾攀先生，《扬子江评论》的何同彬先生，《河北学刊》的杨程女士，鲁迅文学奖获得者石舒清先生和马金莲女士。诸位师友一直支持、指引和提携我，谨此表示诚挚的谢意。同时还要感谢我指导的研究生同学们，她们悟性高、能力强，协助我细致查找、认真整理了不少材料。在"地方"宁夏这个"大题目"下，她们以一个个具体的对象为中心，继续探寻整理、深挖拓宽，进一步呈现出该主题的多元与丰富。

最后，依然将我最真诚、最深情的感谢献给我的父亲、母亲和弟弟。父兮生我，母兮鞠我，弟兮伴我。他们的爱，如影随形；他们的恩，远重于山；他们的情，深沉无私。感念父母的养育之恩，感谢手足的陪伴之情，感谢他们带给我生命中的所有温暖与相遇、善良与力量。

文学研究，是一个历史与文学之间复杂的动态对话过程，是一个过去、现在和未来相互贯通、彼此融会的学术实践过程，践行中需要注意实证与会通的融合，也要注重借鉴当代批评对中国当代社会文化的深刻观察。在此意义上，驽钝如我者再一次深刻地体会到，研究依然在路上。

2025年2月3日立春